为求简洁,日记中的所有日期数字已被略去。每段日记都按时间顺序进行排列,但前后两段日记相隔的时间却不尽相同,有的是前一篇的第二天,有的是四天后,有的是一周后,有的是一个月后……不过,根据日记内容,读者能够推断出具体日期。

井野良吉的日记

__日

今天舞台排练结束后,剧团里管事儿的都留下来商量事情。

我和A一起先回家,边说边走到了五反田的车站。

A对我说:"你知道他们在商量什么事吗?"

"不知道。"

"我告诉你吧,"他说,"是这次△△电影公司找我们剧团联系拍电影的事,是那位著名的大导演石井先生的新作品。听说对方想从我们剧团挑选三四个好演员去演配角。为此,剧团经理Y先生最近常跑电影公司,好像挺忙的。"

"哦，我不知道欸。那么我们剧团接了这活儿?"我问。

"当然接了。我们剧团本来就连年赤字，经营困难。估计Y先生肯定希望不仅是这一次，只要对方愿意，以后还可以长期合作。"A知道很多剧团内部的事情。

"是剧团找上门去的吗?"

"不是，是对方提出来的。似乎出价不高，不过四个人的报酬加起来大概能有一百三十万日元，还是有利可图的。"

"会有谁去?"我问完，脑子里想到几个人。A说出了一些名字，正是我刚刚想到的那几个。

"有人能去演电影真好，可以宣传剧团，会有更多人知道我们剧团。"

我们在车站前的小饭馆里一起喝酒。

一日

从Y先生那里听到一个意外的消息——他让我也去参演这部电影。一共去四个人，我打听了一下，另外三个都是在剧团里担任了职务的人。

"怎么会想到我?"

"石井导演指名要你。"Y解释道，"听说石井先生看过我们上演的《背德》，对你的印象非常深刻，所以这次点名要你。"

记得之前的报纸上也曾对我在《背德》中的表演赞扬有加——新人井野良吉演活了人物的虚无性格，表演可圈可点，等等。虽然那出戏在剧团内的评价也不错，但毕竟只是个配角，能受到如此关注，连我自己都感到很意外。

Y先生对我说："石井导演是出了名的高要求，他说在这次拍的电影《春雪》里，有个配角虽然只有几个镜头，但他本人和电影公司的演员都演不了，所以一定要请你出演。我和剧团里的几个人商量后就替你先答应下来了。毕竟剧团需要钱，我们一直梦想着有朝一日不用再租什么公共大礼堂，而是拥有属于自己的剧场。而且对你来说，这也是一个天大的好机会。"

Y先生说的没错。我进入这家"白杨座"剧团还不到八年，就能遇到这么好的机会，确实应该好好把握。

"请您多多关照。"我低头表示感谢。我没理由不高兴，也确实感到很兴奋，然而，与此同时，却有一股冰冷的不安笼罩上心头。

见我面露忧虑，Y先生拍着我的肩鼓励说："你别担心。电影虽然和戏剧不同，每一个镜头都需要细致入微的演技，但你不用害怕，像平时一样就行。"

他搞错了，我的不安其实另有原因，而且是更具毁灭性的原因。

　　—日

　　《春雪》开拍了。演舞台剧的时候,我能镇定自若地去表演,这回拍电影,却非常不安。当然,原因只有我自己知道。"白杨座"的公演范围只在东京市内,观看演出的也只有为数不多的一小群观众,电影却会面向全国上映,会有无数观众前去观看。我不知道有谁会去看这部电影。一想到电影拍完,随着首映日越来越迫近,心头那片不祥的乌云就会随之蔓延开来,不安的感觉也会越发强烈。别人或许会误以为这是一种艺术表演上的首映恐惧症。

　　不愧是大导演石井的戏,每一个镜头都处理得非常细腻。他对我的表演似乎很满意。

　　—日

　　我的那场戏终于拍好了。因为是著名大导演的新片,所以在放映前进行了大规模的宣传和影评推广。

　　我领到了一笔演出费。据Y先生说,剧团总共从电影公司领到一百二十万日元的报酬,但几乎全都被拿去作为剧团的基金。我个人得到四万日元。尽管如此,我还是非常感激。我拿着这笔钱买了些平常想买却一直舍不得买的东西，还请 A 去涉谷的道玄坂后巷喝酒。A 看上去很羡慕我。能出演大导演的新作，被人羡慕也理所当然吧。

我从没喝过那么多酒，不仅是因为高兴，还因为想借酒暂时忘却那执拗的不安。

__日

我看了《春雪》的电影预告，其中并没有我出场的镜头。预告信息包括电影将于"近日上映"，这意味着作品即将正式问世。我始终感到恐惧与不安。

__日

我参加了《春雪》的试映会。我对别人的戏毫无兴趣，只关心自己出场的那几个镜头。其实我只出现在五六个镜头中，其中有两个是特写镜头，但总共只有短短几秒钟。看完试映后，我多少松了一口气。

__日

报纸上刊登了有关《春雪》的影评，全是好评。关于我的评论是:"'白杨座'剧团的井野良吉给人留下了深刻印象,特别是那种虚无的气质,独树一帜。"我总觉得影评家们的评论是电影公司的通稿,但好评总归难得。

　　__日

Y先生来找我,告诉我各界人士对我演技的评价。"石井导演特别夸奖了你呢。"他的鼻子上堆起了皱纹,笑着说。

"真的吗?"我很高兴,于是发出邀请,"Y先生,涉谷有一家我常去的酒吧,一起去喝几杯怎么样?"

喝酒时,Y先生拍了一下我的背,说:"我感觉你这家伙要走大运了,好好干!"其实我自己也有同感。大概是有点儿得意忘形了,我竟然开始幻想自己一炮而红、一夜暴富,毕竟之前的日子实在太寒酸了。忘记是什么时候在哪本书上看到过,一位成功的外国演员曾说过这样的话:"暴富之后,真不知该把钱花在哪里。我于是躲进高级餐厅的雅座里,喝着香槟,听一首专门为我而唱的吉普赛歌曲吧。一边听歌,一边流泪。"

我似乎天生就爱空想。

离开酒吧后,我坐上山手线回家。透过电车车窗看到原宿一带昏暗的灯光时,那股不安的疑虑再度袭上我的心头,就像剃刀的刀刃一样，把好不容易欣然膨胀的梦想气泡一一戳破。

— 日

自从这部电影在全国首映，已过去将近两个月。也许他还没去看这部电影，所以我至今平安无事。不过这也正常，自己之前担心的毕竟只是万分之一甚至十万分之一的可能。

— 日

△△电影公司主动联系剧团，说这次只要我一个人参加演出。这分明是幸运之神在用手指着我的脸说：该你发达了！

Y先生对我说："电影公司一开始说会给四十万日元，我坚持要五十万，他们同意了，说明他们真的很看重你。对方的制片人说今晚想见你一面，去吗？"

我们在位于新桥的高级料亭的雅座见了面。我和Y先生一起赴约，对方前来的是电影制片和导演，当着Y先生的面，签署了演出合同。

"现在还在写剧本，正式开拍大概要等两个月左右。"戴眼镜的高个子制片人说。

还有两个月。我若有所思。

__日

与Y先生一起喝酒时,他像画家那样故意远远地上下打量了我一番,然后说:"电影公司看上的就是你这绝妙的虚无主义的神态这种感觉最近很受知识分子群体的欢迎。"

"看上去有那么与众不同吗?"

"嗯,你的长相很有特点。"

这些日子里,我也常听到电影公司的那些人说过类似的话,大概他们打算把我这张"脸"当作电影的卖点。耳根子软、听信电影宣传的观众们一定会特别注意井野良吉这张脸,尽管我只能算是一个舞台剧新人。

如此一来,那个"必然性"又将成倍增长了。

__日

我从上锁的抽屉里拿出很久没有动过的茶色信封。八封信的背面都印着同样的铅字——××侦探社××分社。这些信一年一封,八年一共八封,内容是针对同一个人的调查报告。从八年前开始,虽然生活贫苦,但我还是每年支付高额的费用来获取这些报告。我从日期最早的那只信封中抽出信来。这是八年前,也就是昭和二十三年×月，我第一次委托后得到的报告。

> 受您的委托，我们对石冈贞三郎进行了调查。由于此人住址不详，我们在调查过程中颇费周折，以至于超过了预计的调查时间。我们以您提供的'在与钢铁行业有关的公司里供职'为线索，不断调查，终于弄清此人住址，并由此进一步展开调查。现将调查结果报告如下……

没错，那是我去位于东京涉谷的侦探社要求调查住在九州八幡市一个名叫石冈贞三郎的人的调查报告。当时，办事员问我这个人住哪里，我回答说不知道；问他的工作地点，我也说不清楚，只听说他好像在与钢铁行业相关的公司工作。办事员说，单凭这些线索，恐怕会有难度，但他们在九州有××分社，可以试一下。

不愧是专业人士，仅凭那一点点摸不着头脑的信息，他们就把情况调查得一清二楚。要点如下：石冈贞三郎在北九州钢铁公司任办事员，现住址为八幡市通町三丁目。大正十一年①生，实岁二十六岁，独身，父母双亡，兄弟在老家。详细情况请参照后页所

---

① 即1922年。

附户籍复印件。石冈贞三郎月薪九千日元。性格开朗，公司对他的评价良好。酒量约在五合①左右，不吸烟，喜欢打麻将、钓鱼。目前没听说有男女关系。

这是最早的报告。之后，我每年委托，也每年收到类似的报告。直到第四年，石冈贞三郎的状况都没有变化。

第五年，报告中出现了变化，他的工作地点变更为Y电机株式会社黑崎工厂，住址也搬至八幡市黑崎本町一丁目。

第六年的报告中加入"三月二十日与某氏长女结婚"。

第七年的报告有"长子出生"之类的小变化。

然后就是今年收到的第八份报告，与之前没有变化。

石冈贞三郎现住八幡市黑崎本町一丁目，工作单位是Y电机株式会社黑崎工厂，月薪一万七千日元，妻子二十八岁，长子两岁。

就这样，我通过侦探社了解到这个名叫石冈贞三郎的人迄今为止八年间的生活情况。这笔调查费对我来说绝不便宜，但我仍然对于能及时掌握他的现状而感到满足。

我把装有八封报告书的大信封置于眼前，自在地抽起烟来。

---

① 一升＝十合。

石冈贞三郎。

知道这个名字并见到此人，是在九年前。准确地说，是在昭和二十二年六月十八日上午十一点二十分开始的二十分钟之内，在开往京都的山阴线列车上。记得当时火车正行驶于沿着岛根县的海岸从一个叫周布的小站开往浜田站的途中。

坐在我身旁的宫子对窗外的景色正感到厌倦，突然从乘客中发现了那个人。

"啊，这不是石冈先生吗？"宫子叫了起来。当时的火车上挤满乘客。我们从始发的下关站上车，所以一直都有座位，但中途上车的人就只能一路站着。

听到宫子的呼唤，一个二十七八岁的青年从人群中探出脑袋，黑皮肤，厚嘴唇，一双机灵的眼睛左顾右盼。

"呀，是宫子小姐？没想到在这儿碰上了！真是奇遇啊。"他确实一脸惊讶。然后，他一个劲儿地盯着坐在宫子身旁的我。我脸朝车窗抽着烟，假装不知道。因为烟熏的关系，我眯起一只眼。

"石冈先生，你也是去大采购吗？"宫子旁若无人地大声问道。

"不是，我是单身，哪里需要跑老远去采购？其实我的老家就在这附近的乡下。我请了几天假，想回家吃几顿好的，补补身子，明天就回八幡。宫子小姐，你去哪儿呀？"

"我？我去'爆买'呀。在北九州的人看来，岛根县的物产可丰富了。"

周围的乘客听了宫子的话，都不由得低声笑起来。

宫子大概是被笑得不好意思了，接着又说："不过其实两个地方都挺好的，我就是想泡泡温泉。回家前，看到有什么合适的，带一些回去就行。"

"温泉？真羡慕你啊。"这个名叫石冈贞三郎的青年说到这里，似乎又朝我这边看了一眼。显然，他已经看出来我和宫子是一起的，而我依旧继续脸朝车窗。

之后，宫子与那个青年东拉西扯地聊了好一阵。不一会儿，火车驶入滨田车站。青年说："再见。回八幡后我会再去酒店找你的。"

宫子回答说："好啊，等你哦。再见。"

青年朝人潮涌动的出站方向走去。也许是错觉，但我觉得他最后又仔仔细细地打量了我一番。

其实在那之前，我和宫子两人是从八幡上车到门司，再坐船到下关的。一路上，为避人耳目，我们都没坐在一起，因为在商务酒店做女招待的宫子说"不想让别人看见"，而这正合我意。在遇到那个青年以前，我俩都十分小心谨慎，以防被熟人看见，可宫子偏偏在这时候主动向熟人打招呼，对此我实在有些生气，但当我怪她时,她却说:"那是我们店里的熟客,人很好,没想到会在这里遇到他,没道理不打声招呼嘛。没事的,他不会说我的坏话。"

从她的说辞中,我觉察到了一些异样,于是问她:"他喜欢你吧?"

宫子眯着眼睛,歪着脑袋,卖关子似地微笑不语。

我意识到,因为他们的偶遇,情况突然变得有些复杂。虽然只有十五分钟,最多二十分钟,但被他看见我和宫子在一起,对我来说实在是个意外。

"那人叫什么名字?"我开始关心起那个青年的情况。

"好像叫石冈贞三郎,他自己是这么说的。"

石冈贞三郎,我告诉自己必须牢牢记住这个名字。从此,他的名字深深地刻入我的脑海。

"他在哪儿工作?"

"不太清楚。他说过好像是什么和钢铁行业相关的公司。"

"他住在哪儿?"

"不知道。你在想什么?太多心了吧。"

宫子不再说话,俗气地笑着,露出牙龈。真是一张让人看着不舒服的笑脸。

石冈贞三郎,此人在山阴线的火车上有十五到二十分钟时间与我和宫子共处。随着时间的流逝，我越发对这件事放心不下。为什么会在那时候遇到他？为什么宫子要和他说话？悔恨与气恼折磨着我，就像原本有一处小伤口，却因为病菌侵入而化脓，加重。

绝对没有第三个人知道我和宫子的关系，我从未在宫子工作的酒店露过面。因为那家酒店"吃住全包"，所以每次我都是随便用个假名打电话叫她出来，然后我们去外面约会。我们一般去便宜的小旅馆幽会，而且经常换地方。我和宫子的"第一次"发生在无人相识的乡下采购点。总之，一直没人发现我们在一起。但最不该被人知晓的最后一幕却被石冈贞三郎看到了。

他曾经仔细观察过我的脸，他一定不会忘记我这张具有特色的脸！

我也记得他的脸，乌溜溜的眼睛和厚嘟嘟的嘴唇。我一看到石冈贞三郎这几个字，就能清楚地想起那张脸。

之后又过了四个月，我一想到石冈贞三郎，就觉得心里堵得慌。再之后我来了东京，从事喜爱的舞台剧工作，不久，就加入了"白杨座"剧团。

其实我也想过也许是自己太过神经质，有时甚至对自己说：被他看见也没关系，其实他什么都不知道，完全不用担心。

但我自知这不过是一时的自我安慰，是自欺欺人。

__日

（接着昨天继续写）那件事发生在那一年的九月末。

我是七月到达东京。东京是一个生活很方便的大都市，有乐町一带的热闹场所每天都出售全国各地的地方报纸，并打出"久违的家乡报"的名头。

我每天都去购买北九州和岛根县发行的地方报纸。那一年的九月末，我一直在等待的消息首先刊登在岛根县的报纸上——

> 九月二十六日上午十时左右，迩摩郡大国村的村民在山林中发现一具已经变成白骨的女尸。大森警署的验尸结果表明，死者是被人勒死。根据死者的衣着及其情况，警方断定死者为二十一二岁的女性。现已开始调查死者身份并搜捕犯人。据悉，被害者或非当地人。

这条消息刊登之后，又过了一个月，十月底，北九州的报纸也登出了一条相关报道——

> 据大森警署消息，经过调查，已确认岛根县迩摩郡大国

村山林中所发现的被勒死女尸实为八幡市中央区初花酒店女招待山田宫子（21岁）。死者于去年六月十八日晨间出走，之后下落不明。接到联系后，相关人士赶赴现场，确认死者即为宫子。虽尚未查明该女性究竟为何前往案发地点，但警方认为可能是犯人将其带至那里后将其杀害。六月十八日上午十一时左右，曾有人在开往京都的山阴线列车上目击宫子与一名男子同行。八幡警署认为该同行男子有重大嫌疑，在取证此人相貌特征后，已立即展开调查。

我其实并不惊讶于宫子的尸体被人发现。

尽管之前心里已经做好准备——该来的终究会来，但看到北九州的地方报纸上登出有人看见宫子与一名男子同乘山阴线的报道时，我的心脏还是像被人用冰冷的手碰了一下，吓了一大跳。毋庸置疑，那个目击证人就是石冈贞三郎。他果然记得。

我曾抱有一丝侥幸，觉得他也许没有注意到我。但现在，那仅存的一点儿希望也完全破灭了。

一定是他向警方详细地描述了"和宫子同行的那个男人"的相貌特征。

警察也许会问他："如果再次见到那个人，能马上认出来吗？"

"认得出。我记得很清楚,一眼就能认出来。"石冈贞三郎一定会这样斩钉截铁地回答。事实上,就在那火车上相遇的二十分钟里,我的脸、眼睛、鼻子、嘴唇和下巴等部位的所有特征,都被他一一记住了。

我对宫子谎称"带你去泡温泉",把她带到远离八幡的偏僻山林中杀死。我故意选择鲜有人至的乡下地方。但即使那么小心,在到达浜田附近的最关键时刻,却在火车上遇到了石冈贞三郎。这是多大的不幸啊。

事后想想,我当时应该中止计划。既然遇见了宫子的熟人,那么从安全方面考虑,当时应该改变计划,来日方长。

但当时我已经被逼得骑虎难下,完全没有退路,不能再拖了。我只想尽早摆脱宫子。

她怀孕了。我好说歹说地劝她堕胎,但她就是不肯。

"无论你怎么求我也没用。这是我们的第一个孩子啊,太残忍了,我做不到。你要我堕胎,其实是想抛弃我吧。胆小鬼!没那么便宜!我不会让你为所欲为的。这辈子你休想甩了我!"

我非常后悔自己与这个无知、丑陋、自负、没教养、粗俗的女人发生了关系。我曾下定决心要和她一刀两断,但这个女人执意不肯,还仗着怀孕变本加厉,更加咄咄逼人。一想到我的余生要和这个女人以及她所生的孩子一起生活,我就绝望得快要晕厥。

我心有不甘,难道此生就只能被这个无聊的女人绑住?我心中有气。我可不想为那种没道理的蠢事埋单。如果宫子不肯分手,那就只有杀死她,才能让自己获得自由。因为一时的过失而要和这种一文不值的女人生活一辈子,我怎能忍受这种不幸?为了甩掉她,我必须不择手段,才能让自己获得解脱。

就这样,我下定决心要除掉宫子。我假装邀她一起去温泉,她很高兴。

因为没人知道宫子与我的关系,所以即使她失踪后被人发现了尸体,也不会有人把我和她联系起来。这是我的有利条件。对宫子的案件而言,我只是茫茫人海中无人知晓的陌生人。

除了在那趟火车上偶遇的石冈贞三郎,一切都很顺利。我和宫子在一个名叫温泉津的地方住了一夜。第二天,我俩走进寂静的山林,周围漫溢着盛夏植物散发出来的令人窒息的气味。我在与她彼此爱抚时,将她勒死。

之后我回到八幡,收拾行李,去东京实现梦想。没人注意到我这个普通人的普通举动。

在这个世界上,只有一个人会把宫子的被杀与我联系在一起,这个人就是目击者石冈贞三郎。不,他不仅会将我与宫子的死联系在一起，还肯定会主动向警方指认："在宫子遇害的山阴地区，有一名男子曾和她同行，我在火车上见过他！"

只有他见过我的脸！

__日

（接着昨日继续写）自从见到报纸上的那篇报道之后，我对石冈贞三郎变得极度戒备，甚至到了神经质的程度。我委托××侦探社每年向我报告他的情况，其实就是想知道他的动向。若我得知他一直住在八幡市，就会比较放心；只要他仍在九州的八幡市定居，那么住在东京的我就是安全的。

然而，发生了计划之外的事情——我要演电影了。

电影院的大银幕上会出现我的脸。如果让石冈贞三郎看见了，他肯定会惊得跳起来。没人能保证他不会在电影上看到我。我第一次演《春雪》的时候就已经提心吊胆如履薄冰了，因为一直担心他或许会看到那部电影，恐惧的心情让我方寸大乱。但之后什么都没发生，我才松了一口气。

但这次的《红森林》与《春雪》不可相提并论，因为在这部电影中，我有非常多的镜头。电影公司甚至计划让我凭借这部电影一炮而红。石冈贞三郎在电影中发现我井野良吉这张脸的可能性几乎已是百分之百。

为了自身的安全着想,我最好拒绝出演任何电影。但幸运好不容易降临,又怎甘心轻易放手?我想出人头地,想抓住幸福,我要名也要利。我有雄心大志,盼着早日苦尽甘来,实现梦想。

__日

我收到了剧本。大致看了一遍,我的角色相当重要,出场很多,还有不少特写镜头。

据说离开拍还有一周时间。

我得尽早开始想办法。

__日

我昨晚几乎一宿没睡,脑子里冒出各种想法。以为想好了,却马上又推翻;推翻之后又重新想。

那个男人的存在对我来说是在这个世上唯一的不安。这个不安一天不消除,我的心就会日益萎缩。我已经想好该怎么对付他。我要保护好自己,决不能瞻前顾后,畏首畏尾。我要为实现梦想而付诸行动。

现在我所考虑的,并不是该把他怎么"办",而是用什么方法

"办"了他。

我倒也并非完全不害怕，也考虑过万一失败了会怎样。如果失败，名叫井野良吉的、尚未成名的演员就会从此消失。这是一场以生命为赌注的危险赌博。

_日
今天一整天，我都被那些念头纠缠不清，伤透了脑筋。

_日
因为导演突然要去京都拍另一部影片，因此我们这部电影的拍摄比预定推迟了两个月。这对我来说，真是天赐良机。

晚上，从剧场排练回来的路上，我顺便到书店买了本侦探小说。小说没太大意思，看到一半就放下了。

我心里渐渐认定了一个念头：得把他"叫来"。

_日
我把之前考虑过的想法逐条记录下来。

（一）地点方面，人越少越好。如果可能，我想还是去山里，但要让他毫无戒心地跟我进山。这一点肯定很难，得动很多脑筋，这个地方我以前去过两次，大致了解情况。整座山都被杉树、桧树和榉树的密林覆盖。从坂本站可坐缆车上山。下了缆车，到"根本中堂"的大殿为止，都是一路平坦的参拜道。在这条路上走的时候，没人会怀疑。即使之后有人发现尸体，恐怕也没人记得住凶手的长相。

除"根本中堂"以外，大讲堂、戒坛院、净土院等建筑物皆散布其间。只要扮成游客的模样，即使有人在山上看到我们，也不会起疑。那里既有通往四明岳的路，也有去往西塔的路，周围都是密林。

就这样，我确定了地点。

__日

我坐夜班车来到京都。

因为想要计划得滴水不漏，所以只能自己辛苦先跑一趟。

我坐电车到达坂本站。时近中午，我乘坐登上比睿山的缆车。这次来京都的目的就是提前踩一下点。此外，我还有另一个目的。

乘缆车的游客并不多。时值三月末，花儿尚未开放，要观赏嫩绿的新芽也为时过早。

这天，天气晴朗。眺望山下的琵琶湖，景色怡人。我信步走向

"根本中堂"。大部分乘缆车的游客也都与我同路,从对面逆向而来的游客零零散散,行人稀少。

从"根本中堂"稍向上走一会儿就到了戒坛院。我在戒坛院前坐下,悠然地抽了五支烟。其实我是为了在此暗中观察。

从戒坛院继续往上走,有两条路:一条可步行通往西塔,另一条是坐缆车经四明岳去往八濑口。

我坐在这里观察了近一个小时,终于有了一个发现——大部分旅客或香客参观完"根本中堂"和大讲堂后就原路返回了,去西塔或四明岳方向的人寥寥无几。

我若有所悟地点点头,决定去西塔。

走在狭窄的上坡路上,周围不见一个人影。杉树林中,释迦堂、琉璃堂等古老的小建筑像废墟一样,落寞地躲在早春阳光的阴影中。再往上走,连佛堂式的建筑也都看不见了。幽深的密林山谷在窒息的寂静中无限延展,只有残莺不时地啼鸣。

我停下脚步,点燃一支烟。烟还没抽完,就见一个穿着黑衣的和尚宛如白昼的影子一般,从小路的那头朝我走来。

当那个和尚走到我身旁时,我向他打听:沿着这条路继续走,能看到什么古迹?那和尚只扔给我一句:"黑谷青龙寺。"就继续自顾自地走自己的路。

黑谷青龙寺。一听到这个名字，我就觉得自己已经想象出那座寺的模样。在这条寂静山路的前方能有那样一座寺庙，我觉得这正合我心意。

之后我又逗留了一会儿，在附近转了转，把地理环境充分印在脑子里。

其实在那个时候，具体的计划尚未成形。直到我再次坐缆车下了山，在日吉神社旁看到一栋新建的公寓时，脑海中才浮现出计划的各项细节。

我看到那公寓的窗台上晒着毯子、被子和白色布料，像是在讲述房子主人的生活状况。这时，我心里忽然冒出一个想法。在前往京都站的电车上，我对这个计划进行了反复推敲。

当天晚上，我在旅馆里花了很长时间写下了一封信——

石冈贞三郎先生：

  冒昧突然给您写这封信，实在很抱歉。我是山田宫子的亲戚。九年前，宫子曾在初花酒店工作，但不知是谁把她带到了岛根县的乡下并将她杀害。这件事，想必您也很清楚。我是名古屋餐具制造厂的销售员，一年中的多半时间都在全国的商店、餐厅跑业务。最近，我在京都的某家食品店发现一名店员，我觉得他就是杀害宫子的凶手。有事实表明，他九年前曾在九州八幡住过，是岛根人。此外还有很多细节让我怀疑他就是凶手。我想与您见面后再一一详述。因为听说您在山阴线的列车上曾偶然见过与宫子同行的凶手，所以我想请您务必去看一下我所怀疑的那个人。您只要看上一眼，应该可以马上作出判断。如果那个男人的确就是您当年见过的人，那么我立即报警。毕竟仅凭我的怀疑，恐怕无法解决问题。所以我想看您是否愿意来指认他是否是真凶。百忙中打搅您，实在很对不起。我会在四天后的四月二日下午两点半，在京都站的候车室等您。届时我会戴一顶浅茶色鸭舌帽，戴眼镜。如果看到这副打扮的人，就有劳您上前打个招呼。

请原谅我未经您的同意就指定了时间。因为我那天晚上会去北陆及东北方面出长差，所以只能寄望于在当天的白天与您相见。请原谅我随信给您寄去支票作为旅费。

我认为自己所怀疑的那个人就是凶手，但在您看到他之前，还不能百分之百地下结论。考虑到万一弄错就可能损人名誉，所以在此我不便告知那人的姓名。基于同样的理由，请最好不要与贵地警察联系。如果确认他就是凶手，那么这里的警察完全来得及实施抓捕。

我想抓住那个杀害宫子的可恨凶手。希望您能理解我的这种心情，答应我的不情之请。

梅谷利一
于京都旅馆

我把这封信反复读了好几遍，才放下心来。时间上不给他任何余地，又把住处写成像是旅行途中歇脚的"京都旅馆"，这都是我的策略，都是为了让对方无法回信询问。我还想到，信封上如果没有盖京都的邮戳，就会露出马脚。所以我来京都的另一个目的就是从京都把这封信寄出。

我把见面的场所选在京都站的候车室，是因为其他地方或许会引起对方的警惕。戴鸭舌帽和眼镜自然是借口，以见面标识为由来隐藏自己的真实面目，我打算届时将自己打扮得让人认不出来。

我在京都站前的邮局把这封附有四千日元支票的信以挂号方式寄出。与此同时，我意识到一场以此生成败为赌注的赌博已经开始了。

石冈贞三郎会否按这封信中的要求来到这里？在我看来，这应该不成问题。

他一定会来！我相信这一点就像相信既成事实一样。

__日

我坐昨晚的火车回了一次东京。我的身体随着火车车厢摇来晃去，脑子也思前想后，反复琢磨着计划是否完美、实行时是否会有纰漏。就像公演前必须彩排一样，我在心里反复推敲计划中的各个细节。

首先，那天下午两点半，我会去京都站的候车室。那个男人看见我的鸭舌帽和眼镜，应该就会站起来。之后，大概会出现这样的情形——

"您好，是梅谷先生吧！"他开口问道。浓眉，大眼，此人正是石冈贞三郎。他会老实地告诉我，自己是坐昨晚的火车从九州来，今早到的。我戴着鸭舌帽和眼镜，而且会在脸上做点儿手脚，所以他应该不会认出我就是"当时的那个人"。

"辛苦您了，从那么老远来，真的非常感谢。"乔装打扮过的我会向他道谢，然后对他说，"事不宜迟，我们现在就去看看那个人吧。但我刚刚接到消息，听说他今天休息。不过请放心，我已经打听到他的地址。离这儿稍稍有些远，您能陪我去一趟吗？"我会接着问他怎么去，告诉他要去坂本站。从京都站坐电车，用不了一个小时。石冈贞三郎应该会答应一起去，之后我们就会坐上开往大津的电车。

我们会在浜大津站换乘,电车将沿着湖畔奔驰。

"这就是琵琶湖哦。"

"真美啊。"那个九州人估计会把头探到窗口感叹一番。

到达坂本后,我会带着他下车走上通往日吉神社的上坡路,在我们的右手方向就能看到那栋白色公寓。

"就是那儿,那个人就住在那栋公寓里。"我会用手指着公寓对他说。到时候,石冈贞三郎的浓眉一定会微微搐动、紧张起来吧。

"请在这里等一下,我去公寓找他,然后找个理由把他引到这儿来。请您仔细看看他的脸。不论是不是他,都请不露声色。他和我站着说会儿话之后就会回公寓。如果他就是您见过的那个人,我们立即报警。"我这么一说,他肯定会同意。

然后他会留在原地,我一个人走进公寓。当然,我不会去敲任何一家的门,而是直接再次走出来。那时候石冈贞三郎一定仍站在原地,估计还会显出几分不安的紧张神情。

"不巧,他不在家。"我会这么告诉他,"他的妻子说他出去了,因为身体不太舒服,看病去了。他请假也是这个缘故,说是去京都看病,两小时后就回来。我们等一等吧。"

九州的来客一定会同意我的这个建议。然后我会继续说:"怎么样? 在这种地方待两个小时太无聊吧? 要不我们去比睿山上看看? 那里还有缆车。你去过延历寺吗?"

他大概会回复说:"没有。"但就算他去过,应该也不会拒绝。

之后我俩会坐上缆车,琵琶湖会很快降至我们的脚下。缆车越向上升,我们的视野就会越开阔,湖的对面也会渐渐消失在春霞之中。

"景色不错吧。"

"真美啊。"

我们应该会熟络起来。到达山上的缆车车站后,我们会沿着蜿蜒的林中小路朝"根本中堂"方向走。他可能会在途中向我提问题。

"你怎么发现住在那栋公寓里的人就是杀害宫子的凶手?"

对于这个问题,我会列举出很多听起来很有道理的证据。这方面不用担心,他会一一听信我的说辞,不会对我产生怀疑。

再走一会儿,就会到达"根本中堂"。

我们在杉树林中边走边看散布其中的红漆建筑物。我会在附近的小店买两瓶汽水或果汁,再借两个杯子,然后接着向上走。

"我们去西塔看看吧,就在那边。"

他会跟着我走。从那一带开始，游客会变得很少，也许只有我们两人在林中漫步。

参观完释迦堂、琉璃堂后，我会带着他继续向上攀爬寂静的山路。

我会对他说："这上面有个黑谷青龙寺，等走到那里，我们就回头吧。时间刚刚好。"越往杉树和桧树密布的山坡上走，就越没有游人。

"有点累了，去那里歇会儿吧。"我会提议离开山路走进树丛，在草地上坐下来。然后打开饮料瓶盖，将液体倒入杯中给他喝。我自己也会打开一瓶喝……

就按这个顺序，应该可以吧？我会事先在杯中放入氰化钾，这个动作一瞬间就能完成，放毒的机会要多少有多少。

我心想这样的流程应该没有问题，但还是担心万一会出现纰漏，所以继续在心里反复推演。最重要的是让他信任我梅谷利一，这样他就会像一只听话的小羊一样，被我骗到比睿山的幽静山谷中去。景区的游山气氛让他不会有所怀疑。即便有人看见我们，也不会起疑心。

现在，只等他从九州来了。

石冈贞三郎的陈述

我收到一封奇怪的信，是一个叫梅谷利一的陌生人写来的。拆开这封挂号信一看，里面有一张四千日元的支票。我真是吓了一大跳。

读完那封信，我更加吃惊了：因为我见过九年前杀害宫子的凶手，所以对方叫我去京都当面对质。那个自称宫子亲戚的人不知从哪儿听说我当时在火车上见过那个与宫子同行的男人。

时间过得真快。自那之后，已经过去九年了。

是的，那时我从八幡回老家岛根县的乡下。那时的我正过着连一顿饱饭都吃不上的日子，回老家就是想美美地吃上几顿家乡饭。

那天我去津田看朋友。回来的路上，坐上拥挤的火车。车上多是些去采购的人。我拨开人群走到里面，突然有个女人叫我的名字。我心想会是谁呢？寻声望去，原来是八幡初花酒店的宫子。我经常去那家酒店，所以和宫子很熟。她长着一张圆脸，蛮可爱的。说实话，我对她并非一点儿意思都没有。

在这种地方偶遇八幡的宫子，我实在觉得很意外，于是问她："哟，是宫子小姐啊，真没想到在这儿遇见你。你去哪儿呀？"

宫子兴高采烈地回答说："去温泉呀。而且岛根县物产丰富，打算回去时买些东西。"

我当时心想,为了泡温泉,居然大老远地跑到这种地方来,真有雅兴。忽然,我发现和宫子并排的座位上还坐着一个男人,他好像有些害羞,脸朝车窗,正在抽烟。

我这才恍然大悟,原来她是和男人一起出来玩的。宫子和那个男人的脚下各有一瓣橘子皮,挨得很近。我猜是他俩分着吃了一只在山口县萩市附近买的橘子。

我觉得有点儿尴尬,还掺着些嫉妒的心情。那之后就不太想开口。车到滨田站,临下车前,我说了句寒暄话:"回八幡后,我会再去找你的。"

我做梦也没想到,那是我见宫子的最后一面。

之后回到八幡,我不时地会去初花酒店,但每次都不见宫子的踪影。我以为她或已辞职,就向其他女招待打听。

"不知道该怎么说才好……宫子离家出走了。"

听到这话,我吃了一惊。

"你对那姑娘有意思吧?节哀吧。她一声不吭就走了。以前她也经常在外面过夜,所以我们猜测她在外头肯定有相好的。但这次她和谁都没打招呼,突然就那么走了,实在太任性。但说起来也有些奇怪,她的行李都还在这儿。所以这里的老板娘说,那姑娘大概过不了多久就会像没事人似的,又厚着脸皮跑回来。但毕竟现在是最忙的时候,她就那么甩手走人,实在有点儿过分。

"我见过宫子。在山阴线的火车上,和一个像是她情人似的男人在一起。"

"啊,是吗?什么时候?"女招待听完眼睛发亮。

于是我把偶遇宫子的经过说了一遍。过了一会儿,其他女招待也围了过来,凑近了问:"宫子竟然跑去那么远的地方?她到底去哪儿了?那个男人长得什么样儿?帅吗?"

然而,我却被她们问住了。因为我当时虽然见过那人的脸,但现在已经记不清了。

"长脸?还是圆脸?"

"呃,是……"

"戴不戴眼镜?"

"呃……"

"皮肤白吗?还是和你一样黑?"

"呃……"

"喂,怎么问你什么都说不出来啊。"女人们戳戳我。

之后又过了几个月。突然警察找上门来,说有事要问,让我去一趟警局。我一路上都在想:到底会是什么事?到了警局才知道,原来是宫子遇害的事。

"你认识初花酒店的宫子,对吧?在岛根县迩摩郡温泉津的深山老林里发现了一具几乎变成白骨的尸体。根据遗物,我们断定被害人就是宫子,经鉴定确认为他杀。所以我们想要向你了解一些情况。听说你在山阴线的火车上见过宫子?"一个名叫田村的刑侦队长这么问我。我想这准是初花酒店的女招待们说出去的。但这事儿也不必隐瞒,于是我如实地交待了经过。

刑侦队长专心听完后,接着问:"那是什么时候的事?还记得具体日期吗?"

"我是六月十五日回老家的。我想大概是在那之后过了三四天的样子,所以应该是十八或十九日。"

"当时火车经过什么地方?"

"我是在石见津田站上的车,在浜田站下车,所以应该就在这区间内。"

一旁的刑警对队长说:"浜田后再过八站就是温泉津。"队长点点头,看了看其他刑警:"位置上大体符合案情,应该就是那里。"然后,他又转过头来看着我,"那时宫子是一个人吗?"

"不,旁边还有一个我不认识的男人。"

"宫子和那个人说过话吗?"

"没有。不过我看得出他们肯定是一起的,地上有他们两人分吃一个橘子留下的橘子皮。而且,在我和宫子说话时,那个男的一直像是害羞似的面向车窗。带着女人出行的男人通常都是这样。"

"原来如此。"队长微笑着问道,"你还记得那人的模样吗?"这对警方来说是一个至关重要的问题,因为那个男人很可能就是凶手。

然而,这对我来说实在是一个难以回答的问题。我的确见过那人的脸,但现在问我他到底长什么样,我却怎么也想不起来。前些时候,初花酒店的女招待们问我时就已经想不起来了。现在,哪怕是警方问话,我也还是想不起来。

但也并非完全想不起来。多少有那么一点儿模糊的形态留在记忆的某个地方。毕竟是我亲眼见过的,不可能没有印象。但奇怪的是,就是想不起来。

"无论如何都想不起来吗?"警方问了好几次。

"记不清了。"我挠着头回答。

警方拿来很多人的脸部照片。

"你好好看看这些照片。"刑侦队长一个劲儿地说,"这是一些有前科的罪犯的照片,你把其中觉得与你见过的那个男人相像的挑出来。比如说,脸型是这种样子,发型像这张相片,额头像这个、眉毛像这个、鼻子像这张、嘴唇是这个样子,下巴是这种……把这些照片反复地看,或许就能想起来。仔细看,别着急,慢慢来。"刑侦队长为了捉拿凶手也是竭尽所能了。

我一张一张地翻看那些大头照。

照片中的男人大多与我印象中的那个男人截然不同,但有时也觉得轮廓像这张,眉毛像那张。不过,我的记忆很模糊,越看越糊涂,头脑发昏。

"实在是想不起来了,真是非常抱歉。"我汗流浃背地向警方鞠躬致歉。

刑警们都露出非常遗憾的神色。

田村队长一脸心有不甘的模样:"今天先回去吧,好好想一想,说不定今晚的睡梦中就能想起来。"

就这样,他们终于让我回家了。那天晚上,我躺在被窝里,终究还是什么都没想起来。

之后警方又来找过我很多次,反复问我:"怎么样?想起来了吗?"但结果都是失望而归。最后,他们估计放弃了,不再来找我了。

看报纸上说,警方曾对宫子的遇害事件展开过大力的调查,但始终没什么进展,最后只能变成一桩悬案。

没想到现在这封信又把九年前的那件事以这种形式带到我的面前。写信的人说想,让我看看那个可疑的人,还得老远跑去京都看。

九年前我就知道自己记不得那个人的模样了。事到如今,就算再见到那人,也不可能认得出来。

该怎么办才好?他寄来的四千日元汇款成了我心头的一个负担。如果他没寄钱来,我大可不予理睬。

而且这人没写住址,落款写的是旅行中的歇脚处,想退也退不了,回信也没法写。而且他指定的日子又在一天天地临近。

这个人自称是宫子的亲戚。不知道他是怎么发现杀害宫子的凶手的。不过,时至今日能找到那个人,也算是一种缘分吧。他或许需要一个实证,所以才叫我看看是不是当时的那个人。

我感到很为难,不知该怎么办。我想我只能找警察商量。

我去警局找田村队长说明了情况,然后把那封信给他看。

"原来如此。"田村队长把信反复读了好几遍,也查了信封的邮戳,确认是从京都寄出的。因为他是当年宫子遇害事件的搜查主管,所以对此事很是热心。

他站起身来,拿着这封信走出房间,显然是去找他的上司商量。

过了三十分钟左右,田村队长回来了,他的脸颊发红,似乎有些兴奋。

"石冈先生,你必须去京都!"他就像下命令似的,用一种容不得我说不的语气说,"就按这封信上说的去。"

"可是,田村队长,我就算看到那人的脸,也没自信能想起来呀。"

田村队长却说:"不,未必如此。看到本人,或许就会想起了。此一时彼一时嘛。总之,请你去一趟京都,我会派两名刑警跟你一起去。"

"不过信上说要见到本人后才能和警方联系。"

"没事儿,我们也有我们的考虑嘛。你要仔细看清梅谷利一的长相。刑警会躲在暗处,不能让他知道。"

"啊?什么?"我感到很吃惊,"难道您是说,写这信封的梅谷利一很可疑?"

"石冈先生,"田村从桌子对面探出身子,凑近我的脸,压低声音说,"在事件解决之前,警方有权怀疑任何人。我们认为这个叫梅谷利一的人非常可疑。为什么这么说呢?写这封信的人说他知道你在火车上见过与宫子同行的男人,这件事当时确实在报纸上报道过,但并没有提及你的姓名。这个男人究竟从哪里得知那个目击者就是你?"

"……"

"最早知道你见过宫子的是初花酒店的女招待们,也许她们还告诉过其他人。但你自己呢?"

"我只告诉过那家酒店的人,没有对其他人说过。因为来警局之后,队长您曾提醒过,让我不要再对外提及此事。"

"没错。而且就算是那些女招待说出去的,她们所能'说出去'的范围只在这八幡市内,再远些,最多也就是北九州一带吧。也就是说,只有这个地区的人可能会听说,但不可能连你的姓名、地址甚至门牌号码都了解得那么清楚。因为一般来说,说的人会觉得没必要多说这些,而听的人对这些也不会太感兴趣。作为初花酒店的女招待,大概会说:'经常来酒店的客人石冈贞三郎……'她们一来不清楚,二来也没有必要说出你的具体情况。可是写这封信的人又是如何得知你的信息的呢?连你的地址、姓名、门牌号码都写得一清二楚。这些信息是从何而来的呢?这个自称来自名古屋的人也未免知道得太多了吧!也就是说,这个人无意中把自己通过调查得知的事情当成世人皆知的事情写了出来。而且这个人在信封上没写案发当时的你的地址,而是写了你搬家后的现住址,这足以证明他非常关心你的情况,对你进行了充分的调查。这就厉害了。如果是在当年打听到你的地址，这封信就应该写上你当时在八幡市通町的地址，那么，这封信就应该贴着邮局的转寄附笺寄到你现在的地址。但这封信上却直接准确无误地写着你现居黑崎的地址，这就说明他连你搬家的事儿都一清二楚。这人已经在无意间把自己了解的情况全都写了出来！怎么样？根据这封信，我们可以推断，这个叫梅谷利一的人一直在不断地调查你的情况。虽然我们还不知道他究竟是出于什么目的，但我们想了解一下这个人的真面目。所以，石冈先生，你一定得去一次京都。"田村队长一口气说了一大段。

听完这些话，我感到有点儿害怕，但还是答应了下来。这件令人匪夷所思的事情之所以落到我的头上，就是因为九年前的那个时候我在火车上遇见了宫子。

为了能按信中所指定的四月二日下午两点半在京都站见面，我和两名刑警一起在前一天的四月一日晚上，从折尾站乘坐二十一时四十三分发车的"幻怪号"特快前往京都。

这是我是第一次去京都，两位刑警好像也是头一回，紧张之中又有一种说不出的愉快心情。

在火车上，我没睡好。直到清晨六点才开始昏昏入睡。坐在前面座位上的两位刑警却早已熟睡。

猛地醒来时，天已大亮。早晨的阳光从车窗外射了进来，两位刑警心情不错地抽着烟。

"嘿，睡得不错吧？"

"啊，还好。"

互相寒暄后，我拿着漱洗用具去洗脸。等我回到座位上时，窗外已经越来越亮。

火车行驶在海岸边，晨光在宁静的海面上晃动，对面的淡路岛似在缓缓滑行，窗外的松林在眼前急速掠过。

"这里是须磨的明石海岸吧？"

侦探们欣赏着这番"听得见"的美景，简直百看不厌。

看到这番情景，我忽然觉得似曾相识。不对，熟悉的不是眼前这个刑警，而是这个刑警的姿势，让我感觉仿佛在梦中依稀见过。我其实经常会陷入类似的错觉，比如明明是第一次来到某个地方，却觉得好像以前曾经来过；再比如和别人在寂静的路上边走边谈时，我会一下子觉得好像在梦里见过一模一样的情景。这算是我的一种怪癖吧。

十点十九分，我们到达京都站。离约定的下午两点半还有不少时间。

我们早上在火车上吃过便当。经过商量，我们决定两点半前去先参观一些名胜，不枉来京都一趟。

于是，我们从车站前的"东本愿寺"开始，逐一参观了三十三间堂、清水寺、四条通、新京极等景点。

一位刑警看了一下手表说："已经十二点了，吃完饭就去车站吧。"

"好吧。既然要吃饭，那就去尝尝有名的'芋坊'①吧。"另一位刑警说。

"'芋坊'？很贵吧？"

"贵就贵呗，反正刑警的出差费是靠两条腿赚来的，还不知道能不能再来京都呢。不管了，去吧。"

说完，我们就去了祇园后方圆山公园旁边的一家餐馆。

"三位吗？"女招待问，"真不巧，现在客人多。能不能和其他客人拼桌？"我们说没关系，于是被领进一间六张榻榻米大小的房间，那里已经有个男人正在吃饭……

井野良吉的日记

__日

四月二日。就是今天。

---

① 京都传统名菜，用老芋头、棒鳕、酱油、砂糖炖煮而成。

我昨晚从东京乘坐"月光号",早八点半到达京都。离预计见面的时间还有很多时间。

我只好去逛了逛金阁寺、岚山打发时间。

天气晴朗,岚山上樱花的苞蕾颜色已深。我走过渡月桥,叫了辆出租车,一直开到四条通。下车时,刚好十一点半。

我的肚子有些饿,犹豫着该吃点儿什么。心想既然到了京都,就干脆尝尝吃一下"芋坊"吧。

我坐电车到八坂神社,然后朝圆山公园方向走去。现在正是旅游旺季,可以看到很多来春游的学生和旅行团的游客。

我被带到一间小包房,吃着女招待端来的"芋坊"料理,边吃边考虑两个多小时后与石冈贞三郎见面的事。

决定我命运的赌局正一步步地向我逼近。无论如何,我一定要活下去,一定要在这个世界上出人头地。在人的一生中,幸福总会对自己投来一次微笑,是牢牢抓住还是任其逃逸,是成败的关键。我要成功。

与宫子那种俗不可耐的女人交往是我的一大失败,如果被那种女人缠住,我就一辈子都别想出头。那女人想用"生孩子"把我绑起来。我叫她堕胎,她却露出一副苍白可怕的面容,说什么都不肯答应。她想拼命抱住我不放,而我要拼命逃出来。和那种女人在一起，我就一辈子只能过黯淡、悲惨的生活。我完全受不了。假若真到了那种境地，我想我会发疯。所以我对她起了杀意。

对于那件事，我至今不悔。

但如果因为杀了那个下贱女人而毁了我自己的幸福，那就太不值得了。

如果是杀掉一个高贵、漂亮的女人来换取我的一生，也许还能接受，但怎么能以牺牲自己的莫大幸福来赔偿宫子那种世上少有、又蠢又丑、被我鄙视的女人呢？

我今后的出人头地得靠暴露在电影观众面前的这张脸，这也许对石冈贞三郎来说是不幸的，为了让他——观众中的一员看不到我的模样，我必须设法让他的眼睛一直闭到进棺材为止。

无论动用什么手段，我都毫不在乎。我只是想活下去，想出名，想要钱，想过富裕的生活。

这时，女服务员走了过来，我抬眼看看她。

她说想让三位客人和我拼桌。我点头说可以。

之后，三个客人走了进来。我继续吃饭。

"打扰了。"其中一人和我打了声招呼后，三人在我前面的桌边坐下来。

从我的位置来看，他们距离我不足五尺，其中两人背对着我，另外一人正面对着我。女服务员送来热毛巾，三个人边聊边擦脸。

他们说话带着九州口音。我觉得奇怪，便抬起头，却正好与坐在我对面正用毛巾擦脸的那个人打了个照面。

我的心脏似乎瞬间骤停。

呼吸也一并停止。

我浑身发麻，眼睛一直盯着那人的脸。当我强迫自己将视线移开时，心里直觉马上就会发生一件可怕的事情。

正对面坐着的那个人，浓眉，大眼，正是九年前的那个石冈贞三郎。

莫名其妙的叫喊声在我的脑海里掀起了旋涡。这到底是怎么回事？明明约好了今天两点半在京都站见面，他怎么会在这里坐着？

我感到血从脸上逆行退去。怎么办？自己没有化装，帽子、眼镜都没戴，暴露在这里的正是九年前的那张脸。我觉得自己逃不掉了。

怎么办？和他一起的那两个人又是干什么的？

我的耳朵里嗡嗡地响不停，周围好像一下子变得天昏地暗。我觉得自己的身子不断往下沉。

对面的石冈贞三郎静静地看着我。

我很想大叫一声"哇"，因为我等不及听他先叫出声。我的身子哆嗦发抖，手也拿不稳筷子。

"啪"的一声，朱漆筷子掉在榻榻米上。

然而，他却无动于衷，静静地听着两个同伴的谈话。有时，他也会说上一两句，一脸平静。九年的岁月让他看起来比当年稍微有些见老。

这种状态持续了三十秒。又过去了一分钟，还是没有任何动静。

我听得见三个人叽叽喳喳的说话声，他们谈话时的语调也没有异样。

女服务员端来饭菜。三个人吃得很快，石冈贞三郎埋着头，专心地朝嘴里送佳肴。

这是怎么回事？刚才他的确看到我了，可为何没有一点儿反应。

难道他已经忘了我？我突然醒悟：哈！

这家伙从一开始就没记清我的模样，只是有一点儿模糊的印象而已。他根本没看清我的脸！

没错，就是这样。

我一下子高兴得好像上了天。这一切，究竟是怎么回事？

我长长地舒了一口气。

我站起身来，笃定地把脚踩在榻榻米上，从口袋里掏出香烟。一股特别的自信油然而生。

我已然洞悉一切。因为我寄去四千日元，老实的石冈贞三郎才来到京都。如果见到戴鸭舌帽和眼镜的人，他一定会挠着脑袋说："真对不起，我记不起来了。"

他就是为了说这句话来京都的。他是个正直、善良的好人。那两个人大概是他的朋友吧，或许是跟他一起来京都旅游的。

我完全放下心来。向他们打了一声招呼："我想抽烟，请问有火吗？"

这是一个大冒险。

石冈贞三郎忽然看了我一眼。这时，连我自己都感到自己当时的表情极不自然。

他没说话，把桌上的火柴递给我。

"谢谢。"我道了谢，点着火。之后，石冈贞三郎再也没往我这边看过，他有滋有味地品尝着"芋坊"。

我走到餐馆外。

我觉得圆山公路从来没有像现在这样美丽，京都的风景也从来没有像今天这般迷人。

京都站的候车室、比睿山，再见了！

我独自大笑起来，笑得两眼流出泪水。

石冈贞三郎的陈述

……我们在京都站等了又等，寄信人始终没有露面。约好的两点半早已过去。四点、五点……一直到晚八点，我们断定他不会来了。

两位刑警都很失望。

是恶作剧吗？但为什么要寄给我四千日元？

刑警说应该不是恶作剧，大概对方有所觉察了。

觉察？在哪儿察觉的？

不知为什么，我总觉得有些不安。我们也商量过，慎重起见，是否要等到明天。但得出的结论是，那是白费时间，于是我们乘当夜的快车回九州了。

这两天里发生的事情真是太奇怪了。

井野良吉的日记

—日

正在进行《红森林》的拍摄工作。

现在终于可以放心了，没想到一个人的心境的变化竟然可以如此之大。我现在浑身充满了自信。

我要大干一场。

__日

拍摄即将结束。

我的戏份已经拍完，可以放心了。

这次导演似乎也很看重我，说下次打算找一个有特色的剧本，让我担任主角。我就快飞黄腾达了。

__日

《红森林》首映。

报纸好评如潮。A报、N报、R报都称赞"井野良吉独具特色，演技不凡"。

Y先生也很为我高兴。

__日

今天，另外两家电影公司邀请我出演角色，一切都拜托Y先生为我联络。目前，这些事还是由他交涉比较方便。

事情正一步步地按我的计划顺利进行。我感到名誉和金钱像风一样从指缝间钻入我手中,我不由自主地吟起那段我喜欢的话——

  暴富之后,真不知该把钱花在哪里。我于是躲进高级餐厅的雅座里,喝着香槟,听一首专门为我而唱的吉普赛歌曲吧。一边听歌,一边流泪。

石冈贞三郎的陈述

我已经很久没看电影了,今天特地去买了新近上映的《红森林》的电影票,因为在报上看到对这部片子的评价很不错。

大概是文艺片的缘故,没有太多激烈的场面,但这部电影让我印象深刻。

井野良吉,这个名字和长相我都不熟悉的男人(听说他是舞台剧演员)演得很棒。

井野良吉所扮演的角色是一个到箱根别墅去拜访别人妻子的男人。故事以箱根的山间为背景进行展开,井野良吉带着心灵的创伤走下山,在小田原坐上火车。

他面朝车窗。窗外掠过大矶一带的风景。

他掏出烟来抽,面向窗口。

窗外掠过茅崎附近的景色。

井野良吉的脸看着窗外，抽着烟。此时，镜头中又出现了户冢一带的景色。

望着窗外的井野良吉的侧脸……看着这些镜头，我的脑海里突然闪过一个念头，奇怪！这种情景，我怎么好像在哪儿见过？

不是梦里，而是很早以前，我亲眼见过。一同去京都的火车上看到的那位刑警，也曾让我产生过类似的感觉。

银幕上又一次出现井野良吉的面部特写镜头。

一张呆呆地望着窗外的侧脸，香烟的青烟虚无缥缈地钻进他的眼睛。他眯起眼，眉间堆起皱纹。

就是这个表情！这张脸！

疑惑以狂暴之势猛击我的脑袋。

我不禁大叫起来，完全不顾周围观众异样的眼光。

我立刻冲出影院，心跳过快，有些透不过来气，但我还是迈开大步朝警局狂奔而去，因为我要尽快地用言语将心中的疑惑一吐为快！

投 影

一

太市从东京来到乡下。

之前他在报社工作,因为和部长吵架,只能辞职走人。

他也曾想过此地不留爷自有留爷处,但辞职之后才发现,已经根本没有其他报社愿意要他。

东京是待不下去了。

"我要去乡下。"

听太市这么说的时候,赖子并没反对。于是,两人趁太市的退职金还没用完的时候,一起搬到了濑户内海的S市。太市选择这里并非因为这里有熟人,而是看地图觉得这里靠海,可以垂钓,想着应该住得比较舒坦。

然而,眼看着退职金快要用完,赖子开始担心起来。

"接下去你打算怎么办?"来到这片土地之后,赖子一直有一种虚脱感,觉得一眼就能看到不久之后的困境。

"我心里有数。"太市边说边拿着渔具出门钓鱼。

辞职的原因，说好听点儿是"因为和部长吵架"，但真正的原因是他迷上了赖子，都没好好上班。他提前预支的退职金以及向亲朋好友借的钱也全都花在了赖子身上。他每天都去赖子工作的舞厅撒钱交欢，两人甚至把东京周边的温泉旅馆玩了个遍。

一开始，他还会打电话编个理由不去上班。但次数多了，连理由都懒得找，干脆破罐子破摔，直接无故缺勤。

报社的社会部本来就没有闲职，怎能容得下他这么个懒货？虽然是他自己提交的辞呈，但在那之前，他已经和部长积怨颇深。他算是前任部长的手下爱将，那时候的他干劲十足，工作业绩有口皆碑。但自从新部长上任之后，他一直遭到排挤和冷遇。他很早就有预感，总有一天会和这个新部长大吵一架。他之所以变得越来越懈怠，甚至最后辞职，也是因为有一种宿命论的心理，觉得自己的预感一定会成真，只是早晚的问题。有人为他可惜，毕竟那是日本一流的报社，但那只是别人的看法，现在的太市并不以为然。

因为那样的理由而辞职，所以太市并没有得到太多退职金。他曾在东京找过一阵子工作，但突然就不找了。他听说以前学校里的学长在S市的地方报社已经做到上层，就带着赖子来到这里。但之前也没联系学长一下，结果到了这里才知道，学长已经辞职，离开了S市。

这种时候，与其没头苍蝇似的瞎操心，不如在这个物价便宜的乡下找份工作。太市觉得，只要写封信给东京的朋友，就能帮他在这里介绍个差事。

他本以为可以和赖子在这里愉快地开始新生活，但就算物价再便宜，没有收入、整天钓鱼的日子才过了三个月，家里就快要揭不开锅了。

虽说乡下的生活很悠闲，但和大城市一样，存在着就业难的问题。而且太市并没有好好地去找过工作，自然不会有好工作找上门。况且他那只拿惯了报社4B铅笔的手也没想过去干别的工作。

这天傍晚，太市回到家，看到赖子打扮得漂漂亮亮地坐在家里。赖子身上穿的是她从东京带来的唯一一套漂亮衣服，妆容也很精致，在昏暗的十平方米的小房间里显得特别亮眼。

没等太市开口问，赖子就主动笑着说："我找到工作了。去应征之前没和你打招呼，是我不好，但谁让我们只剩下五百日元了呢。"

听到赖子说找到工作，太市已经猜到了大半，但还是想确认，问："什么工作？"

"我刚才去见了这里最大的酒吧的经理，对方马上同意，说好了明晚就开工。"出于工作需要，她还带回来两套连衣裙，"对不起啊。"赖子看着太市的脸,柔声细语道。太市则是性格使然,并没有直白地说什么"抱歉让你出去辛苦"之类的话,而是苦笑着说:"我终于可以当小白脸,靠你养了。"

"傻瓜!"赖子轻轻地打了他一下。

二

酒吧的名字叫"银座",从外观来看,和东京郊外的那些酒吧相比也是算大的。太市每晚都会去酒吧附近接赖子回家。但渐渐地,他突然意识到:这样下去可不行。

于是他开始认真地在报上的招聘栏里找工作,却发现三十岁的男人要找份工作真心不容易。

在东京有过类似工作经验的赖子,在这乡下酒吧里一下子就成了头牌。一直都比较大男子主义的太市虽然认为靠赖子的收入也能过日子,但就算现在不觉得太卑微、太没出息,将来也会越来越不自在、不痛快。赖子虽然会照顾到他的心情,对他说没事的,不用担心,但这些话都起不了太大的作用。

这天早上,太市在报纸的一角看到一则三行字的招聘广告

招聘能干的记者。

我们需要有骨气、有志气的奋斗者。

阳道新报社

虽然太市觉得这是一家没什么名气的地方小报，但时不我待，机会难得，立刻冲出家门。

他找到报上登载的地址，却发现那是一片满地垃圾的空地，也没有报社模样的房子，只有一块破旧却大得离谱的招牌——"阳道新报社"挂在门口。

虽然本来就没抱太大的希望，但眼前的景象还是让太市有些心寒。他姑且进门看了看，站在狭窄的玄关处，可以一眼看尽里面的房间内铺着破旧的榻榻米，上面还有模有样地摆着办公桌和办公椅。

一个穿着做饭罩衣的中年妇女从里面走了出来，看着像是女主人，既干净又利索，太市对她印象不错。

太市说明来意后，中年妇女先回了趟里屋，过了一会儿又出来，向太市点头致意、微笑着请太市进屋。

太市爬上一段又窄又陡又暗的楼梯，来到楼上一间十几平方米的屋子，看到地上铺着床褥。

"很抱歉，因为我丈夫半年来一直卧床，所以只能请您在这里见面。"女主人向太市致歉。

太市看到躺在被褥里、慢慢扇着蒲扇的男人坐了起来。这个男人很瘦，眼睛很大，颧骨突出，五十岁左右，一脸不太好相处的长相，头发半白，脸颊凹陷，看上去很苍老。但也许实际并没有看上去那么老。

但他的眼神非常犀利闪光，一句一字也都铿锵有力。

这个男人自称是《阳道新报》社的社长晶中嘉吉，他盯着太市说："你以前做过报纸记者吗？"

太市说自己有三年左右的记者经验。社长没有追问更多，而是向太市介绍了Ｓ市在这个地区所处的特殊性、市政府的工作不济以及中央政府对地方行政不闻不问等情况。

大约说了二十分钟左右，社长突然停下，要求太市当场将他刚才说的那些写成一篇新闻报道。太市把这当作面试的一部分，虽然听的时候没太在意，但还是将大意整理出了一篇报道。

晶中社长让妻子拿来眼镜，看着太市写的报道。他用鼻子"嗯，嗯"地说了好几声。

"针对时下的政治问题，写一篇你自己的独到感想，明天拿来给我看。这是我们的报纸。"晶中社长说着，拿出一份只有通常报纸一半大小、一共才四个版面的报纸。

回到家中，太市拿出《阳道新报》看起来，正反面都是市政报道，没有社会版。而且那些市政报道中，全都是带有攻击性的主观报道。换言之，这与太市之前预料的一样，就是一份地方小报。

太市将这份报纸翻来覆去，看了又看，不由地流下眼泪。一方面是感伤自己竟沦落到要为这种小报打工的地步，另一方面，他说服自己道，无论是为日本一流大报写稿还是为这种地方小报写稿，自己职业的本质不会有变。不过，他的那些大道理改善不了自己此刻落寞的心情。

"常存正义，坚决与市政府之恶斗争到底。"太市一边喃喃地念叨着印在报纸名旁边《阳道新报》的标语口号，一边朝昏暗的街上走去。他要去接赖子下班。

三

第二天是决定是否录用的日子。畠中社长双目炯炯有神，坐在被褥里说："你是来应征的第十一个人，我看好你，好好干！你不是本地人，估计不太清楚，我先向你介绍一下这里的市政情况。其他事情，过一阵子你自然会明白。首先，这个市里分成市长派和佐理派。两派人马势不两立。你是不是想问：市长派为何不除掉相当于副手的佐理派呢？因为佐理派依靠自己的策士拉拢了众多市会议员，这是理由之一。另外，佐理派为了博得好感，对科长以上级别的政府官员全都言听计从，而那些官员又听任市议会议员的摆布。明白了吗？这就是这个市的现状。"

太市心想，社长说这话的时候，一字一句都铿锵有力。若将这番话整理成文章，一定非常有感染力。

太市发问："听您这么说，您是市长派吧？"

社长狠狠地摇了摇头发半白的脑袋："我不属于任何一派。我站在二十万市民这一边。我的信念就是要与市政之恶斗争到底。无论是市长派还是佐理派、议员或官员，他们都视我为眼中钉。但即便如此也没关系，我一个人也会坚持战斗。可恨的是我现在因病只能卧床，那些人一定在看我的笑话。可恶！我绝不认输。你要代替我将这个市政的恶势力彻底揭露出来。你不用害怕任何人，我的报纸不靠广告维持。我给你介绍一下你的同事，汤浅新六是个认真的家伙，可惜少了些霸气。"

畠中社长拍手叫来穿着做饭罩衣的夫人，让她叫来了新六。

浅汤新六弓着背，皮肤黝黑，满脸无精打采，看上去老态龙钟。

两人熟络后，太市请新六去吃关东煮，喝小酒。

"本市的上层人物都讨厌我们老大，因为他就像条疯狗一样见人就咬。他保持着市议会议员选举八次落选的记录，又激进又偏执。"浅汤新六喝着小酒向太市说明,"老大因为生病,觉得自己壮志难酬,但他还是坚持一个人包揽了周报上的所有报道。但为这种报纸干活,实在没法让人挺胸抬头吧。"新六说着,笑了起来。

太市看得出这个男人有自卑情结,也许之前也曾在哪家报社有过怀才不遇的经历。太市突然想到,畠中社长并没有问过自己的经历,新六也没问。但这样也好。

新六喝醉了,接着说:"但我很喜欢老大,他总是不为五斗米折腰,日子穷苦,却志向高远。老大和夫人都是有追求的人,就算米缸空了,都能一笑了之。夫人也是好人。田村先生,老大就拜托你了。"

他们一连去了两三家小酒馆,新六已经醉得只能靠太市扶着走路。

原本只有一个社长、一个社员的报社,因为太市的加入,终于有了两个社员。这份报纸的印刷交给一家又小又脏的印刷作坊,排版、校对、图文等,全都是社员的分内事。

工作环境也与拥有现代照明的大报社和人声鼎沸的大工厂有着天壤之别。看着在没有灯罩的一两个裸露的电灯泡下、一个磨磨蹭蹭的老技工在昏暗的活版桌上一个字一个字地更换印刷用的活字,太市感到一阵阵心酸,差点儿哭出来。

赖子得知后安慰说:"做得不开心就别做了。"这本该是大男人对小女人说的话，现在却颠倒了过来。太市默默地抽着烟。他到现在都不好意思拿给别人看自己"《阳道新报》记者"的名片。他在心里默默地计算着税后八千日元的薪水能干什么。

第二天，他来到报纸的最大采访地——市政府。在这栋脏兮兮的建筑物里，新六带着他去和一个个科室的科长打招呼。每个科长都是一脸不屑，皮笑肉不笑，根本没把新六和太市当回事儿。

没把他们放在眼里的不只是那些科长们。这个市政府里有一个由大报分社和五六家地方报纸组成的市政记者俱乐部，但新六他们无法加入这个俱乐部。

总之，《阳道新报》爹不疼娘不爱，完全被排挤在外。看着新六在那堆白眼中弓着背、卑微地端着笑脸到处采访，太市突然意识到，在新六卑微的姿态背后，其实有着一种与晶中的傲骨及斗志相一致的反抗精神。

四

两个月后，太市终于渐渐习惯了这份新工作。这天，太市前往土木科进行采访。在门口，隔着玻璃窗朝里看去，科长的桌子前面站着一个肩膀宽硕的男人。

土木科长姓"南"，人看上去很和善。

太市默默地走近科长办公桌,却听到一声怒吼——

"你别太过分!"

是那个大高个男人的声音。太市朝他看去,发现那个男人满脸通红,正怒目瞪着坐在位子上的南科长。

太市心想:糟了,自己来的不是时候,但现在也不能就这么回头走掉。这时,那个像一尊仁王佛像般巍然站立着的大高个男人转过脸,开始上下打量太市。这个男人看上去四十多岁,脸色发红,穿得像个绅士,胡子下面有个婴儿似的双下巴。太市不知道他是谁,对方也不认识太市,只是一个劲儿地盯着太市,表情不善,明显地对太市打断他与南科长谈话而感到厌恶。

"你给我记住!"男人再度恶狠狠地看着南科长,甩下这句话后转身离开,从其他一直站在一旁不吱声地旁观的市政府工作人员身旁大摇大摆地走了出去。

南科长就像个挨了骂的小学生,缓缓地抬起头来。他从背心口袋里掏出香烟点燃,但夹着烟的手明显在发抖。太市觉得他是在竭力克制内心的极度愤怒。

然而,太市仍在南科长发白的脸上发现了一丝不屑的微笑。

太市刚想问问是怎么回事,却发现南科长的眼睛正犀利地看向另一边。这个科室里有三张主管桌,正中间的一张桌子边,一个男人正若无其事地站起身来。南科长的视线落在那个男人的背上,跟着他移动。

那个男人离开办公桌后,像是去洗手间似的,慢慢地走出办公室,然后消失在走廊上。南科长意味深长的眼神一直追逐着那个男人的背影直到办公室门口,然后若无其事地收回目光。这两三秒钟默剧般的举动没有逃过太市的眼睛。

过了一会儿,科员抱着资料走进办公室。南科长手里拿着印章,开始处理案头的工作。他戴着老花眼镜,鬓角已经发白。

太市吐着烟问:"请问刚才是怎么回事?"

这一次,南科长头也不抬地回答说:"没事儿。"视线一直落在手头的资料上。

太市抽完一支烟后转身离开。

这天晚上,他把新六叫去吃关东煮,喝小酒。

新六听完太市的叙述,黝黑的脸上双眼放光:"真有意思。"说着,他又喝了一口小酒,"那个大高个男人应该是市议会议员石井圆吉,他干吗要朝南科长吼呢?肯定有事儿!石井在这个市里拥有不小的势力。"

"那个离开办公桌的主管是谁?"

"应该是港湾项目的主管山下吧,他一定是出门去追石井议员表忠心了。真有意思，那家伙以前和石井的关系可没那么好。"

"科长和主管的关系不好吗？"

"表面上肯定不会不好，但估计南科长看不顺眼山下和石井走得太近吧！你刚才说的那一幕真有意思。话说能发现那个细节，说明你的观察力非常敏锐。"

"过奖了。"太市继续给新六倒酒。

"但话又说回来，"新六凑近太市说，"这里面一定有猫腻。你要不要追踪一下看看有什么新闻？那个叫山下的主管属于佐理派，做人很机灵，喜欢玩女人。而那个叫石井的议员是赤线区域的老大，是个不好惹的角色。他对生性懦弱的南科长怒吼，这事儿背后肯定有文章。你把这事儿好好查一下，应该会有所收获。最近我们《阳道新报》没什么亮眼的报道，正在发愁呢。你弄一篇惊世骇俗的报道出来，让我们老大高兴高兴吧。"

五

在酒吧"银座"，头牌通常十一点下班，其他"小姐"们十一点半左右下班。太市每天都会在这个时候去接赖子下班。不过他嫌等待的时间有点儿无聊，就信步走进了关东煮的店里。

这天晚上，他一如往常地喝着便宜的小酒，突然在一旁的客人里发现一张熟悉的脸——脸颊松垮,鬓角发白,手肘撑在桌子上,正低着头喝酒。太市马上就认出此人正是土木科的南科长。太市在一旁观察了一小会儿,发现南科长若有所思,黯然落寞。

太市站起身,走上前去打招呼:"哟,这不是南科长吗?"

南科长转过脸,定睛朝他看了又看,认出是谁之后,嘴角扬起笑意:"哦,是你啊。"这时他的表情已经变为遇到熟人后的放松和亲切。

太市为科长倒酒,科长道谢。

"您常来这里吗?"太市问。

"倒也不是。"南科长说着,脸上泛起淡淡的微笑,像是在自说自话,又像是在自嘲。

酒过三巡,两人渐渐熟络起来。太市的眼前又浮现出石井议员向南科长怒吼的情景,耳边也响起新六鼓励他"好好调查一番"的话语声。太市觉得能在这家小店与南科长相遇,实在是自己的幸运,也许可以借此打探到很多秘密。

"听说那些市议会议员里,有几个人真不知道在搞什么名堂。"借着酒劲儿,太市旁敲侧击地开始打探。

这时,原本已经碰到酒杯的南科长,嘴角突然抽动了一下,那颤抖的模样就像是被人击中了要害。

太市心里咯噔一下,以为这下要坏事,后悔自己问得太直白,应该先多绕些圈子。

其实,当时被太市目睹的场面,让南科长心里害怕的程度已经远远超过了太市的想象。

南科长没有回答,只是看了一下手表,然后站起身,之前平和的笑脸已经完全消失。太市有些懊恼,觉得自己浪费了大好机会。

"我先走了。"南科长说完,却没有马上离开,反而停顿了两三秒钟。

太市有些吃惊。

突然,浑身酒气的南科长凑近太市,有些结巴地说:"我是在凭信念做事。"

太市觉得南科长的这句话不是醉话,而是有意告诉他的。

太市目送着南科长消瘦的背影,看着他掀开门帘,走出小店。

"凭信念做事"?难道南科长只是为了说这种听起来假大空的话而故意停顿了两三秒钟?虽然这话听上去挺虚的,但太市觉得南科长说的时候非常认真。人往往越认真的时候越说出普通的话。

这里面一定大有文章——太市并非被新六的话鼓动,而是在喝酒的过程中,认定南科长的背后一定有故事。

他看了看手表,已经过了十一点。他这个头牌"小姐"的老公该去接老婆了。

走到街角,太市看到"银座"只有门口还亮着霓虹灯,从窗口看去,里面已经变暗。他站在距离店面不到四十米的地方,一边抽烟,一边等赖子。夜风让他感觉有些冷。

像往常一样,太市看着女人们一个个地从酒吧的后门出来。突然,他发现店门口停了一辆车。只见一个大高个男人的身影从车上下来,朝女人堆里走去。女人们一见到那个男人,马上爆发出笑声和说话声。

只见那个大高个男人拉起其中一个女人的手,看上去像是要让她上车。女人表示拒绝,其他女人吵吵嚷嚷地围观相劝。

男人最终只能放弃,但看上去依然有说有笑。虽然只看得到他的人影,但太市觉得自己似乎见过这个大高个。大高个男人在女人们的簇拥与推搡下坐进车内。

在女人们的欢送声中,汽车开走了。过了一小会儿,女人们又开始说笑起来。

之后,女人们三三两两,各自回家。其中一个女人朝太市走来,而她正是刚才差点被那个大个子男人拉上车的女人,是赖子。

"等了很久吧,这么冷的天,真是抱歉。"赖子每次都会对太市抱歉。

两人默默地并肩走在路上。

"那个男人是干吗的?"太市忍不住开口问。

"啊,被你看见了?讨厌,那个男人很烦人的,非说要开车送我回去。"

"他是迷上你了吧?"

"不知道,总之很烦,最近每晚都来,总是缠着我。"

"他是不是叫石井,是市议会议员?"

"咦?"赖子看着太市的脸,"你知道他?"

"知道一点儿。"太市觉得很有趣。今晚,自己刚和南科长见过,这会儿又看见了石井议员,真是有缘。刚才南科长说他是凭信念在做事,这背后究竟隐藏了什么意思?那天,石井对南科长吼的那句"你给我记住!"又是什么意思?

"喂,你不说话是在想什么?喂!你在吃醋吗?"赖子与太市十指相扣。

"说什么傻话。"

六

虽然阳光灿烂,但从海上吹来的风还是让人感觉冷飕飕的。开阔的空地上杂草丛生,一个个废弃的大油桶和仓库般的房子零零星星地出现在视野里。

远眺蓝色大海,可以看到好几座小岛。巡航船在岛屿之间穿针引线似的来来往往,开往大阪的货船缓缓地向前行驶。这正是濑户内海的风景。

"就是那栋建筑物。"新六指给太市看。

细长型的两层楼简易板房,看着不像工厂,也不像仓库,玻璃窗几乎全碎了,一看就知道荒废已久。这栋建筑在开阔的空地上独自耸立,显得特别突兀。

"这就是石井圆吉的铁丝工厂。去里面看看吧。"

他俩走到工厂旁边,从碎裂的玻璃窗朝里看去,只见两三台机器倒在地上,空荡荡的,没有一个人影。

今天早上,太市刚到《阳道新报》社,新六就突然抓着他的手腕说有好东西要给他看,然后不由分说地把他拉来这里。

"我知道这里是石井圆吉的工厂了,然后呢?"太市问新六。

新六划着一根火柴,用手挡着不让风把火吹灭,然后一边吐烟圈一边说:"走吧。"

回去的路上,他向太市说明:"那家工厂是石井两年前造的,因为没什么生意,半年前开始停业,现在就成了我们看到的那副模样。据说石井因此损失了两百万日元。但那不是重点,问题是工厂所在的那片土地。市里因为市政规划的需要，要求石井将土地归还市政府，但石井提出索要四百万日元补偿金。"

"四百万？狮子大开口嘛。"

"是啊，石井声称现在只是暂时停业，说什么正在计划重新开业。但那都是借口，你刚才也看到了那副破烂样，那家工厂早就没救了，石井却主张说，基于未来的可能性，索要四百万算是便宜的。"

"市里怎么说？"

"土木科的山下按照石井的意思向南科长提交了方案，但南科长就是不肯盖章同意。"

"是嫌石井开价太高吗？"

"不是，据说南科长一毛钱都不想给石井。"新六抽着烟说。

"这又是为何呢？"

"我从土木科的科员那里只打听到这些，其他还不清楚。"

"石井的开价确实太高，但南科长一分钱都不给，似乎也有点儿说不过去。"太市琢磨着，当时石井朝南科长吼，应该就是因为这件事。

"为了进一步调查原因，接下来我们一起去这个地方。"新六翻开脏兮兮的记事簿，给太市看他特别用铅笔划了线的地址和姓名。

"我去登记所查过,这是石井那间破工厂的土地所有人。"新六说明。

看到新六的这些举动,太市开始对新六刮目相看。虽说新六总说自己对新闻事件非常迟钝,但太市觉得他绝非等闲之辈。

土地所有人是一位开当铺的老人家。

"那块土地确实是我的,但石井没经过我的同意就在上面擅自盖了工厂。当时我去找他理论过很多次,哪有人会随便在别人的土地上盖房子?真是乱来!"当铺老人坐在柜台里,隔着昏暗的格子窗向新六和太市说明,"但后来石井向我道了歉,而且他是市议会议员,还每个月给我一笔数额不小的土地租赁费。"

"这么说来,石井是在他人的土地上擅自建厂,而且估计那间工厂都没办过建设许可证?"新六说。

"那就不知道了。"

其实他们不用问眼前这位老人,只要去市政府的建筑科查一下,就能知道是否是无证建筑。

"所以南科长才不肯盖章同意,因为市府没理由给无证建筑发放补偿金。"新六说。

"那间工厂是两年前建的,石井很有可能当时就知道这里会建市政道路。"太市推测说,"也就是说,他一开始就是冲着补偿金建厂的,所谓工厂只是摆设,假装让机器运转几天,发出些声响。石井的真正目的是空手套白狼,拿走市政府的四百万。"

"你真厉害。"新六夸太市,"事实应该就是如此。但石井没想到南科长不肯点头。虽然南科长知道那是无证建筑,但对方是市议会议员,一般人都会畏惧这种当大官。但南科长还是以无证建筑为由,拒绝支付补偿金。石井不肯罢休,却自知理亏,只能对南科长吼了那句你当时听到的'你给我记住!'山下一定是石井的内应,我猜石井会指示山下暗地里动手脚。"

太市又想起南科长那句发自肺腑的"我是凭信念在做事"。南科长一定是拼命顶住来自势力极大的议员的压力,顽强地坚守着自己的原则。"南科长真了不起!"太市不由感慨。

"是啊,南科长虽然没有太大的本事,却是一个正直的人。不过只查到这些还不足以登在我们的报纸上。我也算卖力地去查了,可估计老大还是会失望。"新六皱着眉头喃喃自语。

七

这阵子,市政府的部分官员发生了人事变动,土木科的山下主管当上了港湾科的科长。在S市,港湾项目属于关乎未来的新兴事业,之前曾隶属于土木科的港湾项目组现在独立出来,成立港湾科,山下荣升科长。

"这里面肯定有猫腻。"看到人事变动的消息,晶中社长坐在病床上瞪圆了眼睛,"为了让山下当上科长,上级故意把港湾项目从土木科中分离出来,这就做得太明显了。石井属于佐理派,他拿南科长没办法,所以干脆提拔山下做科长,然后从山下那里捞油水。山下那种家伙一定会为了讨好石井而任其摆布的。不知道接下去还会发生什么事。你们都给我盯紧了!"

过了没多久,新六对太市说:"告诉你一件有意思的事,跟我来。"

太市回想起自己在东京的报社任职时,抢新闻都是坐着挂有报社社旗的车子飞驰而去的,但现在,《阳道新报》一贫如洗,只能乘电车跑新闻。

新六带着太市来到之前曾一起来过的海岸。但是这次,石井圆吉的那栋简易板房式工厂已经解体,废旧建材和木板等堆得到处都是。岛屿、大海、拆除建筑物后的废墟和杂草丛生的空地组成了一幅油画般的景象。

"山下刚当上港湾科的科长,就给石井落实了补偿金?"

新六回答:"那是当然,石井可不会平白无故地拆了自家工厂。我们得好好查查。"说完,新六两眼放光。

"怎么查?"

"支付补偿金要通过总务科,去总务科查一下,应该能马上能弄清。"

于是两人来到市政府。总务科却告诉他们,并没有支付给石井任何补偿金。

"这就奇怪了。"新六一脸诧异。

"难道石井乖乖就范了?"太市喃喃自语。

"绝对不可能,石井可不是软柿子。"新六噘着嘴反对说,"他肯定拿了钱,只有钱到手了,他才会拆掉工厂。而且山下不久前刚当上科长,总务科却说没有支付过补偿金,这里面一定有人动了手脚。我们一定要查个水落石出!"新六越说越兴奋。

这天晚上,太市去了"银座",虽然去自己女人工作的店里当客人有点儿不自在,但今晚他是另有目的。

店内的光线很是昏暗,其装饰一看就是乡下风格,但设施还算上等。

太市刚落座,就有服务生过来请他点单,还有穿着礼服的女孩子坐到他旁边。十三四组旋转着的彩色照明灯照映着中央舞池,人们在里面摇摆起舞。

太市搜寻着赖子的身影,没多久就在人群中找到了赖子,却发现她的舞伴又是那个熟悉的大高个。石井依然是冲着赖子来的常客。看着自己的女人被别的男人黏着,还一起热舞,太市觉得这种感觉倒也满新鲜的。

一曲终了,跳舞的人群四散开来。石井坐进包厢,赖子朝太市的方向瞥了一眼,但太市不确定赖子是否看见了自己,只见赖子若无其事地跟在石井身后也进了包厢。

石井黏在赖子身边,不停地举杯饮酒。不久,四五个"小姐"也进了同一个包厢开始商量起事情来,"小姐"之间像是热络地聊着什么,但因太远,太市听不清。

石井叫来了经理,笑着说了什么。经理再三向他点头哈腰。石井拍拍经理的肩膀,笑着站起身,"小姐"们一个个起身离开。

石井当然没放赖子走。太市远远地关注着他到底会做什么。只见赖子像是借故去洗手间,起身离开石井的包厢,脸上堆着笑、拖着裙摆来到太市面前,一脸看到熟客的表情。

"哟,好久不见。"赖子说。因为太市的身边还有别的"小姐",她只能假装和太市不熟。

"嗨!"太市也配合地"表演"着寒暄。

"我得陪石井先生去'坐潮楼'了,抱歉,告辞了。"赖子和太市握握手,然后回到石井身边。石井一直盯着太市看,太市若无其事地自顾喝啤酒。

石井带着赖子和其他三四个"小姐"一起离开酒吧后,太市问身边的"小姐":"'坐潮楼'是干吗的?"

那个相貌平平的"小姐"回答说:"你连'坐潮楼'都不知道?那是这里最大的料理屋。"

太市听完,终于明白刚才赖子特地跑到他面前说那句话的真实用意——赖子也想他去"坐潮楼"。

付完账,太市刚想出门,却看到经理站在行李寄存处,一脸的不高兴。

经理把太市当作客人,恭敬地鞠躬相送。

"漂亮姑娘一下子走了那么多,真没劲,你们这儿是怎么回事啊?"太市假装发牢骚。

经理一脸为难地说:"可不是嘛。石井先生说今天要举办摄影会,非要让我借三四个姑娘给他,说只要一个小时就行。我也没办法,现在正是店里最忙的时候,走掉那么多好'货',我们也很发愁。"

听经理把赖子等人叫作"货",太市觉得有些别扭,但更奇怪的是石井居然要搞什么"夜间摄影会"。

"干吗不拒绝?"

"要是能拒绝,我早就拒绝了。石井先生是市里的大官,我们这种做小生意的,要是得罪了他,哪儿还会有好日子?"

离开酒吧,太市习惯性地看了看手表,现在是八点四十分。

他打听到"坐潮楼"的地点,过去一看,不由地吓了一跳——好大的地方,靠着海,能闻到海水的味道。

太市走进铺满鹅卵石的长长的玄关,看到一个个妆容精致的女侍端坐在门口。

"我来参加石井先生的摄影会。"太市鼓起勇气说。

"是吗,这边请。"女侍站起身,穿着木屐带着太市穿过中庭的小树林。

中庭里植被繁茂,纵景很深,面积很大。太市觉得靠得太近可能会被发现,于是对女侍说:"到这里就可以,我认识路。"然后支开了女侍。

太市蹑手蹑脚地朝前走去,看到中庭的草坪上有二十多个黑影围着女人们吵吵嚷嚷地在说着什么。草地上的光线很暗,看不太清楚,但那些黑影似乎都端着相机,让女人们摆出各种姿势。

"喂,已经快到九点了,开始吧。"太市听到石井浑厚的声音。被石井这么一催,人头开始攒动。不一会儿,太市听到此起彼伏的"好的""就这样""身体再朝这里斜一点儿"……指挥着女人们摆姿势,然后,一道刺目的闪光晃眼而过,紧接着就是"咔嚓"声不断、此起彼伏的闪光灯。差不多有二十个拍摄者不停地按下快门,闪光灯刺目而来,应接不暇。

十分钟后,大家暂时休息。不一会儿,又开始了新一轮不间断的闪光灯。在此期间,太市还听到了女人们的娇声阵阵。

太市看得有些无聊,觉得赖子应该不会有什么危险,于是悄悄地走出"坐潮楼"。

太市抬头看天,没有月亮,漆黑一片,星星好像被贴在黑布上一样。他突然有点想念东京。这种时候,他特别想看海。他一边吹着海风,一边漫无目的地信步而行。昏暗的、仓库似的建筑物被海风吹得嘎哒作响,最后他走到正对大海的地方。

黑夜里,大海就是黑色的沉淀——没有比"沉淀"更适合的表述了——无风,无浪,一片寂静。眼前就是码头,发出摇摇晃晃撞击海岸的声音。

前方,能看到岛屿,却不见灯光。只有右手边海岸附近似乎有一艘小汽船亮着一盏灯,温柔地发着光。漆黑一片的大海上,可以称得上光亮的,只有那一盏小灯。

小汽船与码头之间还有一个黑影,看着像是另一艘没有点灯的船。

黑暗的大海上，一片寂静。

太市不由得泪流不止，突然好想回东京。他觉得颠沛流离到这个位于内海无名小地方的落魄的自己实在太可怜，而跟着没出息的自己而来的赖子实在是个好女人。

太市自怨自艾了五六分钟，随后朝家里走去。

当他精疲力尽地钻进被子睡着后，被赖子叫醒了。

"摄影会怎么样？"睡眼惺忪的太市问。

"我也搞不懂那是摄影会还是什么东西，反正时间超长，真受不了。足足拍了一个小时，没完没了地拍，真的好累。不过小费倒是给了不少。"

"那不是蛮好的嘛。"

"你去了吗？我特地给了你暗号呢。"

"嗯，去看了一眼，没多久就回去了。"

"真是一点儿都指望不上你。"

八

第二天早上，太市躺在床上看晨报，看到地方版上用很大的版面报道了土木科南科长失踪的消息。太市打了一个激灵，立刻清醒过来。

报上写道:"十日夜里,土木科的南科长彻夜未归,家人担心,便四处询问,却无人说见到过他。于是家人向警方提交搜查请求。南科长平时为人认真,以前从未无故不归,故家人特别担心。

"十日夜里,南科长曾出席调离土木科就任港湾科科长的山下健雄的送别会,九点十分宴会结束后,与大家道别。据悉,当时南科长烂醉如泥,不顾众人劝阻,坚持骑车回家。

"据港湾科的山下科长介绍说:'南科长当时酩酊大醉,我劝他别骑车,还是走路回家吧。但他就是不听,说自己习惯了骑车。我当时应该送他回家的,真希望他能平安无事。'"

太市扔掉报纸一跃而起。赖子因为晚上很晚才休息,还在睡,却因为太市动静太大而被吵醒。

"你干吗?"赖子问。

"没事。我现在去趟报社,你接着睡吧。"太市洗了把脸匆匆出门。他所说的报社就是《阳道新报》社——以前他口中的"报社"却是日本的一流大报社。

太市赶到报社,吃惊地发现新六已经先到了,弓着背畏手畏脚地站在社长面前。新六看到太市进来,睡眼惺忪地打招呼说:"早,你来得也好早啊。"语气中没有任何变化,表情也是一如往常的无精打采。

相比之下，坐在病床上的晶中社长却非常亢奋。今天的社长看上去脸色非同往日，显得特别有气色，目光也炯炯有神。

"你来了！"社长对太市说，语气中带着自负的语调，"是我们市政府的腐败造成了这起丑闻。"

太市抬起脸来问："丑闻？什么丑闻？"

"你还不知道？那你干吗那么早来报社？"社长用手指敲着报纸，那正是报道了南科长失踪的晨报。

"南科长的失踪不能说是丑闻吧？现在还没找到人，什么都还不好说——"

"你在说什么？"社长勃然大怒，"我还以为你对市政府腐败的程度已经了然于胸。"

"我的确知道市政府的腐败，但这次南科的失踪是否与其有关，我觉得就目前而言还不能妄下定论。"太市辛辛苦苦一大早过来，却被社长劈头盖脸地骂一通，心里有些委屈，所以干脆和这个老人唱起反调。

"绝对有关！"

"没有证据！"

"没有证据也可以断定。我虽然只能躺在这里，但一直在关注市政府的相关消息。没有这点儿敏锐的直觉，我怎么能做标榜净化市政府的报纸?"

"社长,您也许觉得只靠直觉就行,但我还是坚持在没有客观证据的基础上不能妄下判断。"

畠中社长直直地盯着太市:"你以前一直待在大报社,只负责过一两个小案子,所以才会如此目光短浅。想要洞察真相,必须打开视野、高瞻远瞩。你满口证据证据的,你自己不是也和南科长聊过天吗?"

"是聊过。"太市脱口而出,但马上心里咯噔一下——他想起南科长曾对他说过:"我是凭信念在做事。"

没错,就是这句话,这句话就是证据。太市看看面前的社长,心想这老家伙还真是一针见血。

"你好好想想。"见太市有些犹豫,社长乘胜追击,"追查事件真相的时候,不能匆忙地把事件发生时的表面碎片抓过来就用。你听好了,素材源自平日的积累,要把那些——"

话还没说完,电话铃就响了。社长家的电话不是那种放在桌上看起来很时髦的座机,而是最老式的,挂在楼梯口墙上的挂机。

"我去接。"一直沉默不语的新六慢慢地拿起听筒。

太市只听到他一句又一句的"好的""好的",最后还说了一句没什么感情的"谢谢"。

放下听筒,新六回到社长面前。

"什么事?"社长很在意。

"是警局的岩间副部长打来的,说是在海上发现了南科长的尸体。"

"啊?"社长惊得瞪大了眼,有些口吃地说,"怎、怎么回事?"

"自行车也一起被捞上来了。因为没有外伤,所以警方定性为意外事故。"新六的回答中听不出任何的感情起伏。

"怎么可能!"社长瞪圆了眼珠,"绝对是他杀!"

九

下午三点,南科长的葬礼就在南科长家举行。

太市想前去敬香。虽说在南科长生前,自己和这个可怜的科长算不上有深交,但对太市而言,他也绝非无关痛痒的陌生人。他至今都无法忘记那天在小酒馆里身体微微前倾、喝着小酒模样的南科长,那句稍稍有些结巴的"我是凭信念做事"至今仍在太市的耳边回响。

这句话饱含着南科长的决心,他在拼命对抗来自市议会议员石井圆吉的压力。权大势大的高官们向来对市政府的工作人员颐指气使,特别是石井那样的男人,市府里的小官们在他面前全都唯命是从。无论是市长派还是佐理派，甚至连市议会议长都要对石井礼让三分。石井就是这么一个位高权重的人物。

但南科长偏偏敢向石井叫板。所谓"信念"，就是南科长无惧石井的强权、坚持正义的决心。太市明白，以其区区一个小科长的职位及其平日里软弱的性格而言，南科长的决心可谓巨大。

南科长的反抗对石井而言并非不痛不痒。若要讲道理，石井一定无理可说，平时只要他一吹胡子一瞪眼，大家就会俯首称臣。但这招对南科长完全不管用。

石井让自己的心腹山下坐上了港湾科科长的位子，以此削弱南科长的实权，这种邪门歪道的用心，路人皆知。但太市万万没想到南科长居然会因此遭遇不测。

太市想起畠中社长在床上叫喊的那句"绝对是他杀！"但那是社长一怒之下脱口而出的，并无确凿的根据。

太市觉得，不管怎么说，南科长很可怜，所以很想给他上一支香。他觉得自己和南科长也算有缘之人。

查到南科长的具体住址后，太市的心头咯噔一下，因为他觉得南科长家的地址很熟悉。

来到南科长家附近，太市环视四周，心里暗想："忘记是什么时候了，但总觉得自己来过这里。"他想了一会儿，终于想起来那天正是十日晚,他去看石井圆吉的夜间摄影会时,信步走到过的"坐潮楼"附近。

那时候是晚上,和现在白天所见的略有不同,但正是同一个地方。走在路上,太市看到"坐潮楼"的屋顶出现在自己的左手边,右手则是熟悉的仓库。那天晚上,他就是走过这个仓库之后看到大海的。

就结果而言,南科长的家"碰巧"位于"坐潮楼"附近。

从"坐潮楼"走到十字路口再朝左转就是南科长的家。拐角处的电线杆上贴了指向"葬礼举行地"的箭头,为当天参加葬礼的人指路。

在十字路口转弯后,步行四五分钟,就到了南科长的家,这里比较偏僻,与邻居之间隔着田地。

太市缓缓地走在路上,看到路边的电线杆上有人爬到了最上面。他无意间瞧了一眼,看到一个电工模样的男人正在修理路灯。住在附近的一位老人正在路灯下抬头看着。

"是有人故意弄坏的。如果是小孩子调皮也就算了,但这肯定是大人干的。"老人对电工说。

"老人家,你看到那个人了吗?"电工问。

"我听到'砰'的声音就冲到门外,发现路灯已经不亮了,有个男人手里拿着棒子似的东西正在逃跑。不对，那应该是一把气枪，一定是他用气枪把路灯灯泡打爆的。那么大的人了，居然还干这种缺德事。"

太市一边听，一边心想，这么宁静的乡野田间，居然也会有人闲得搞这种恶作剧。

他来到南科长家门前，发现不愧是科长级别的葬礼，门口已经摆满了花圈，参加葬礼的人络绎不绝。

葬礼接待处坐着三四个市政府的工作人员。太市拿出帛金，郑重地鞠躬致意。当他呈上名片时，对方不由得警惕地朝他看了一眼。因为名片上印着"《阳道新报》记者"，而畠中社长一直对这些市政府人员挑刺、批判，所以在他们看来，这家小报的记者都是"来者不善"。

太市迅速离开接待处，朝里走去。

成了寡妇的南科长夫人和年幼的孩子坐在灵柩边上，他们身后还坐着一排看着像是近亲的人。让太市觉得有些惊讶的是，那些人里，居然坐着港湾科的山下科长。

但仔细一想，这也无可厚非，毕竟山下算是南科长的旧部下，理应在南科长的葬礼上尽犬马之劳。只是因为太市知道南科长生前与山下有过节，所以觉得有些异样。

太市走到灵柩前,真心诚意地敬上香火。因为老天的捉弄,自己颠沛流离到了这个城市,并因此与已故的南科长有了共饮几杯小酒的交情。太市双手合十,心里突然想到无形的所谓命运。

敬完香,太市与山下视线相交。

山下认得常去市政府采访的太市的脸,他一直盯着太市。

十

太市离开南科长的家,朝十字路口走去,打算原路返回。来的时候看到正在修理的那盏路灯已经修好,换上了新灯泡。

来到十字路口,太市记得只要笔直朝前走,就能走到海岸,在路的尽头,可以看见大海。

太市虽然想去看海,但又觉得有点儿麻烦,所以还是直接回了家。

回到家中,赖子正在熨烫礼服裙。

"怎么回事?"赖子看到太市的手臂上戴着葬礼袖章。

"我刚才去了市政府土木科科长的葬礼。"太市说着摘下袖章,躺在榻榻米上。

"啊,就是报上说喝醉了掉进海里的那个人?真可怜。"

"嗯。"太市仰面摊开四肢。

"这时候睡觉?你不去报社?现在要睡午觉?"

听到"报社"这个词,太市觉得有点儿好笑,这家所谓的"报社",一共就一个社长、两个记者,找一家小作坊印刷小尺寸的小报。以前他所在的"报社"可是全国数一数二的大报。

"我累了。赖子,你的膝盖借我一下。"太市嘴里说的"累",更多的是指沦落到这种地步的心累。

"讨厌。"虽然嘴上这么说,赖子还是停下了手里的熨烫活儿,来到太市边上。

太市的头枕在赖子腿上,脸的正上方就是赖子的脸。他看着赖子,心想:这个女人跟着自己受苦了。

"你干吗盯着我看啊?"赖子低头看着太市,眼中带着笑意。

"你还是那么美。"太市有些陶醉地说。

赖子突然低下头,嘴唇压住了太市的嘴。

太市伸手搂住赖子,心生愧疚。"让你受苦了,真对不起。"太市在赖子耳边喃喃地说。

赖子看着太市,重重地摇了摇头,然后凝视着太市,安慰地说道:"你是个好人。"

太市一想到赖子跟着自己从东京沦落至此,却始终不离不弃,于是心头的爱意越发浓烈。"赖子,一定要当心身体哦。"

"你也是。你要是倒下了,我就不知道该怎么办了。如果你也像南科长那样有个什么三长两短,我肯定不能独活。"

"没事的。你放心。"

"真的吗?你可得说到做到。你要是有什么不测,我真的会弃世厌生。"这是赖子的口头禅,带着半开玩笑的语调。

太市的心却因此而放宽了不少:"真到了那种时候,你就跟了石井圆吉吧。"

"你当真?"赖子的眼神里有点儿恶作剧的表情。

"我无所谓啊。"

"那就这么说定了,那个人最近追我追得可紧呢。"

"哦。"

"他问了我好几次是不是单身,还说要养我。我每次都是敷衍了事,但他似乎越追越紧。"

"他有没有对你做过什么怪事?"太市的话音刚落,就稍稍有些犹豫。

"你果然还是吃醋了。"

"傻瓜。"

"他做的怪事可多了,比如总是想碰我。不过你放心,我不会让他得逞的。"

"那是当然,你是我的老婆。"

"嗯。但他一直在见缝插针似地找机会,那天晚上的夜间摄影会就是。对了,南科长就是那天晚上死的吧?那天石井也抢着要送我回家,我好不容易才逃脱,真是吓死人了。我去之前就担心可能会发生那种事,还特地给你使眼色,让你也去'坐潮楼',结果你却自己先回家了,真是靠不住!"

"对不起嘛。"

"只会嘴上说得好听,讨厌!"

"不只是嘴上说得好听哦,来嘛。"太市抱着赖子深深地拥吻。看到赖子闭着眼睛,长长的睫毛垂在眼前;一想到赖子属于自己,太市的心头就涌上强烈的幸福感。

"对了,有件事情很奇怪。"赖子突然想起一件事,"上次的夜间摄影会上,虽说是石井主办的,但后来我听说石井对摄影一点儿兴趣都没有,是不是很奇怪?你说,他是不是为了接近我,故意弄什么摄影会?"

"有可能。"太市趴在地上,开始抽烟,一边吐烟一边想着赖子所说的事,这确实很蹊跷。而且,他觉得石井不会像赖子说的那样为了一个女人大费周章,对摄影毫无兴趣的男人,为什么要举办夜间摄影会?

而且,南科长就是在那天晚上坠入海中溺亡的。摄影会与南科长之死,这两件事之间,看上去八竿子打不到一块儿,然而,哪怕纯属偶然,这两件事确实发生在同一时间。

"南科长的死绝对是他杀!"——太市的耳边又响起了晶中社长的话。

太市决定去现场看看。他立刻起身,准备出门。

"要出去?"赖子抬头问。

"嗯,去干活。你也快到上班时间了吧?去准备吧。"

十一

太市来到之前的十字路口。夕阳西下,自己在道路上的影子被越拉越长。

太市一时间没搞清楚哪里是东哪里是西。但他想到海在南边,所以,以这个十字路口为中心,南科长的家在海的反方向,即北面。而"坐潮楼"则位于道路北侧,站在十字路口,可以看到树丛中冒出的"坐潮楼"的屋顶。

南科长平时都是从市政府所在的西面骑车到这个十字路口,向北转弯回自己的家。那天晚上,从市政府宴会归来的南科长与平时回家的路线完全一致。

然而，那天晚上，他却没在十字路口向北转弯，而是向南转弯。向南转弯直行两百米后就是码头，正前方就是大海。也就是说，在这个十字路口朝左转是家门，朝右转是大海。

难道是南科长搞错了方向？太市觉得这种可能性非常小。这条路，南科长已经走了十五六年，就算是在夜里，就算喝得烂醉，也应该会遵循人的习性，不可能搞错回家的路。

太市在十字路口朝南转弯，走到码头边上。

从这里可以看见大海。无论什么时候，这里的景色都非常迷人。近海处可以看到几座小岛，在太市的眼里，渐渐西下的落日为眼前的风景添上一抹哀愁的色调。那天晚上，他也曾在这里眺望夜海，思念东京，流下泪水。

那是在十日的夜里，南科长骑车从码头落入海中。

太市站在码头边朝下看去。大海呈现深邃的颜色，看似平静的大海泛起白色的波浪，激烈地冲刷着岩石。他似乎可以看到南科长从此处掉下去后被海浪吞没的情形。

太市眺望着大海，突然觉得有些不对劲，因为现在的大海比记忆中那天晚上的大海要开阔许多。

没过多久，太市就找到了理由。那天夜里，码头边上停有货船，但现在没有；货船的后面还有一艘小汽船，现在也没有。之所以感觉现在的大海更为开阔，就是这个原因。

太市蹲下身，久久地注视着大海，直到太阳完全沉入海中，天空留下微红。

这时，太市觉得那种无法释然的感觉再次袭上心头，他好想回到东京。他的眼前浮现出昔日的情景——在有乐町看尽繁华热闹，即使到了深夜仍亮着灯的七层的报社大厦，还有很多老朋友的面容。现在的他非常后悔，不该幼稚地和部长吵架。但当时的他偏偏认死理，一条道走到黑。

相比之下，这儿的畠中社长确实是一位值得尊敬的老人。为了净化腐败的市政府，拼了老命地维持着一份发行数量不过几千的小报。老人是动真格的，他不像其他报纸司空见惯地拉广告找赞助。他绝不作假，也不走歪门邪道，就像一个青年那样，引吭高歌正义。

而那个小报社唯一的前辈汤浅新六，虽然看上去傻乎乎的，其实却很有趣。太市觉得没有人比他更适合做《阳道新报》的记者了，"大智若愚"说的就是他。在如今的东京，已经找不到这样的记者了。

对于这两个人，太市其实都很喜欢。如果自己毫无野心，甘愿在乡下度过余生，那么让他与这两人共事一辈子都没问题。

但是，太市对自己说："我还年轻。"

他还没打算烂在这种穷乡僻壤。他的心中仍有梦想，特别是一想到赖子也跟着他在这里过苦日子，就觉得于心不忍。

等他回过神来的时候，天色已经完全变暗。他心想，得赶快和畠中社长联系一下，老人一定在担心他这一天都去了哪儿。

太市站起身，回到十字路口，朝道路两边张望，想寻找一户能打电话的人家。

所幸，他看到了一家杂货店。因为是在乡下，所以这种杂货店里一般都会安装电话。

他向店家借了电话。这里的人不像东京人那么冷漠，也不像东京人那么会给人脸色看，店主借给他电话的时候非常和蔼可亲。

"是社长吗？我今天为南科长的死因调查了许多事情，其实也没有太多收获，但是一直在忙这事儿。"

"是吗，辛苦你了。"老人浑厚的声音听起来非常有力，"新六也在拼命找市政府的人挖消息。你也加油！"

"好的。"

"你听好了，南科长肯定不是自然死亡，绝对是被人杀害的。虽然警方定性为意外事故，可那些无能的警察什么都不懂。这种时候就得靠我们。我们要为南科长报仇，让那些没用的警察开开眼。

你记住，一定要按他杀的思路一查到底。你非常优秀，我看好你。"

"明白了。"

挂上电话，晶中社长铿锵有力的声音依然萦绕在太市的耳边。太市心想，新六也一定备受激励。

太市走回路上，再一次来到十字路口。就在笔直朝北的方向，可以看到稍远处的路灯。太市想起白天去葬礼的路上看到过电工修理路灯的情形。

太市向西转弯，发现有白光闪烁。

那里似乎是一家铁制品工厂，常常在夜间作业，所以会不停地出现电焊的白光。太市站在那里，久久地驻足眺望。

他决定去工厂进行确认，于是迈步朝闪光处走去。工厂比预想的小很多，在灯光下，太市看到低矮的门柱上挂着"大隈铁工所"的招牌。

太市为了弄清一件事，敲响了工厂一角看上去像是办公室的小屋的门，里面坐着一个事务员。

几分钟后，太市从办公室里走出来，脸上出现了前所未有的昂扬神情。

他回到租来的二楼房间，发现赖子还没从"银座"下班回家。他兴奋地拿出纸笔开始整理线索。

看着自己画出的图面，太市陷入了深思。

十二

第二早上，太市去报社上班。社长夫人正在用扫帚打扫客厅，见太市来了，就说社长正在二楼等他，请他快些上楼。编辑部设在楼下陈旧的榻榻米上，并排摆着两张书桌。

伴随着楼梯的嘎吱作响，太市来到二楼。畠中社长一如往昔地盘腿坐在被褥上，汤浅新六则呆呆地站在社长面前。

"您早。"

老人朝太市看看，看上去心情非常好："田村，坐那边吧。"

"好的。"

"新六那边有好消息，难得这家伙最近那么卖力。"

新六耷拉着脑袋苦笑一下。

"那太好了，是和石井有关吗？"

"当然了，新六，说说吧。"老人精神抖擞地喝了一口茶。

"我终于搞清楚石井玩的把戏了。"新六看着太市说。

"什么把戏？"

"就是自己把工厂拆掉的把戏。"

太市这才想起来，因为政府要征地修路，所出石井提出拿到补偿金后才肯拆除他的无证建造的简易工厂。其实石井早就知道那块地会用来修路，才故意在上面建造工厂，目的就是从政府那里拿到补偿金。

土木科的南科长看穿了石井的居心，坚决予以抵制。石井对南科长施加巨大压力，但南科长就是不为所动。于是石井将自己的心腹山下安排到了港湾科科长的位置上。

山下就任科长后没多久，石井就拆了那栋破工厂。当时太市和新六还去现场看过。

然而，经过调查，土木科并没有向石井支付补偿金。南科长当然不会同意给，但石井也不可能无利可图地拆除工厂，他肯定已经有钱进账。

这就是新六所说的"把戏"。

新六说："我已经发现其中的奥秘了。"

"好厉害！具体是怎么回事？"

"钱是从港湾科出的，土木科一分没付。"

"是山下干的？"

"那是当然，山下刚上任就以此举向石井表忠心。"

"原来如此。但出钱的名目是什么？"

"支出的名目是'港湾扩建费'。"

"噢。"太市点点头,心想"港湾扩建费"真是个好名目,本市本来就有扩建港湾的"五年计划",为此还从国库拨出不少项目款。太市接着问,"他给了石井多少钱?"

"六百万!"

这个数字让太市大吃一惊:"那栋破房子能值六百万?是谁估的价?"

"石井和山下早就串通好了,石井本人就是港湾委员。"

"其他委员或议员都没意见?"

"他们都害怕石井的势力,议长派和佐理派都得看石井的脸色。"

一直默不作声地充当听众的畠中社长此时忍不住大声说道:"没一个好东西!全都是腐败分子!滥用国民的纳税,中饱私囊,不可饶恕!我们《阳道新报》必须为市民追究这些腐败分子的责任。"

太市觉得社长说得非常有理,同时也惊讶于乡下小地方的政府居然会腐败到这种程度。之前一直听地方自治团体口口声声财政连年亏损,但其实是因为腐败分子当道。

太市从未像现在这样喜欢畠中社长的豪言壮语。

"你呢?田村,你昨晚打电话说已经知道南科长的死因了?"社长转向太市。

"其实还只能算是推理,不过现在我也觉得南科长是被人杀害的。"

"那是当然,我之前就说过。"老人亢奋地说道。

"请您再给我点儿时间,我想再多找些证据。"

太市说完,老人并没继续追问,反而轻松地答应:"没问题,全都交给你。毕竟是揭发令人发指的杀人事件,你自己也要当心。"

太市内心舒了一口气。如果现在贸然说出自己的推理,真不知道社长会变得有多激愤:"社长,假设南科长是被人杀害的,您觉得谁会是凶手?"

"其实我早已看透,肯定是石井那伙人。"老人平静地说道。

"可是他捞钱的目的不是已经达到了吗?他可以不必杀死南科长。"

"你的眼睛睁得还不够大。石井一伙杀死南科长,恰好证明南科长手里一定握有对石井来说致命的不利证据。我觉得南科长一定是出于正义感,打算把那个证据交给极少数的反石井派,所以石井先下手为强,杀了南科长。这就是石井的动机。"畠中社长对自己的想法非常笃定。

十三

太市与新六从二楼下来,坐到陈旧的办公桌前。这里就是他们的编辑部。

"田村,你觉得老大说的南科长的死因是真的吗?"新六忍不住赶紧发问。

"是真的,确实如社长所说,南科长是死于他杀。"太市回答说。

"好意外,但我还是半信半疑。是有人把南科长推下海的吗?"

"不是,虽然没有直接动手的人,但有凶手。没有人直接把南科长推下海,但有人动了手脚,导致了同样的结果。"

见新六一脸的不明所以,太市拿出自己画的图纸,然后详细地说明了自己的推理。

"原来如此,真厉害!"新六盯着图纸,舒了一口气。

"我需要进一步调查,确认自己的推理是否正确。我想请你帮个忙。"

太市说完,新六点头:"好的,一定照做,我现在正闲着呢。"

"谢谢。"太市道谢,"那就麻烦你去调查一下十日晚上停在那片海上的货船是哪里的船?是谁租来的?对你来说,这应该是小菜一碟吧?"

"好，没问题。我估计是附近的船只，只要把本市的汽船公司全都查个遍，就不可能查不出来。还有别的吗？"

"那就再拜托你查另一件事。那天晚上，山下和南科长一起在料理屋吃饭，因为那天是山下的送别会。宴会具体是几点结束的？原本预计几点结束？南科长到底醉到什么程度？这些也拜托你帮忙查清楚。"

"好的。那天负责宴会和料理屋的人我都熟悉，很容易让他们开口。"

"那就拜托你了，我还有别的事情要去查清楚。"

两人一起走出《阳道新报》社，然后分头行动。太市回头看了一眼弓着背、看上去有气无力地向前走的新六。

太市回到那个十字路口，朝左转，向南科长家的方向走去。他来到之前那个电工修理过的路灯下，抬头朝上看，看到那盏换上的新灯泡。这里一带的路灯全都没有灯罩，只有裸露的灯泡。

太市蹲下身子，在附近的地面仔细寻找，心想，运气好的话，也许可以发现气枪的子弹。

这时，头上突然传来一个声音："喂，你在找什么？"

太市吃惊地抬头看去，是之前那位老人正从二楼向下张望。太市认得那位就是之前和电工聊天的老人，他正用狐疑的眼神盯着自己。

太市见到老人，非常开心："我在找地上会不会有子弹。"

"子弹？"

"之前不是有人用气枪打爆了这里的灯泡嘛，我想找到当时的子弹。"

"你是谁？"

"我是记者。"

"哪家的？"

"《阳道新报》。"太市自报家门时颇为无可奈何，以前的他能够昂头挺胸、自豪地说出大报社的名字。

"《阳道新报》？是吗？你等等。"老人说完关上二楼的窗户，不一会儿，从屋里走了出来。太市本以为老人会很不高兴，没想到老人却对他笑脸相迎。

"我很爱看《阳道新报》。你们对市政府的批判一直都很犀利，虽然是孤军奋战，但一直都斗志昂扬。"

太市没想到能在这里找到知己，心想，如果畠中社长听到这些，一定会非常高兴。

"你刚才说要找气枪的子弹？"

"我先向您确认一下,这灯泡是几号被人打爆的?"

"十日傍晚,快天黑的时候。"

一听到"十日傍晚",太市内心已经基本有了心证。

突然,老人摊开手掌:"子弹在这儿。"老人的掌心有一粒子弹,"是我捡到的,想留着以后作为证据。"

"您当时看见那个开枪的人了吗?"

"当时他逃了。但我后来到处找,毕竟这里就这么大点儿地方,如果有人拿着气枪走来走去,肯定会有人看到,所以一下子就弄清楚了。"

"是谁?"太市的声音非常兴奋。

老人注视着他:"你为什么想知道?"

"为了净化市政府,我必须知道。"太市突然义正辞严。

"打爆灯泡和净化市政府有关系?"老人瞪大了眼睛问。

"有!"太市回答得非常坚决,因为他心里已经猜出大半。

老人稍稍考虑了一下:"既然你都说是为了市政府,那我肯定得告诉你。为了《阳道新报》,我也会说,是——"

"是谁?"

"市政府山下科长的儿子。"

十四

傍晚，太市和新六在经常一起喝酒的老地方碰头。今天他们特地选了不容易被人听到谈话声的角落里的位子。

"料理屋那边——"新六对太市说，"宴会是三天前以山下的名义预定的。为自己预定送别会，这事儿本来就点儿不太寻常。但他作为南科长的部下，做了那么久的跟班，自己亲自操办欢送会倒也无可厚非。据说宴会计划是九点多结束的。"

"九点多？"太市点点头重复道。

"实际上是九点零五分结束的，南科长骑上自行车从料理屋出来是九点十分。据说南科长确实醉得很厉害，但至少还能自己骑车，所以肯定没到烂醉如泥的程度。"

"原来如此。"

"比较麻烦的是船那方面。"新六皱起眉头，"货船查到了，其实那不是货船，是一艘挖泥船。是从县里开来的船，从四日起，整整一周时间都停在那个位置。"

"一周时间？那就是到十一日为止？我们的敌人居然连这一点都算计到了。"

"是啊。先不说这个，问题是你提到的小汽船，到现在还没查到。市内只有两家汽船公司,我都问过了,都说那天晚上没有出船。"

"会不会又是石井施压,不让他们说真话?"

"汽船公司的人和我的关系很铁,应该不会骗我。"

太市觉得新六是个不可思议的男人,全市的各行各业中都有他的熟人。他既然这么说了,应该就是事实。

太市感到有点儿棘手。正如新六所说,小汽船是个麻烦。可以确定的是,那艘船肯定是山下弄来的。但如果不是从市内汽船公司租来的,就奇怪了。

"肯定是从哪里租来的船。"

"但就是查不到,一点儿线索都没有。"

"我觉得可能是石井或山下的手下在操作。"

"继续查下去的话,恐怕会伤筋动骨呢。"

就算断筋动骨,太市也决心一查到底。

太市和新六分开后回到家里。赖子还没回来,他一个人躺在榻榻米上思来想去——

赖子和其他"小姐"被石井圆吉借摄影会的名义带出"银座"是在晚上八点四十分左右。那时候自己也在场。之后他跟去摄影会,看到二十个左右的业余摄影师噼里啪啦瞎按了好一阵子闪光灯。赖子说过,当时整整拍了一个小时。

南科长在欢送会结束后离开料理屋的时间是九点十分。从那里骑车到达十字路口,需要十分钟左右,正好是"坐潮楼"举行夜间摄影会的时候。这两个时间非常吻合。

为了达到目的,那艘小汽船肯定也是石井或山下安排的工具。必须想办法弄清楚那艘小汽船的来路。太市希望能再出现一个"好人",就像那个老人一样,送给他打爆路灯灯泡的子弹。

想着想着,太市睡着了。等他被摇醒的时候,看到赖子的脸。

"你怎么在这儿睡着了,不盖被子会感冒的!"

"你回来了。现在几点了?"

"已经十一点半了。"

"这么晚了。"太市揉揉眼睛。

赖子吻了上来:"醒醒吧!"

太市依旧半睁半闭着眼睛。

"讨厌,还不醒?要感冒的!"

"没事。"

"不行,不行。"赖子说着用力摇着太市。

"真的没事。"

"不行!不行!我可不希望你像沟口那样感冒住院。"

"沟口是谁?"太市慵懒地问道。

"是石井的跟班,好像在市政府做什么主管,说是夜里打麻将感冒了。"

"打麻将会得感冒?"

"我也觉得奇怪,他咳嗽得可厉害呢。我问了石井的另一个小弟,他说沟口在船上打麻将到半夜十二点,因为吹了夜里冰冷的海风,才得了重感冒。那个小弟还让我千万要保密呢。"

"什么?!"太市一下子清醒地跳了起来,"赖子!"

"干吗一惊一乍的?"

"他确实是说在船上打麻将吗?"

"是呀。"

"是十日晚上?"

"这个我倒没问。"

"你帮我好好去问问。这事儿很重要!你给他点儿甜头也没关系,为了问出真相,我就睁一只眼闭一只眼了。"

"你好讨厌!"

十五

两天后,事情终于调查清楚。

"社长，我来向您说明吧。"太市坐到社长面前，向其详细汇报。新六也坐在一旁，一如往常地面无表情。

老人坐在被褥上，看上去激动得已经有些按捺不住。

"十日晚上，石井与山下合谋杀害了南科长。以下就是他们的计划：首先，石井在'坐潮楼'举行夜间摄影会，而且将摄影时间安排在从晚上九点一直拍摄至将近十点。第二，他利用码头上正好停着县里挖泥船的机会，安排手下开过去一艘小汽船。船的桅杆上亮着灯，从八点到十二点左右，一直停泊在同一个位置。另一方面，港湾科的新科长山下在料理屋召开欢送会，出席宴会的土木科南科长九点过后骑车回家，这也是他们的计划成功的第三个必要条件。第四，案发当晚，南科长家附近的路灯灯泡被人破坏，这一点至关重要。以上四个条件，就是构成这起犯罪的必要条件。"

"具体怎么说？"

"我们按顺序来看。南科长一直以来都是从西面而来，在十字路口朝左转弯，然后回到家。白天的话，完全不会有问题，但一到夜里，那附近就漆黑一片，连个小店都没有。不过，南科长家附近有盏路灯，走到十字路口就能看见。另外，边上还有一家名叫'大隈铁工所'的铁制品厂，进行夜间生产的时候，因为电焊作业，一直会发出闪烁的电焊光。从西面看过去，在这张图上就是从左边来看,这个路灯和工厂的电焊光可以当作一种路标。南科长平时晚上回家的时候,应该就是以此认路的。而凶手也正是利用了这一点。

"如果在同样的十字路口,看到相反的方向有工厂的电焊光和路灯会怎样?平日里习惯以此为路标认路的人一定会习惯性地朝相反方向前进,而这个相反方向直通码头。"

"噢!"老人瞪大了眼。

"案发当晚,南科长骑着自行车。当他来到十字路口时本想朝左转,但看了一下周围之后,又转向右边直线行驶,因为自行车的车速远快于步行,南科长来不及刹车,就一下子冲下码头,落入大海。因为那里根本没有栅栏。在十字路口的时候,我猜当时南科长是犹豫过的,但是他那天喝得很醉,很容易产生错觉,于是凭经验朝着他以为是路灯和工厂电焊光的方向转去。原本应该朝北,结果却朝了南。"

"那天晚上相反方向有路灯和工厂的电焊光?"

"那晚是十日,是'大隈铁工所'的休息日,而且那一天傍晚,有人用气枪打爆了路灯的灯泡。凶手一定知道那天是'大隈铁工所'的休息日,所以故意选择在十日实施他们的杀人计划。"

"哦。"老人应了一声。

"这样一来,原本作为路标的'真的光'就此消失,剩下的只需要制造'假的光'。那天晚上，石井在'坐潮楼'的院子里举行了夜间摄影会，二十几个人拿着照相机不停地打闪光灯，他们就是这样伪造了铁制品厂的电焊光。南科长在十字路口看到闪光灯造成的闪烁光，误以为是工厂的电焊光。而'坐潮楼'正好位于以十字路口为中心、'大隈铁工所'对角线的位置。接着，凶手要做的就是伪造路灯的灯光。于是他们在海面上停了一艘小汽船，用船桅杆顶端的灯光伪装成路灯。这个凶手的心思非常缜密，因为他知道县里的挖泥船停在码头边，而小汽船可以躲在挖泥船后面。这么一来，桅杆上的灯光就不会倒映在海上。而挖泥船在夜间并不运作，所以关闭船上的所有灯光后，整条船就会融入一片漆黑之中。换言之，小汽船桅杆上的灯光会显得特别惹眼，所以可以伪装成路灯。"

"想得真周到！"社长说。

太市继续报告："接着是时间问题。当晚不到九点，'坐潮楼'的院子里开始举行夜间摄影会，持续了一个小时。在这一个小时内，闪光灯不断闪烁。如此一来，就算南科长到达十字路口的时间与他们的预想有所偏差，也不会影响计划的实施。之后，如他们所愿，九点多欢送会结束后，南科长从料理屋骑车回家，到达十字路口的时候估计是九点十五分到二十分之间。一切都与凶手的计划几乎无差。当南科长看到凶手伪装的'路灯'和'电焊光'后，直奔大海而去。酩酊大醉也是让南科长的方向感产生错觉的条件之一，让习惯左转的南科长这天右转。除了要伪装光线，还要让南科长喝到大醉，令其思考力下降，只能看光识路。大多数人在意识到自己喝醉之后，都会这样，变得更相信自己熟悉的参照物。南科长骑着车直线前行，当时他的前方没有任何阻挡，结果一路骑进了大海。"

畠中社长听到这里，面色发红，越听越激动。

"最后我来说说这起案件中的罪犯。打爆路灯灯泡的是山下的长子，今年刚毕业，靠他老爸的关系进了市政府做项目主管。我们有明确的目击证人和作为证据的气枪子弹。在'坐潮楼'举行夜间摄影会的是石井，但他自己其实对摄影毫无兴趣。小汽船不是本市汽船公司的船只，而属于F市的船舶公司。有山下的四个手下在那家公司就职，是山下把那艘船借来，当晚停泊在挖泥船的后面。我估计他肯定没对那几个手下说明实情，当晚那几个人只是听从吩咐，在船里打通宵麻将，其中一个人因为夜里吹了海上的冷风得了重感冒，甚至发展成肺炎，住了院。以上就是我所调查到的大致情况。"

"非常好！"老人异常激动，目光炯炯有神，"南科长之死就是石井和山下合谋犯下的罪。我们不能坐视不管。田村，你马上把刚才所说的整理成报道。新六，你把石井的其他丑事全都写出来，当作佐证。这次我们整份报纸就全部写这事儿。发行数量一万份,要让全市老小一个不落地全都知道这起事件的真相。不用担心纸张和印刷费,家里值钱的全都可以拿去当掉。"

"社长,"一直沉默不语的新六今天第一次开口,"不先报告警方吗?"

"蠢货!"老人当头棒喝,"就让那些没用的警察看到我们的报道之后再行动!"老人满脸通红,亢奋得好像马上能从床上跳起来。

一个月后,太市通过之前报社前辈的关系,转到了属于原先就职的那家大报社旁系的一家民营电视公司就职,他终于可以回东京了。

在冷清的小车站上,畠中社长的夫人和汤浅新六一起来为他送行。

发车铃响时,新六干瘦的手紧紧握了握太市的手,畠中夫人和赖子则哭得抱成一团。

"田村,你知道以我丈夫那身体,今天不能来送你。他很舍不得你,一直哭着说真的谢谢你。"

"应该是我谢谢社长。我来到这里之后,如果不是遇见社长,根本不可能回到记者的正道上。我这辈子都不会忘记社长的大恩大德。"

"田村,这可是你说的。"新六说,"不只是社长,还有你来过这里的意义,回到东京之后也别忘了啊。"

"怎么可能忘!"太市更用力地回握了握新六的手。

列车缓缓开动。

"新六前辈,社长就拜托你了。"太市喊道。

"放心吧,我跟社长都那么久了。"新六拍着胸脯说。一旁的社长夫人无奈地笑了笑。

太市一直望着站在寂寞的站台灯光下的两人的身影,直到目光所及之处渐渐消失。

太市与赖子面对面地坐着,望着昏暗的窗外,久久不愿转移视线。这片土地在他们眼前宛如会流动的风景,渐渐远离。

不知何时,太市已经流下两行热泪,站台上为他送行的两个人影仿佛仍在眼前。他心里觉得沉甸甸的。这几个月来,自己在这片土地上经历的点点滴滴,让他感怀不已。

声 音

第一部　听声音的女人

一

高桥朝子是某报社的电话接线员。

该报社共有七八名接线员昼夜轮班，每隔三天，会轮到一次夜班。

这天夜里，轮到朝子和另外两人一起值夜班。每次都是三人一组，一过零点，其中两人先去小睡片刻，剩下一人值班，每隔两小时换一个人。

朝子坐在电话转接机前，正在看小说。到了一点半，她就要去叫醒在被褥上打盹儿的同事。现在离换班的时间还有很长。

朝子觉得这本小说很有趣，一个多小时看掉了二三十页。

这时，有电话从外部打来。朝子的眼睛从书本上移开。

"请转社会部。"电话那头的声音说。

因为是朝子熟悉的声音，所以她立刻替对方转接："您好，中村先生找您。"朝子把电话转给另一头听起来睡意十足的石川,然后视线又移回小说上。没过多久,电话就挂断了。

还没等朝子看完两页,眼前的红灯又开始闪烁,这次是从内线打来的。

"您好,请讲。"

"帮我接赤星牧雄先生,东大的赤星牧雄先生。"

"好的。"不用问,朝子就已经听出来对方是社会部的副部长石川汛。和刚才犯困的声音不同,这一次,他的声音听起来神气活现。

朝子对报社上下三百人的声音大致都能听出来。虽说做接线员的大多听力不错,但连同事们都夸朝子的听感特别好,只要听过两三次,就能记住对方的声音。

有一次,只打过几次电话来的对方还没自报家门,朝子就已经听出对方是谁。这让对方吃惊不已,不由得感叹:"好厉害!"

然而,对于报社的社员而言,这种技能也有让他们觉得尴尬的时候,因为接线员会把从外面打电话给他们的女人的声音也全都记住了。

"A 的恋人是 H 吧?声音听起来有点儿哑,还带着鼻音。"

"B 在和 Y 交往吧!"

接线员还会把那些并非恋人关系、只是风月场所的女人打来的催社员们还钱的声音也全都记住。当然，接线员不会不厚道地把这些事情透露出去，这也算是一种职业道德，最多也就是在接线室内当作彼此的谈资，一小群人闲聊说笑而已。接线员们甚至连那些声音主人的微妙特征、抑扬顿挫、音阶高低等都能区分开来。

朝子现在正按着石川的吩咐，翻开厚厚的电话簿。从"赤"字所在的"C"那一页上用手指滑着页面一个个地查找，很快就找到了赤星牧雄的名字。"42-6721。"她在口中轻轻念出来。然后，她拨动电话号码盘，听筒里传出的信号音就像在撩拨耳朵。

朝子抬头看了一眼墙上的电子钟，现在是十二点二十三分。本以为还要等很久，没想到对方很快就接听了电话。

——后来，朝子告诉警方，从她拨通电话到对方接听为止，大概只过了十五秒。

"你为什么会记得那么清楚？"警方问她。

"因为当时已是深夜了，所以我曾考虑过会不会打扰到人家休息。"

对方虽然很快接听了电话，但并没有马上开口说话。朝子说了三四声"喂，喂"，对方才终于应声。那几秒的沉默表明对方虽然拿起了电话听筒却还在犹豫要不要接听。

一个男人的声音对着电话说:"谁?"

"您好,请问是赤星牧雄先生府上吗?"

"你打错了。"对方说完好像急着要挂电话。

"喂?喂?不是东大的赤星牧雄先生府上吗?"

"都说你打错了!"对方的声音很低沉,听上去很冷淡。朝子心想,难道是自己看错了号码?还是自己拨号码盘的时候拨错了?她刚想道歉,却听到对方没好气地说:"这里是火葬场!"声音虽然听上去很粗,却带着一种又高又尖的回响。

二

朝子一听就知道那是一句谎话。她以前就曾遇到过很多次,打错电话的时候对方随口胡说是监狱、火葬场、税务局之类不吉利的地方。对这种恶作剧式的回答,朝子本已习以为常,但不知为何,这一次,她有些生气,回嘴说:"不好意思,您那里真是火葬场吗?请不要开那么无聊的玩笑!"

对方却说:"难道还是我不好了?明明是你半夜打错电话,而且——"刚说到这里,电话突然挂断。但朝子觉得,那不是本人挂断,而是被人从一旁强行掐断的。

这一小段通话连一分钟都不到,但朝子有一种很憋屈的感觉,就像衣服上不小心被黑笔划到一样。因为看不到对方的脸,所以更加觉得堵得慌。

朝子把刚刚合上的电话簿再次翻开,仔细一看,果然是自己弄错了,打给了印在赤星家电话的上一行的号码。

其实这种失误并不常犯。朝子心想,今晚自己这是怎么了?也许要怪自己看小说太投入。她赶紧拨通了正确的、赤星牧雄家的电话。

这一次,电话是通的,但对方一直没接。

另一头的电话里,石川开始催促:"喂?他还没接电话吗?"

"还没。估计太晚,已经睡了。可能睡得太熟,醒不过来。"

"这就糟了。你帮我继续打。"

"干吗呀?都这么晚了。"朝子因为和石川很熟,所以问得很直接。

"有一位知名学者突然死了。我想第一时间与赤星老师取得联系。"

朝子这才明白石川为何会那么着急,因为晨报排版的最终截稿时间是凌晨一点。

她连续打了五分钟,对方终于接听电话。朝子将赤星与石川的电话接通。在交换机上表示正在"通话中"的绿灯不停地闪烁。朝子猜想石川一定问了很多问题。看见绿灯，朝子突然想起了之前小谷茂雄送她的翡翠戒指。

那是两人一起去银座的T店买的。两人还在店门的时候，茂雄就毫不犹豫地想进店，朝子却犹犹豫豫地不肯迈步："这么高级的店，卖的东西一定很贵。"

茂雄却说："没事儿。东西好就值得，稍微贵点儿也没事。"说着就不由分说地走进店里。

看到店里富丽堂皇的模样，朝子的心里有点儿抖抖索索。她在一堆高价的标签里挑了一枚最便宜的戒指。但即便如此，还是比普通店里卖的贵很多。

茂雄就是这副德性。明明是在没名气的三流公司工作，微薄的收入只够吃饱肚子，却总喜欢买最流行的新衣服，不停地换新领带；就连看场电影也非要去有乐町的高级影院，两个人一下子花掉八百日元。他似乎一直靠借债过日子。朝子很担心他这么爱慕虚荣会不会哪天就出事了，同时也对他俩之间不同的价值观感到不安。

两人已经到了谈婚论嫁的地步，却反而话在心头口难开。朝子认为这只能怪自己太软弱。结婚之前估计是没办法了。这方面，女人就是特别软弱。当然，另一个原因是因为她爱那个男人。朝子觉得只要结了婚，成为夫妻，未来她也许就有办法改变对方的这种习性。

不过现在，朝子从茂雄那张白净的脸上和迟钝的目光中感觉不到任何活力。虽然对此有所不满，但她终究没开口问过茂雄是否胸怀抱负或雄心。对于茂雄的这种得过且过，朝子隐约觉得不安。

这时，眼前的绿灯突然消失，这意味着石川终于讲完这通漫长的电话。朝子下意识地看了一下墙上的挂钟，再过七分钟就到一点半了，该去叫醒同事换班了。

电话簿还没合上。朝子突然想看看刚才打错的"42-6721"的电话主人的名字。刚才被那个人用难听的话堵得憋屈的感觉，直到现在还没消逝。

赤星真造，世田谷区世田谷町七丁目二六三号。

赤星真造。朝子不知道这人是干吗的。从地址来看，因为她以前的同学住在那里，她曾去那个同学家玩过，所以知道那种地方。那条街上，家家户户都以高高的白墙圈地为院，从植被茂密的庭院深处冒出一个个富贵的屋顶。

很难想象，住在那种豪宅区的人会像刚才接电话的那个人一样说出那么没品的话。但朝子转念一想，这也没什么稀奇的，毕竟战后的日本多了很多看似不平、让人费解的事，人们已经习以为常。

但朝子再次回想起刚才那通电话的声音时，还是觉得那声音实在很没教养，让人讨厌。

之所以讨厌，是因为那个男人的声音虽然很粗，却带着一种刺耳的回响，混杂着高低两种音阶，听上去非常不和谐。

这天早上十点，朝子下班回家。她有一个习惯，就算下班回到家，也不是马上休息，而要等到下午再睡觉。她回到家后打扫房间，洗衣服，上床的时候正好是下午一点。

朝子醒来的时候，看到天花板上的吊灯亮着，玻璃窗外已经完全暗了下来，枕边放着晚报。那是她的妈妈一直为她做的事情。

朝子揉揉眼睛，打开晚报。

《世田谷命案 人妻深夜家中遇害》

这条新闻让朝子顿时睡意全消。

具体内容如下：

家住世田谷区世田谷町七丁目二六三号的公司要员赤星真造昨晚前往亲戚家守夜，今天凌晨一点十分左右乘坐出租车回到家中，发现妻子政江（29岁）被人勒死在家中。警方接到报案后，前往案发地点进行调查，发现屋内一片狼藉，明显是入室抢劫。尚未查明凶手是单独作案还是另有同伙，但警方偏向于后者。当晚，家住附近的赤星的外甥与其友人曾到其家中做客。故警方认为凶手的作案时间在两人离开时的零点五分到赤星真造回到家时的一点十分之间。

朝子读完报道，不禁失声大叫。

三

朝子去案件搜查总部所在的世田谷警署报案，负责案件的搜查主任问她："为什么你认为那可能是凶手的声音？"

"根据报纸报道，零点五分到一点十分之间是赤星太太的死亡时间，当时家里只有她一人。但我打错电话的时间是零点二十三分，当时是一个男人接的电话。我觉得很可疑，所以认为当时的那个男人就算不是凶手，也是和案件有关的人。"

"当时你和他在电话里说了什么？"

朝子如实地讲述当时的电话内容。

主任非常在意当时话说到一半、电话好像突然被人从一旁掐断这一事实，向朝子反复确认当时的情形之后，几个刑警交头接耳、小声地交换意见。之后朝子才知道,这一点对于判断凶手是单独作案还是另有同伙起到了至关重要的作用。

警方继续问朝子对当时那个男人的声音的印象。他们问朝子,如果将声音分成高亢、低沉、中音、金属般的声音、混沌的声音、清亮的声音这几种,那个男人的声音属于哪一种?他们还问朝子那个男人的声音有什么明显的特征。

朝子觉得,仅仅是警方所说的"低沉的声音"这一类别也能细分成几千种,所以就算回答"他的声音很粗",估计警察还是会摸不着头脑。这让朝子很发愁,如果回答说"对方的声音有些嘶哑,有些粗",也许可以让警方大概了解那种声音的感觉,但其实又没到"嘶哑"的程度。朝子不知该如何描述,因为实在很难用语言准确地表达出她听到的感觉。

看到朝子面露难色,警方叫来几个人,让他们分别朗读一段短文。因为朝子说那个人的声音很粗,所以叫来的这些人都算声音粗的。但听完之后,朝子意识到,其实男人的声音大多都"很粗"。

那些被叫来的人有些害羞地读完短文。朝子听完所有人的声音之后,一开始觉得好像有相似的,但仔细一回忆,又觉得完全不一样。她只能如实回答,这些声音都似是而非。

"那么,"负责的主任换了个问法,"你是接线员,应该对声音很敏感吧?"

"是的。"

"你们报社里的社员的声音,你能听出来几个?"

"大概三百个人吧。"

"那么多?"提问的主任惊讶地和一旁的刑警面面相觑,然后接着问朝子,"那三百人里,有没有人和那个男人的声音比较接近?"

朝子一开始觉得佩服,这个问法的思路很正确。因为一般而言,三百多个人中,总会有人的声音相对比较接近。这算是一个非常可行的方法。

但结果刚好相反,正因为朝子熟知每个人的声音特征,所以对她而言 A 是 A,B 是 B,个体的差异反而让朝子无从判断何为"比较接近"。

于是,那个男人的声音不可思议地在朝子的记忆中变得模糊起来。因为被警方问到太多的声音,在辨析大量声音的过程中,那个男人的声音渐渐淹没在朝子记忆中的众多声音之中。

结果警方仅从朝子那里得到了"声音很粗"这一个线索,对案件的调查工作并无太大帮助。

然而,报上却对此津津乐道,以"接线员与凶手深夜偶然通话"为题大肆报道,甚至刊登出朝子的名字。之后的好一阵子,很多人都去找朝子打听情况,其中还不乏冷嘲热讽之人。

随着事情过去一个月、两个月,报纸上对此事的报道版面越来越小,最后缩至页面角落的一小处。

差不多又过了半年,报上时隔多日终于登出一副大版面的报道:因长时间没有线索,警方只能解散本案的搜查总部。

四

之后又过了一年,朝子辞去工作,开始和小谷茂雄一起生活。

成为夫妇之后,朝子之前隐约感到的不安都变成了事实。

茂雄很懒,工作全凭心情,对公司满腹牢骚。每次一喝了酒,他就会说:"那种公司啊,老子随时可以走人。"他还说什么如果跳槽,收入肯定更多。

然而,朝子自从与他结为夫妇,已经清楚地意识到,茂雄其实根本没他说的那么有本事。

"不管你跳槽去哪里,结果都一样。谁都可能对公司有所抱怨,但你自己不能偷懒啊。既然是工作,就该卖力地做事。"

每次听朝子这么说的时候,茂雄总是嗤之以鼻:"你懂什么!男人在外面工作有多辛苦,你能想象吗?"

朝子没想到,三个月后,茂雄真的辞职了。

"这可怎么办啊!"朝子哭着说。

茂雄不以为然地抽着烟说,总会有办法的。明明没什么本事,却总是口气比谁都大。

之后的半年,朝子和茂雄过得非常贫苦。茂雄并没能像他嘴上说的那样轻易地找到新工作,自己也开始着急起来。没能力又没技术,两人的日子过得一天比一天惨。他的身体也不够壮实,再加上虚荣心作祟,他从没想过也做不了领日薪的苦力。

之后好不容易按报上的招聘广告应征到一份保险公司销售的工作,但茂雄这种性格的人根本做不好这种工作,一份保单都没卖出去。最后只能以辞职收场。

但在那之后,按茂雄自己的话来说,是开始"走运"了。他推销保险时认识的几个人开了家小公司做药品生意,茂雄以劳力方式出资入伙。

朝子并不清楚什么叫"劳力出资"。但至少自那以后,茂雄每天都精神抖擞地出门"上班"。据说公司在日本桥附近,但朝子从没去过。

每个月末,茂雄都会拿着工资回来交给朝子,每次都是一大笔钱。朝子之前习惯了每个月领着印有单位名称的薪水袋,所以当她看到茂雄每次拿回来的信封上都没有公司名称,甚至连工资单都没有时,多少有些奇怪。但转念一想,也许有些公司就是这种做派。总之,茂雄好不容易开始有了稳定的收入,这比什么都强。

虽说她觉得两人在一起生活,最重要的是感情,但稳定的经济也是不可缺的基础。之前没钱的那半年里,朝子不知道下过多少次决心想和茂雄分手。她甚至想过,等她对这个懒惰的男人失望透顶之后,必定大吵一架,然后一声不吭地离家出走。

而现在,茂雄每个月都有稳定的收入,两人之间也回到最初的相亲相爱。朝子觉得,金钱也许真的可以左右夫妻之间的感情,虽然这么想"太现实"。事实上,之前她确实穷得差点儿发疯。

第三个月的时候,也许是公司业绩变好,茂雄拿回来的工资比之前多了一些,第四个月的时候更多了些。

家里的债都已还清,还开始有了闲钱,可以买新的衣服和家具。

"朝子,我想请公司的人来家里打麻将。"

茂雄说这话的时候,朝子很开心:"好啊!但我们家那么小,会不会太寒酸?"

茂雄说没事,他们不会介意。于是,朝子大方地说要好好招待他们。一想到公司的人对丈夫来说是非常重要的贵客,朝子就已经想好要摆上一大桌好吃好喝的招待他们。

第二天晚上，家里来了三个人。其中一个年纪稍长，大概四十出头，另两个看上去三十二三岁。朝子一开始还期待会见到"商界精英"，没想到这几个看上去都不像正经人。她本以为他们是正儿八经开公司的，见面一聊，才发现其实他们做的是投机倒把的事情。

年纪稍长的男人名叫川井，另两个分别叫村冈和浜崎。

"小谷太太，打扰你们了。"川井寒暄道。他的头发已经开始变少，颧骨突出，眼睛细长，嘴唇较薄。村冈用发油将偏长的头发全都梳到脑后；浜崎则红着一张脸，好像喝醉了酒。

他们打了一晚上的麻将。麻将牌和桌子是由年纪最轻的村冈带来的。

朝子很晚都没睡觉。半夜十二点的时候，还做了咖喱给男人们端去。

"小谷太太，给你添麻烦了。"年纪稍长的川井说着，微微低头致意，一双眯眼看上去还挺亲切的。

端上吃的之后，朝子又给他们送上茶水。做完这些，朝子本可以睡觉休息，这时刚好将近半夜一点。

然而，朝子却怎么也睡不着。家里很小，朝子在旁边的房间里钻进被窝，但仍可以清楚地听到隔着纸门的麻将声。

一开始，几个男人似乎也考虑到在隔壁休息的朝子，故意压低声音，但没过多久就打得来了兴致，忍不住大叫"臭牌！""畜生！"还时不时地发出亢奋的笑声和讨论输赢多少的声音。但相比之下，那些声音都还算好，最让朝子头痛的是哗啦哗啦的洗牌声。这种麻将声让朝子的神经一直处于紧绷状态。

朝子在床上辗转反侧，试着捂住耳朵。但越是不想听，麻将声越是往耳朵里钻，神经完全不能放松。

结果朝子一宿没合眼。

五

之后，也许是因为麻将太好玩，茂雄隔三岔五就带川井、村冈和浜崎三人回家打麻将。

"抱歉我们又来打扰了。"

"不好意思今晚我们又来了。"

听他们这么说，朝子也不好摆出不高兴的脸色，特别是一想到这些人在公司里很关照自己的丈夫，所以每次都笑脸相迎："欢迎，欢迎。你们不用管我，玩得开心点儿。"

虽然嘴上这么说，但他们一来，朝子就得半夜准备吃喝。只弄吃的其实也还好，最头痛的还在后面。"吃！""碰！"的叫声、憋都憋不住的笑声、洗牌的声音……这些声音一股脑地灌进朝子的耳朵,让朝子想睡都没法睡。好不容易迷迷糊糊快睡着了,哗啦哗啦的洗牌声又让朝子的神经遭到重创,之后就再也睡不着了。

因为次数实在太多,朝子忍不住向茂雄抱怨:"打麻将本来没什么,但总是这么来家里,我完全没法睡觉,都快神经衰弱了。"

茂雄一脸不高兴地吼道:"这么点儿小事,你抱怨什么?是川井先生在给我饭吃!你不也总说这份工作的报酬很不错,要感谢人家吗?"

"话是没错。"

"那不就得了。其实有时候我也不想打,但老板开口,总不能不答应吧?就当是工作。"茂雄接着安慰道,"你就忍忍吧。是我开口请他们来家里的,他们都很高兴,还一直夸你贤惠呢。反正也不是每晚都来,就忍忍吧。过一阵子,我们会去别家打的。"

朝子无可奈何地点点头,感觉是被茂雄糊弄了。

说到糊弄,还有一件事让朝子一直没法释怀——她不知道川井等人究竟是做什么的。她曾问过茂雄,但茂雄每次都含含糊糊,一笑了之。朝子至今都没弄清那家公司具体的经营内容。

然而,朝子内心又有一丝害怕,她不敢向茂雄追问真相。一想到茂雄失业期间的那段穷苦日子,朝子就觉得背脊发凉。她害怕失去这份颇丰的收入所带来的安稳生活。她隐约觉得,追问真相很可能会让她失去现有的生活。

虽然茂雄的话没有多少可信度,但结果朝子还是选择相信。不过,自欺欺人的那种难受就和皮肤因盗汗而变得黏糊的感觉一样。

朝子连茂雄不在家打麻将的日子里都开始失眠,只能服用安眠药。

之后又过了三个月。

这天,他们又来家里打麻将。年长的川井和村冈先到,说浜崎过会儿到。

两人和茂雄闲谈了一会儿。但过了好久,脸红得像喝醉似的浜崎就是不见人影。

"浜崎那家伙不知道在搞什么,真拿他没办法。"用发油将长发梳到脑后的村冈有些不耐烦。

"别着急,心急容易输钱。过一会儿会来的。"川井眯着眼看村冈,动着薄薄的嘴唇安慰道,但其实他心里也挺着急。

"怎么办?"茂雄一脸不悦。

这时川井建议:"要不,在浜崎那家伙来之前,我们先打三人麻将吧。"

"好啊,好啊。"等得不耐烦的村冈马上同意。

于是,他们打起三人麻将,打得还挺来劲,时不时地大叫"吃!""碰!"

"请问有人吗?"门口传来一个女人的声音。朝子走到门口一看,是附近食品店的老板娘。

"找你们的电话打到我的店里了,是一个叫浜崎的人打来的。"

朝子赶忙致谢,然后朝里屋张望。

正在摸牌的川井嘟哝道:"浜崎那家伙打电话干吗?"

茂雄对朝子大吼道:"现在我们走不开,你去接吧。"

朝子赶紧跑去食品店。电话放在店铺里屋,店主一脸嫌弃地看着朝子。

朝子不停地道谢,然后接起电话。"您好,请讲。"这是她以前上班时的职业习惯。

"喂?是小谷太太啊,我是浜崎。"

"啊——"朝子不由得呆若木鸡。

"麻烦您帮我和川井他们说一声,我今天有事,实在去不了。喂?喂?"

"哦。"

"听清楚了吗?"

"好的,我会转告的。"

放下电话听筒，朝子感觉还在做梦，甚至不知道自己是什么时候走出食品店的。

刚才那个声音，浜崎的声音，就是三年前那个男人的声音！那天深夜她偶然打错电话到凶案现场时听到的声音！那是她至今都无法忘怀的记忆中的声音！

六

回到家，朝子恍恍惚惚地将浜崎在电话里说的事转告川井，说完，她赶紧逃似的从后门冲出去。

她觉得自己的心跳得非常厉害，耳边似乎有挥之不去的幻听。没错，就是那个声音，自己的耳朵不会听错。朝子对自己的耳力非常有自信，那是有口皆碑的"顺风耳"，是拥有绝对职业水准的超群听力。她能从电话听筒里传来的声音中听出几百个人的不同个性。

朝子对自己说：没错，就是这样的。

虽然之前也听过很多次浜崎的声音，比如每次打麻将的时候都能听到，但那时候为什么自己没觉察？为什么那时候浜崎的声音会像耳边风一样听过就忘？朝子这才意识到——因为那时候自己听到是直接传入耳朵的人声，是没有经过电话听筒的、自然的人声。

对耳朵而言，直接听到的人声与电话里传来的声音，音感完全不同。如果是熟人的声音,听上去的差异不会那么明显。但其实并非如此,两种声音的音质差异很大。朝子在他们打麻将时听到了浜崎的声音,却没能回忆起那天深夜的声音,是因为那是直接传入耳朵的声音。而刚才,她第一听到从电话里传来的浜崎的声音。

这时,三个人打完麻将。

"真没劲,三人麻将没太大意思。"井川点了一支烟,站起身来。

"浜崎那家伙真没劲。"村冈一边把麻将装回盒子一边咋舌不满。

茂雄在家里没看到朝子的人影,于是大声叫喊:"朝子!朝子!"

突然,一抹疑云掠过井川的脸,但他故意问茂雄:"你太太是叫智子吗?"

单纯的茂雄有些害臊地回答说:"她叫朝子。"

"怎么写?"

"朝日的朝。"

井川面色一沉,刚想继续追问,却见朝子已回到家中,于是赶紧收口。

"今天这么早就回去了?"

川井眯起眼睛,若无其事地打量着朝子的脸。他已经发现朝子的脸色异常惨白。

"少一个人没什么劲。小谷太太,我们走了。"年长些的川井一如往常、彬彬有礼地说完后，与村冈一起离开。朝子也像以前一样在狭窄的玄关目送两人。然而今天，朝子的表情非常僵硬，看着两个客人头也不回地渐行渐远。

"怎么了？"茂雄看着朝子的脸。

"没什么。"朝子摇摇头。她没法对茂雄说，茂雄一定也有事瞒着她。虽然没什么证据，但这是女人的直觉。如果现在说出来，茂雄也许会站在他们那一边。朝子觉得如果告诉这个男人，自己很可能会被他出卖。她感到危险就在身边，眼前甚至幻觉般出现了浜崎那张像是喝醉了的红脸。

奇怪的是，那天之后，川井等人再也没来家里打麻将。

朝子问茂雄："他们怎么不来了？"

"还不是怪你！"茂雄气不打一处来地说。

"啊？为什么？"朝子心里咯噔一下。

"川井先生说总来我家打麻将不好意思，以后要去别处打。"

"我什么都没说啊。"

"你平时就讨厌我们打麻将，全都写在脸上了，人家当然看出来了，所以才不高兴来。"茂雄气呼呼地把暂时寄放在家里的麻将牌和桌子搬了出去。

朝子想了又想：一定有事！他们突然不来家里，肯定有原因。

她突然冒出一个念头，连她自己都吓了一跳：也许他们已经知道自己发现的秘密了！他们——浜崎、井川和村冈都是一伙的。但他们是怎么知道的？会不会是自己多心了？也许他们只是单纯地想去别的地方打麻将？

这种自我安慰式的幻想很快就因为茂雄第二天的一句无心之语而破灭。

"井川先生对你这个'朝子'的名字好像挺感兴趣的，还问你之前是不是在××报社做过接线员。我说是的。他们觉得很有意思，说记得之前报上刊登过新闻，说一个电话接线员和那起深夜入室抢劫杀人案的凶手通过电话，他们还感慨'那个接线员居然是你太太'，还说那时候你的名字上过报。"

朝子听完，顿时脸色煞白。

七

之后又过了四五天。

就在那四五天内，朝子一下子暴瘦如柴。疑虑和恐怖不断地攻击着她，但她又不能对茂雄开口。事到如今更不能说了，这个男人也是个隐患，朝子对他没法放心。她没法对茂雄坦白真相，只能一个人苦苦守着秘密。因为无人诉说，只能把自己越逼越苦。

"对了。"她突然想起可以找谁倾诉。这件事很难找到倾听者,但那个人也许可以:去找石川矶先生。

案发当时,石川是社会部的副部长,在那天的电话里曾对朝子说有个重要人物突然离世,是他让朝子转接电话的。那天朝子值夜班,就在那天,她听到了凶手的声音。所以这事不能说,和石川完全无关。朝子给自己找了个理由,其实是因为她现在真的没有别人可以商量。

那件事已经过去三年,也不知道现在的石川是否还在原来的地方工作。朝子跑去报社——她以前的职场,却在接待处得知石川已经调职。

"调职?"

"他去了九州的分社。"

九州?好远!居然去了那么远。朝子非常失望,最后一线希望也破灭了,只能一个人继续苦守秘密。

她走进报社附近的咖啡馆,点了一杯咖啡。她以前常来这家店。但现在,服务生全是陌生面孔。物是人非,除了她,一切都变了。

在这个瞬息万变的世界上,那时候的那个声音至今仍在对她紧追不放。这其中也许有着某种因果关系。那个声音的主人是长着一张喝醉酒似的红脸的男人,是她见过无数次的男人,是她曾经没认出来就是那个声音的主人的男人。

她一个人胡思乱想地喝着咖啡，不由得心生疑惑——

且慢，之前听到的浜崎的声音果真是当年的那个声音吗？会不会是自己的错觉？如果仔细推敲，那么对耳朵的自信可能就此丧失。自己确实曾经对自己的耳力很有信心，大家也都赞美不已。但那是三年前。离职至今已过去了三年，她现在对自己的听觉已经没了当年的自信。

要不再听一下电话里浜崎的声音？

对，那样就能确定了。好想再听一次！

朝子寻思着怎样才能再一次听到电话里的浜崎的声音，因为只有那样才能彻底弄清楚。

回家的路上，朝子一直在想这件事。

回到家中，发现茂雄还没回来。朝子觉得很累，便坐着发呆。

这时，附近食品店老板娘的声音从门口传来："你回来了？"

她赶紧跑去玄关。

"有你的电话，没说是谁，只说要小谷太太接电话。已经打来过好几次了。"老板娘满脸不悦。

朝子说完抱歉，赶紧跑出去。她的脑子里闪过一个念头：打来电话的人也许是川井。如果确实如此，那么浜崎应该就在他旁边，这样一来也许就能再一次听到那个声音。

"您好，请讲。"朝子拿起电话。

"是小谷太太啊。"没错，听筒里传来的正是川井的声音。

"您快来吧，茂雄进医院了。不过别太担心，估计是盲肠炎。手术很简单。您马上过来吧。"

"好的，我马上过去。在哪里？"

"文京区谷町二八〇号。坐电车到驾笼町站，下车后换乘到指谷町站下来就行。我去车站接您。"

"喂，请问浜崎先生在吗？"连朝子自己都很诧异：茂雄进了医院，自己居然还有闲情问浜崎在不在。但这事儿对她来说，确实比茂雄的盲肠手术更重要。

"浜崎？"川井的声音停顿了片刻，"他现在不在，不过马上会来的。"川井的声音里似乎带着笑意，但朝子并没有察觉到那笑意背后的含义。

"我马上就去。"朝子挂上电话，呼吸有些急促。她对自己说：现在过去就能找机会确认声音，必须弄清楚那个声音的主人是不是浜崎。自己要做一场实验！

第二部　肺中煤屑

一

东京市北多摩郡田无町地处东京郊外的最西端,从高田马场站乘坐西武线要四十五分钟电车车程才能到。中央线的车站也离得很远,总之是个乡下地方。但最近东京人口过剩的狂澜已经席卷至此,这里的田地渐渐被开发,一片片新的住宅区拔地而起。

不过,这里仍留存着武藏野的一些风貌,田野里到处都是栎树、橡树、榉木、红松等杂木林。武藏野的树林并非横向铺展的模样,而是有一种纵深感,而且树木非常纤细,一点儿都不粗犷。"说到树林,在以前的日本文学或美术作品中,一般只认可松林,诗歌中从未曾见过'栎树林中听时雨'之类的诗句。"——日本历史上,是国木田独步第一个认可了武藏野树林的文学价值。

这天早上——准确地说是十月十三日上午六点半左右——一个送报少年正在一条小路上骑着自行车从田无前往柳漥,突然,他的视线被一旁的杂木林吸引。

林中的叶子与树下的草坪都已变黄。少年的目光落在草丛间好像花一样的东西上。

少年在路边停好自行车,走进树丛。先是看见一条淡灰底、胭脂色格子的连衣裙的一角——清晨,这些颜色让人感觉分外冷艳——紧接着,少年又看到黑色的头发与白色的双脚,吓得他赶紧跑回停自行车的地方,然后拼了命地骑车离去。

一个小时后,三辆黑白涂色的警车颇有架势地开了过来,警视厅的刑警们与验尸官来到了现场。静谧的武藏野小路上既没有往来的人影,也没有围观群众,只有住在附近的人,三三两两地站在远处观望。附近的田野里有几处新建的住宅区,观望的都是住在里面的普通老百姓——案发现场就位于这样的地理位置。

被害人为女性,年龄大约二十七八岁,体型偏瘦,鼻梁高挺,生前应该是个美人。但现在,她的面部却因为痛苦而扭曲,整张脸上不知被什么东西抹得黑兮兮的,看上去很脏。咽喉部位有大量痣色的淤血,一眼就看得出是被勒死的。

死者身上的衣服并没有不整,周围的草木也没有被踩乱的痕迹。看情形,死者当时并没做太多抵抗。

警方在现场并没有发现死者的手提包。可能是一开始就没有带，可能是在哪里弄丢了，也可能是被凶手拿走了。不管是哪一种可能，根据现场没有手提包这一事实，警方判断被害人可能是住在附近的人。而且从她身上的着装来看，也不像是出远门的行头。

警察让站在远处观望的人们来看一下被害人的脸，看看是否有人认识。那些附近的人战战兢兢地看完后都说没见过这个人。

"应该很快能查到被害人的身份。"警视厅搜查一科的晶中队长对石丸科长说。晶中队长因为一大早被叫醒，现在仍是一脸睡意，正强撑着眼皮。

石丸科长蹲下身，看着戴在女人左手无名指上的翡翠戒指。

尸体被送去医院做解剖后，石丸科长继续站在原地眺望风景："在这里还能见到武藏野的原有风貌。"

"是啊。好像国木田独步的墓碑就在这附近。"晶中队长也感慨于杂木林的景致，似乎暂时忘记了凶案。

"晶中，你家那边今天早上下过雨吗？"石丸科长仔细地观察着现场的地面。

"没有。"

"我家在莺谷，黎明时分，我好像在梦里听见过雨声，醒来一看地面果然是湿的。你家好像住在——"

"目黑。"

"那边没下雨？那么就是局部地区有雨？这边好像也没下雨。"石丸科长用鞋尖蹭了蹭干燥的地面。

这天下午，法医送来尸体的解剖结果——

死者年龄为二十七八岁。死因是勒死。死后已过去十四五个小时。验尸官推测凶案发生在前一晚十点至当天凌晨零点之间。死者的身体并无外伤，也没有受到过侵犯。解剖内脏的结果显示其胃部并无中毒反应，但肺部有煤屑。

"煤屑？"畠中队长看看石丸科长。

"难道这个女人生活在与煤有关的环境中？"

"不好说。"法医解释道，"而且死者的鼻孔黏膜里也有煤屑。"

二

这天傍晚时分，警方终于查明死者的身份——自称被害人丈夫的男人看到报上的报道后前来警局认尸。

一看到尸体，男人立刻很肯定地说，"没错，是我老婆。"

警方向该男子了解情况，得知他名叫小谷茂雄，是公司职员，今年三十一岁，住址是丰岛区日出町二丁目一六四号。

"您太太是什么时候不见的？"

这个穿着一身白色流行服饰、体型纤瘦、长相不俗的男人回答说:"我老婆叫朝子,今年二十八岁。"

警方这才知道被害人是小谷茂雄的妻子,名叫朝子,今年二十八岁。

"昨天傍晚六点左右,我回到家,却发现我老婆不在。一开始我以为她出去买东西了,但等了一个小时都没见她回来,我就去附近找她。有人说看见我老婆四点出门了。"

那人就是与他们相隔五六户人家的食品店老板娘。她见小谷茂雄似乎在找老婆,就主动说:"你太太接完一通电话后,大概四点左右就匆匆忙忙地出门了。"

"电话?"茂雄很吃惊,没想到会有谁打电话给朝子,"是谁打来的?"

"虽然一开始是我接的电话,但对方没有自报姓名,只说要你太太来听。我把你太太叫来后,他们通了话,但没讲太久,你太太就回去了,然后很快我就看到她匆匆忙忙地出了门。"

茂雄完全摸不着头脑:"他们电话里说了什么?"

"我那时店里正忙着,没怎么在意去听,但好像说要坐车去指谷什么的。"

"坐车去指谷?"茂雄越听越糊涂。迄今为止,他们夫妇俩从未与这个地方有过任何关系。茂雄回到家后,在屋子里到处翻了翻,并没找到朝子的留言条。茂雄当时心里嘀咕——到底是谁把老婆叫出去了？不自报姓名就能叫去听电话？估计是和朝子关系很亲密的男人，没想到朝子居然还有瞒着自己的秘密。

小谷茂雄整晚都在寻思这些事情，但直到天亮都没等到妻子回来。今天一整天，他从早上就闭门不出，焦躁不安，直到在家里看晚报时，看到报上写的被害人的年龄、服饰等信息，猜到可能是朝子，所以来警局。

"那个翡翠戒指是四五年前我买给她的。"小谷茂雄指着那枚戴在妻子手上却已完全变了样的戒指。

"关于那个打电话把您太太叫出去的人，您能想到谁吗？"

"我想了很久，但完全没头绪。"

"以前有过类似的电话吗？"

"没有。"

"您太太的尸体是在田无町附近被发现的，关于这个地方，您能想到什么吗？"

"完全想不到。我也纳闷，我老婆怎么会去那种地方？"

"我们猜测您太太出门的时候应该是拿着手提包，但现场没有，您怎么看？"

"她出门的时候一般都会带包，是个四方形、鹿皮的黑色手提包，搭扣是金色的。"

"包里可能会有多少现金？"

"我估计一千日元都不到。"

"您太太有没有仇家？"

"没有，这一点我非常肯定。"

这时，畠中队长突然问道："您家里用煤屑吗？"

"不用。我们家做饭用煤气，洗澡去澡堂。"

"您家附近有没有谁做煤屑买卖？"

"没有。"

了解完大概情况，茂雄留下自己的工作地址后就回了家。

之后，搜查的重点自然地落在那个将被害人叫出门的神秘电话上。警方把最先接电话的食品店老板娘也请来警局了解情况。

老板娘说的与小谷茂雄说的几乎一致。

畠中队长又进一步发问："是小谷太太主动说要坐车去指谷的吗？"

"不是，是小谷太太听对方说完后，为了确认而复述时说的。"

"您还有没有留意到其他情况？"

"没有，毕竟四点左右正是店里最忙的时候。"老板娘回答说，"我只听到了这么一句，其他的没在意。"

"之前有没有过类似的电话？"

"让我想想，"老板娘手指戳着双下巴想了想说，"之前也有过一次。"

"有过？！"警方一下子来了劲。

"对，但那通电话一开始不是找小谷太太，而是找她丈夫的，不过结果却是小谷太太接的电话。"

"当时对方自报姓名了吗？"

"那一次说过，好像叫浜什么的。因为时间有些久了，我只记得是浜字打头的一个名字。"

三

刑警们根据那通电话再次询问小谷茂雄之后，终于掌握到了一些情况。

"那个名叫浜崎芳雄的男人是小谷茂雄的同事。之前的那通电话是因为当天他们原本相约在小谷家打麻将，但浜崎突然有事去不了，所以打电话过去打声招呼。"刑警将从茂雄那里听来的信息如实报告。

"哦？一起打麻将？都有哪些人？"

"请看这里。"

夹在刑警记事簿里的纸条上写着：川井贡一、村冈明治、浜崎芳雄。

三人都是小谷茂雄的同事，之前经常去小谷家打麻将，但最近因为工作太忙就没再去。朝子与三人并不熟，只当他们是来家里打麻将的客人。所以他们中的任何一个都不可能与朝子亲密到一通电话就能把她叫出门，做丈夫的小谷无法想象会发生那种事，而且朝子也绝不可能瞒着丈夫对打电话的人言听计从，她完全没有理由那么做。

"小谷是这么说的。"刑警报告完毕。

"小谷的公司是干吗的？"石丸科长问畠中队长。

"据说是做药品的，但我们仔细问过小谷，其实是将二三流制药公司的产品卖给批发商，就是倒买倒卖，算不上什么公司。"

石丸科长想了一会儿说："我觉得有必要好好查一下川井、村冈、浜崎那三个人到底是什么底细？顺便问一下，他们昨晚有没有不在场证明。"

"我也觉得有必要。"说完，畠中队长开始给大家安排任务，"不过，"畠中队长喝了一口茶，看着石丸科长说，"如果小谷说的都是真的，很难想象那三人中有谁能用一通电话把他老婆叫出去。您怎么看？"

"小谷说的应该是真的,但能把他老婆叫出去的理由,未必是因为关系亲密。现在还不好说。另外,为什么是在指谷?指谷那里有什么?会不会有谁住在指谷附近?"虽然石丸科长口中说的是"谁",但明显指的就是川井、村冈、浜崎三人之一。

之后,刑警们调查了三人的登记住址,结果却出人意料——川井住在中野,村冈和浜崎住在位于涩谷的同一栋公寓里。没有人住在指谷附近——别说附近了,三人都住得离指谷很远。

"畠中,指谷方面查得怎么样了?"

"正在拼命查。我们判断当时凶手就埋伏在车站附近,所以正在电车司机和乘客中寻找目击证人;同时以指谷为中心,在周边的白山、驹达、丸山、户崎町一带进行调查取证。"

"我们一起去趟指谷吧。"石丸科长说着站起身。

在警车上,石丸科长开口问:"畠中,你觉得朝子究竟是在哪里遇害的?"

"在哪里?"畠中队长看着石丸科长的侧脸问,"难道不是田无町吗?"

"一般而言,勒死的案件都会比较麻烦,因为没有血液流出,所以很难判断行凶现场。"石丸科长说着关西方言,点烟的时候用手护着火,不让从窗口灌进车里的风将柴火吹灭,然后接着说,

"发现尸体的地方可能是被害人遇害的地方,但被害人也可能是在其他地方遇害后被凶手搬过去的。你也看过那份尸检报告,被害人肺部有煤屑,也就是说,朝子在死前吸入过煤屑,但在发现尸体的田无町完全没有煤屑的影子。"

"就算肺里有煤屑,也不一定是遇害时吸入的,可能是遇害前好几个小时甚至是好几天前吸入的。"畠中队长反驳道。

"这就是你不懂女人了。女人脸上哪怕稍微有一点儿脏,都会马上去洗脸。尸检报告里不是还说她的鼻孔里也有煤屑吗?女人会觉得这很恶心,一定会在洗脸的时候用毛巾或别的东西把鼻孔弄干净。也就是说,被害人朝子是在没时间洗脸的时候遇害的,所以可以断定,就是在她临死前。"

"原来如此。这么说来,朝子肯定是在别处遇害后,再被搬到田无町的。"

"还不好说,但也不能完全排除这种可能。"

"那么被害人死前的行踪就变得非常重要了。"

这时,警车开到了指谷车站。两人下车后,发现前方有个斜坡,一辆电车从水道桥站方向开来,正费劲地朝坡上开去。

石丸科长看了一下四周,对畠中队长说:"去那里看看!"说完,石丸科长穿过电车轨道,爬上狭窄的坡道,在上坡路的尽头看到八百屋阿七①的地藏堂等建筑。最后来到一处高地,从那里可以一览下方如山谷般的城镇。

"那儿是工厂吧?"石丸科长所指的地方没有烟囱,却有填满山谷的瓦片,在秋日阳光的照耀下,如波浪般反射着混沌的光。

晶中终于明白了石丸科长此行的用意——他一直在找有煤的地方。

四

之后又过了两天,警方发现了很多线索。

首先,关于被害人朝子的行踪——警方在指谷一带进行了调查,却没有找到有价值的线索。食品店老板娘看到朝子出门是在下午四点多,警方由此推定朝子到达指谷站的时间在五点到五点半之间,而这段时间正好是下班高峰,车站周围人多嘈杂,大多不会注意他人,所以列车员们都没有给出太多有用的信息。

朝子在十二日五点到五点半到达指谷站后遭遇不测,而她的尸体在十三日上午六点半出现在田无町,在这段时间里,朝子去了哪里?做了什么?虽然尸体是在六点半被人偶然发现的,但没人知道

---

① 江户时代前期,为了与恋人相见不惜放火而被火刑处死的少女。

在那之前尸体究竟在哪儿。根据解剖结果，朝子被杀的时间是十二日下午十点以后到十三日零时之间，她死前六七个小时是在哪里、如何度过的？警方对朝子这段时间内的行踪一无所知。如果朝子是活着来到田无，那她必然需要乘坐交通工具。警方调查过田无附近的车站：从东京到田无，共有三条路线——最近的是乘坐西武高田马场线，在田无站下车；或者乘坐从西武池袋线在田无町（现在的云雀丘）站下车；也可以乘坐中央线在武藏境站下车，接着换公交车。然而，田无、田无町和武藏境的车站工作人员全都说没见过朝子。警方也考虑过朝子可能乘坐出租车，所以对东京都内所有的出租车公司进行了调查，但结果也没有司机说对朝子有印象。

因此，警方将推理集中到一种可能性——朝子是在其他地方遇害后被转移至田无的。这种情况下，凶手不可能使用电车或公交车等公共交通工具，只有两个选择——要么驾驶私家车，要么同伙中就有出租车司机。毕竟那么大一个人，不可能蒙混过关地被抬上出租车。所以如果凶手没有私家车，那么"同伙中有出租车司机"就是一个必要条件。但即便真是如此，警方估计不会有人主动投案提供线索。

另外，尸检结果发现被害人的鼻孔与肺部都有煤屑。警方委托R大学矿山科的实验室对此进行进一步分析，通过特殊显微镜的检查发现，这种煤的反射率为6.70，具有非常高的碳化程度，而全日本只有北九州的筑丰和北海道的夕张才产这种煤。

另一方面，警方还发现了一些新线索。

警方调查了川井、村冈和浜崎从十二日傍晚到十三日上午的行踪后发现——村冈在涩谷的酒店喝完酒后住在位于五反田的朋友家，朋友为他作了证；川井和浜崎于十二日下午七点去了位于北多摩郡小平町的铃木靖家里。

"小平町?!"石丸科长和畠中队长听到这里，几乎异口同声地叫了起来，因为小平町就位于从发现尸体的田无町西端再向西仅两公里的地方。

"铃木靖是谁？干吗的？"

负责的刑警汇报说，铃木靖是川井贡一的情妇，川井为这个女人在小平町盖了栋新房，每个月会去四五次，每次都会过夜。两个人在那儿就像普通夫妻一样过日子，和邻居们也都打过交道。

"总觉得哪儿不对劲。"畠中队长歪着脑袋说。

之后，他派人重新调查三人当晚的行踪。新一轮的调查结果与之后警方把川井、浜崎和三十多岁的铃木靖叫来搜查总部进行问话后所得的口供总结如下——

十二日下午三点，川井和浜崎在新宿看电影，六点左右离开影院。七点不到,两人到达位于小平町的铃木靖家(当事人如是说,警方却无从考证。姑且不论拥有大量人流的电影院,单说位于小平町的铃木靖的家,晚上七点左右,周围的人家都已关上窗户,几乎一片漆黑,所以在这段时间内,无人能证明川井和浜崎到底在哪儿)。

七点左右,川井叫上三个邻居一起去立川市听浪曲①,说是为了感谢他们平日里对铃木靖的关照,浜崎也和他们一起去了。浪曲于九点三十分散场后,他们乘坐出租车回家,十点多到达铃木家门前。

此后,川井提出,铃木已经在家里准备好酒菜,请大家一起去家里喝酒。邻居们虽然推辞,但川井竭力劝说:"都已经准备好了。"于是三个邻居的男人去了铃木家,饱食美餐。之后几个人还喝了酒,后来浜崎说自己有事,于十一点先行离开。然后川井和三个邻居一直喝到第二天早上三点半。三个人当晚都住在铃木家。川井和铃木靖睡在他们隔壁的房间。

早上七点左右,邻居的太太们分别将他们的老公接回去。这时,铃木靖穿着睡衣、披着披肩出来送客说:"抱歉川井还睡着,你们等等,我去叫他出来。"虽然邻居太太们都摆手说不用,但她

---

① 诞生于明治初期的一种表演方式,表演者一边弹奏三味线,一边唱、说故事。

还是叫醒了川井。川井睡眼惺忪地出来向大家打招呼。(关于这一点,邻居的三对夫妻都能作证。)

五

石丸科长与畠中队长都注意到"滨崎十一点离开铃木靖家"这个事实。朝子的死亡时间是在十点到零点之间,而铃木家距离朝子尸体被发现的地方只有两公里远。

"滨崎是不是之前与被害人通过电话的男人?"石丸科长问畠中队长。

"是的。那次他说因为自己临时有事不能去打麻将,朝子替她老公去接了电话。"

"总觉得他的那通电话有问题。再去好好查查。"

滨崎芳雄,三十三岁,目光呆滞,扁平脸,矮个子,说话的时候有气无力,给人感觉这人的智商肯定不高。

他是这么回答警方问话的:"我在铃木家(铃木靖的房子)稍微喝了点儿酒,因为有事就先走了。因为我当时想去新宿二丁目,那里有一家名叫'便天'的店,店里有我喜欢的女人。我从国分寺坐中央线在新宿下车,十一点四十分左右到达'便天'。我喜欢的那个女人名叫A,好久没去捧场,发现A的服务差了好多,于是和她吵了一架,早上五点多的时候离开'便天'。然后坐电车到千驮谷,在皇宫外苑的长凳上睡了两个小时,八点左右回到自己位于涩谷的家。"

根据这份供述,刑警前往位于新宿赤线区的"便天"向A了解情况,并得知浜崎所述确为事实。

"是浜崎先生自己心情不好,一直气鼓鼓的,五点钟天还没亮就走了。"A子如是说。(后来警方才发现,这次找A问话时其实忘了问一个非常重要的问题)如果情况属实,那么浜崎十一点从位于小平町的铃木家出来,四十分钟后到达新宿的"便天",就时间上而言,不可能在距离小平町两公里的田无杀死朝子。而在"便天"一直到第二天五点钟为止,浜崎都与A在一起,也不可能中途跑出去作案。

"这么说来,浜崎有不在场证明,嫌疑比较小。"

"是啊。"畠中队长回答得有些心不在焉,"但朝子肯定是被熟人所杀,这一点绝对不会有错。"

因为朝子是被一通电话叫出去的,所以凶手与朝子的关系一定不一般,但问题是:就算是熟人,朝子为何会那么听话地从家跑去老远的指谷,最后又在田无被人发现?

"朝子到底是在哪里遇害的?"石丸科长攥紧拳头恨恨地说。

畠中队长想到石丸科长一直在意的煤屑的事，突然灵光一现："科长，我去查查东京市内的储煤场！"

"好！"石丸科长立刻赞成。残留在被害者的鼻孔与肺部的煤屑一直让他不能释怀。但要将东京市内所有的储煤场一一调查清楚，需要花费大量的人力和时间。他们也不知道东京到底有多少储煤场，而且能否在储煤场里找到与凶案有关线索还是未知数。一想到这些，石丸科长就觉得好像大海捞针，但仍想做最后的尝试。

终于，调查陷入瓶颈的石丸科长等到了一个意外的好消息，用老话来说就是"皇天不负有心人"。

手下报告说——十三日早上，有人将一个捡到的手提包交到田端警署辖区内的派出所，该手提包特征为黑色、鹿皮、四方形。手提包内有化妆品、纸等物品，还有蜡染布做的搭扣式钱包，里面有七百八十日元的现金，是一名小学四年级的女孩上学路上在田端的储煤场捡到后送去派出所的。当时值班的警员认为与此案无关，所以没向搜查总部报告此事，后来，等负责调查储煤所的刑警去派出所了解储煤场情况时，这才提到。

警方赶紧请小谷茂雄来警局确认。

"这是我老婆的包。"小谷说。

"您太太会有什么理由去田端吗？"

"我完全不知道。"小谷一脸莫名其妙。

之后，石丸科长和畕中队长前往位于田端的储煤场。捡到手提包的小女孩和她的妈妈也一并被当地警方请去协助调查。

"小妹妹，你是在哪里捡到这个包的？"畕中队长问。

"就在这里。"小女孩指着一个地方说。

顺着小女孩手指的方向，畕中队长等人看见用于替换火车头的十几条线路的西侧有一座巨大的吊车，吊车下方就是给火车供煤的储煤场。山形的煤堆稍稍有些垮塌，煤屑纷纷散落在用作围栏的木栅栏外。木栅栏的外侧有一条生锈的报废铁轨，铁轨的一旁是一条道路。小女孩就是走在这条路上的时候看到了朝子的手提包，当时手提包位于木栅栏与报废铁轨之间，周边还堆积着从煤堆上散落下来的大量煤屑。

六

石丸科长与畕中队长朝这个位置看了又看。只见吊车正从煤屑堆里挖起煤屑装上火车，东边不断进行着更替火车头的作业。汽笛与车轮的声音听起来很嘈杂，与列车行驶在国电[①]上的声音响成

[①] 日本的国有铁路。

一片。

报废铁路的西侧是停放车头的仓库,后面则是与铁轨平行的马路。马路上不断有卡车开过,周围满溢着储煤场特有的、嘈杂却有活力的氛围。

"科长,您觉得这噪音到了深夜会不会骤然变安静?"

"我也正好在考虑这事儿。"

被害人的死亡时间是晚上十点到次日零点之间,在这段时间内,这一带一定安静得让人发憷。但凶手究竟是如何让朝子在毫不反抗的情况下来到此地的?

各种证据表明,朝子从头到尾都未曾反抗——被一通电话叫出家门,前往指谷,深夜被带到田端的储煤场,整个过程中完全没有反抗的痕迹。然而,朝子的这种顺从非常不合常理。从被凶手叫出去到遇害为止,整整七八个小时之内,朝子一直乖乖地听从凶手的指挥。警方由此判断朝子对凶手可能非常信任。

石丸科长绕着小女孩捡到手提包的地方一边观察地面一边走,走了十步左右停下说:"畠中,你看这个。"

石丸科长所指的是落到木栅栏外、在地上铺开的一摊煤堆,其中有一处明显经人处理过,像是有人用什么东西扫过。

"凶案发生在五天前,现场可能已经被人破坏。"

之后，储煤场的工作人员证实了石丸科长的这番猜测——石丸科长与畠中队长一起来到位于仓库一端的办公室，打开玻璃窗。正在里面闲聊的三名工作人员齐刷刷地扭头看他们。

两人亮出警官证问道："十三日早上，这儿附近有什么异常情况？比如是否有打斗过的痕迹？"

"打斗过的痕迹"这个词立刻让对方有了反应："我想起来了，那天早上，我们八点半上班的时候看到那边的煤屑和土乱成一片。"

石丸科长手指指手朝子的手提包被捡到的地方向："是那里吗？"

工作人员说是的，还描述了一下当时的情况："当时那地上的情形就像男女在那儿乱搞过似的，A君觉得很恶心，就用扫帚扫了一下。"

虽说是工作人员的无心之举，但现场毕竟遭到了破坏，已无从求证，从A君那里了解到的情况已是最大的收获。

石丸科长回到送他们来的警车那里，小女孩和她的妈妈还没走。石丸科长突然想到什么，走近小女孩问："小妹妹，你捡到包的时候，包是湿的吗？"

小姑娘抬头转了转眼珠，想了想回答说："不是。"

"你好好想想，真的不是湿的？"石丸科长又问了一次。

"因为我交给警察叔叔的时候,是双手抱着给他的呀。"小女孩的言下之意是——因为不是湿的,所以才能抱着。

石丸科长坐回车里,对司机说:"走最近的路线,马上去田无町。"司机想了一下路线,然后立刻发动引擎。这时,石丸科长看了看手表。

看着窗外飞逝的风景,石丸科长对一旁的畠中队长说:"我知道杀人现场在哪里了!"

"您确定?"畠中队长问,其实他心里也已经想到同一个地方,但还是再郑重地求证一下。

石丸科长从口袋里掏出一只鼓鼓的信封,朝里面看了又看。不知什么时候,石丸科长已经取了一些刚才的煤屑。"这就是实证。"石丸科长说完,嘴角扬起了微笑。

警车从驹达经过巢鸭、池袋、目白后开到昭和通,接着向西行驶,通过荻洼的四面道,上了青梅街道后,就是一条开阔平坦的柏油路,然后一直向西,笔直前进。一路上,警车就像是在无忧无虑地自由前行。

石丸科长看着驾驶座的仪表盘——时速五十公里。

不久,警车驶入田无町。在发现朝子尸体的杂木林前,石丸科长下令停车,然后马上又看了看手表。

"从田端到这里开了五十六分钟。"石丸科长说。

"现在是白天,如果是在晚上,出租车或自驾车至少可以开到每小时六十公里,差不多四十五分钟就可以到。"

这就是把在田端杀死的朝子尸体转移到这里所需的时间。

石丸科长和晶中队长从车上下来,张开双臂,深深地吸了一口武藏野的清新空气。

七

石丸科长回到警视厅后,立刻下达两项命令:

第一,安排警员前去气象台调查十三日早上的降雨,具体是从几点到几点?在田端附近是否有雨?

第二,把在储煤场采集并装入信封的煤屑委托 R 大学矿山科实验室进行检测。

布置完这两项工作后,石丸科长在办公室里一边抽烟一边思考,接着又拿出铅笔和纸开始整理线索。

这时,晶中队长走了进来,看到石丸科长埋头疾书的样子,打断道:"您在忙吗?"

"没事,坐吧。"石丸科长嘴上这么说,手里的笔却没停下。

晶中队长坐下说:"科长,我们之前都还没怎么讨论过这起案件的动机吧?"畠中队长看着石丸科长的笔头,一脸茫然。

"你觉得呢?"石丸继续写。

"肯定不是打劫。"

"嗯,可以排除这个。"

"通常会是仇杀或情杀,但就我们调查的结果而言,这种可能性也很小。朝子在嫁给小谷茂雄之前曾在报社做电话接线员。我们调查过她当年的个人情况,没有发现她有除了小谷以外的男女关系。她是一个很本分、很老实、人际关系也挺不错的女人,不像有什么仇家。但证据显示,这起案件中的凶手一定与被害人认识,所以我怎么也想不通。"

"我也有同感。"石丸科长说完抬起头来,并非为了表达意见,而是因为他已经写完了,"既然动机暂时不明,我们只能对案件本身抽丝剥茧。你看看这个。"说完,石丸科长把他刚才写个不停的那张纸拿给畠中队长,然后双手抱臂,静待意见。

石丸科长在纸上将事件的诸多线索整理成一览表的形式——

(1)小谷朝子

十二日下午四点左右,接到某人打来电话后立刻外出。电话中,对方要求朝子前往指谷。到十三日早上被人发现尸体为止，其间有十四个小时的行踪尚未完全调查清楚。根据解剖结果，死亡时间在当天十点到次日零点之间。如果田端储煤场就是杀人现场，则可整理出以下时间轴：

四点左右离家。

五点左右到达指谷车站。（推测）

其间有五至七个小时不知行踪。

从十点到次日零点在田端遭到杀害。

其间有七至八个小时虽尚未彻底查清，但肯定有人在这段时间内将尸体转移。

次日早上六点三十分，朝子的尸体在田无町被人发现。

（2）川井贡一

十二日下午三点到六点，与浜崎芳雄一起在新宿的电影院。（无证明）

傍晚六点到七点离开电影院，与浜崎一起前往位于小平町的铃木靖家。（证人只有铃木靖）

从晚上七点半起，与浜崎和三个邻居一起在立川市听浪曲。九点半散场后，所有人一起回到位于小平町的铃木家，十点十分到达铃木家门前告别分开。此后，邻居三人收到井川的

邀请。（三名邻居作证）

其间有二十分钟，浜崎与铃木靖在铃木家中。（只有浜崎和铃木靖的证词）

晚上十点三十分，井川一一前往三个邻居家，邀请他们到铃木家做客。

十点五十分左右，三名邻居与井川一同前往铃木家。（三名邻居作证）

到次日凌晨三点半为止，井川与邻居们一直在一起喝酒。之后三个邻居睡在铃木家。

井川与铃木在隔壁房间就寝。（三名邻居作证）

众人睡到第二天早上七点三十分左右，邻居的太太们来到铃木家中。

（3）浜崎芳雄

十二日下午三点到六点与川井贡一在电影院（无证明）。之后的行动都与井川贡一起。

夜里十一点从铃木家出来。（三名邻居作证）

乘坐电车。

夜里十一点十分到达位于新宿的"便天"，进店后点名A

服务。

十三日早晨五点多，与A发生口角，离开"便天"。（A子作证）

到早上八点为止，在皇宫外苑的长凳上睡了两个小时。（无证明）

（4）村冈明治与小谷茂雄因有确凿的不在场证明，故作省略。

"是不是有点儿啰嗦？"石丸科长问。

"不，条理非常清楚。"畠中队长回答，然后指着加着重号的几个字问："这里只有短短二十分钟时间，为什么要加着重号？"

"因为这二十分钟是在死者可能遇害的时间段内，且川井与浜崎都没有第三方证人证明其行踪，是一段空白的时间。也就是说，这二十分钟是只属于川井、浜崎和铃木这三个人的时间。铃木是川井的情妇，所以她的口供不足为信。"

正如石丸科长所言，川井和浜崎从十点十分（听完浪曲回到铃木住所前与大家分手）到十点三十分（川井前往邻居家上门邀请）之间，有二十分钟完全没有人证，足以证明其行踪，而这二十分钟又刚好在被害人可能的死亡时间段内。

"但行凶现场是在田端的储煤场,这是铁板钉钉的事实。大学实验室的检测结果马上就会送来,我估计死者在死前吸入鼻腔和肺部的煤屑应该与田端储煤场的煤屑性质相同。这么一来,即使有二十分钟的空白时间,也不足以让川井等人从小平町往返于田端。我们坐警车实验过,从田端到小平町花了五十六分钟。就算半夜开得再快,至少也要四十分钟,往返就得一个小时二十分钟,还需要留出杀害朝子的时间。只要能证明他们在小平町,就算有二十分钟的空档时间也无济于事。"

小平町距离田端四十五公里,无论如何都不可能在短短二十分钟内完成往返。

八

这天,石丸科长之前下令调查的两件事都有了结果。

首先,R大学交来的检测报告显示,石丸科长从储煤场采集的煤屑与附着在被害人气管中的煤屑属性相同。而且根据储煤场的工作人员介绍,那些煤屑确实来自九州的大浦炭矿,也就是筑丰矿。

"这么看来,可以确定杀人现场就在田端储煤场。"虽然结果已经非常明确，但石丸科长还是无法释然。

晶中队长知道其中的原因。一旦田端储煤场被确认为凶杀现场，那么川井和浜崎的不在场证明就能成立。虽然心有不甘，但那空白的二十分钟实在做不了什么。唯一符合逻辑的推理就是其他人将朝子杀害后，没有留意到她的手提包，之后再将尸体转移至田无町。

另一方面，中央气象台也给出了答复。十三日黎明时分，大概从三点到四点五十分，田端附近曾有降雨。

"晶中，就是这个！"石丸科长看着降雨时间表说，"这就是突破口。"

晶中队长疑惑地说："捡到包的小女孩说当时包不是湿的，而且当时派出所的警察也证实过此事。但这就怪了，小女孩捡到包的时候是早上八点左右，淋了两个小时雨的包没道理是干的。可小女孩捡到的包确实完全是干的，这究竟是为什么？"

"假设手提包是在被害人遇害时不小心落到地上的，那么包肯定会被从三点开始下的雨淋湿。"

"没被淋湿，说明什么？"

"手提包是在雨停后，也就是五点以后，被扔到现场的。"

"没错！就是这样！虽然还弄不清其中的来龙去脉，但就逻辑而言，只有这一种可能。"

"不过这里面也有问题。被害人的死亡时间是十二日的夜里十点到十三日的零点之间。如果手提包是在十三日的五点之后才掉落在遇害现场的，那么这两者之间就存在矛盾。"

"我也觉得不合理，但就客观证据而言，十三日早上五点之后，朝子的包才出现在储煤场，这就是事实。一定是我们之前的推理之中有失误。"

石丸科长想不出来到底是哪里有失误。朝子被杀是在十二日十点到十三日零点之间，地点是田端储煤场，这都是事实。在这段时间内，川井在位于小平町的铃木家中，这也是事实。而被害人的手提包却在十三日早上五点之后被遗弃在田端的储煤场，这同样是事实。

虽然这些都是事实，但是彼此没法拼接在一起，散成了碎片，又像是无法咬合的齿轮——每个事实似乎都很真实，但放在一起就是没法成立。

"各种事实没法碰到一块儿。最大的矛盾就在于被害人的死亡时间与手提包被扔在行凶现场的时间，但我觉得这正是整个事件的突破口。不过，我还是没弄明白到底是怎么回事。"

就在这时，一个年长的刑警站在科长办公室门口问道："请问可以进来吗?"

石丸科长点头后,年长的刑警站在石丸科长的书桌前,开始向石丸科长与畠中队长报告:"我们向周围邻居打听了一下铃木靖的情况。她是川井的情人,无业在家。川井和邻居们的交情还不错,大家对他的印象挺好,称案发当日也并无异样。这些情况都与川井的供述相符。但有一件事,不知道算不算线索——"

"请讲。"

"铃木家与邻居家之间隔得很远,那一带的住宅区都是如此。两户人家之间一般都隔着五十米左右。十二日晚上七点左右,铃木曾去位于她家东面的邻居家借扇子。"

"扇子?"石丸科长与畠中队长面面相觑。十月中旬借扇子?听起来就很蹊跷。

"铃木问邻居借的是厨房里用来煽火做饭的蒲扇。这本来倒也没什么,因为铃木家做饭用的是煤油灶,平时不需要蒲扇,所以家里没有。但之后铃木还扇子的时候却说当时那把蒲扇不小心被她弄破了,所以买了把新的还给邻居。邻居觉得有点儿奇怪,因为他们借给铃木的是一把挺结实的蒲扇,想不出铃木是怎么弄破的。我也不知道这与案件是否有关,但还是向您报告一下。"

年长的刑警离开后,石丸科长和畠中队长再一次面面相觑。他们暂时也无法判断那把蒲扇是否与案件有关。

九

这天傍晚,畠中队长再次被叫至石丸科长的办公室。一见到畠中队长,石丸科长的脸上满是藏不住的喜悦,忍不住脱口而出:"畠中,之前我说过手提包是案件的突破口,对吧?事实证明,我说中了!"

"怎么讲?"

"你看这个。"石丸科长指着之前那张一览表上关于浜崎芳雄的部分——十三日早上五点多,与A发生口角,离开"便天"。(A作证)

"原来如此!"

手提包被丢至储煤场,就是在雨停的五点之后。

"这下两个齿轮终于可以咬合在一起了!五点钟这个时间点就是关键。"石丸科长心满意足地说,"从新宿到田端,乘坐国铁只需要二十分钟。如果五点从新宿出发,五点半左右就能到达位于田端的凶案现场。朝子的手提包就是那个时候被扔在储煤场的。"

"是浜崎扔的包?"

"这是最合理的可能。你仔细想想,浜崎自称从'便天'出来后在皇宫外苑的长凳上睡了两小时,但没人能证明。马上派人去找'便天'的 A 再次确认一下。"

晶中队长立刻派刑警前往新宿。听完报告后,石丸科长脸上的疑云尽扫。

"浜崎当晚去'便天'的时候,手里拿着一个用报纸包好的东西,看上去像是一个盒子的形状。A 曾经问他里面是什么,但浜崎没回答。A 觉得可能浜崎不方便说,也就没再追问。"

刑警报告的就是上述内容。

"一开始找 A 了解情况的刑警如果能早点儿问到这些情况就好了。怎么会忘了问'当时是否携带物品'这么重要的问题呢?"石丸科长有点儿小牢骚,接着马上命令晶中,"立刻把浜崎叫来,问清楚那天他在报纸里包的究竟是什么。"

然而,被警察叫来警局的浜崎面对警方的质问始终一脸装傻:"我没带什么东西,是 A 记错了。"甚至还表现出因为这点儿小事被带来警局的委屈。

不过警方非常肯定他是在说谎硬撑。"我来告诉你吧,里面装的是被害人朝子的手提包。"晶中言之凿凿地说。

浜崎翻了翻白眼:"开什么玩笑?我怎么可能拿那个人的包?你的意思是说我在哪里抢了她的包?"浜崎用反问代替回答。

"你五点多从'便天'离开后到底去了哪里?是田端吧!你把手提包扔在储煤场后,就像没事儿人似的,回了自己的家。"畠中步步紧逼。

"你可别乱说。不管你说什么,我就是不知道。"浜崎把脸转向一边,却没能控制住自己越来越白的脸色。他那双阴湿的眼睛此刻看上去更显迟钝,无法掩盖住他内心的慌张。

畠中一直盯着浜崎的表情。

"石丸科长,我觉得就是浜崎把手提包扔到储煤场的。虽然他矢口否认,但应该没错。"

"我觉得也是。然后呢?"

"我怕他溜走,先以盗窃嫌疑将他扣下了。"

石丸科长点头同意。

"但浜崎是在哪里抢走了朝子的手提包?不弄清楚这一点,就只能因证据不足把他放了。"

"先别管放不放他,还是得先查明他究竟是在哪里弄到朝子的手提包。他之前一直在'便天',根本没有时间把朝子带到田端再进行杀害。另外,其他事实也都还没理顺。"

"为什么浜崎要特地把手提包扔到田端?"

"不知道。"

"从时间上来看,他是在朝子的尸体被转移到田无后才去扔包的。那么转移尸体的又是谁?好多齿轮还没咬合到一起。"

听晶中队长说到"齿轮",石丸科长笑了笑。

"为什么凶手在田端杀死朝子后一定要把尸体运到小平町附近的田无?"

"只可能是因为如果被发现田端是杀人现场,就会对凶手不利。在A地点进行杀害然后将尸体扔到B地点,这是凶手想要隐藏犯罪地点的心理。"

"那为什么要在杀人之后特地把手提包扔到田端?这么一来,之前为隐藏犯罪地点所做的一切不都白费了吗?"

在晶中队长的推理中,已将浜崎视作凶手之一。石丸科长对此并不反对,因为他也有同感。两个人开始在脑海里渐渐刻画出凶手的轮廓。

"原来如此!"石丸科长一拍脑袋,恍然大悟。他觉得姑且不管凶手在手提包上动的手脚,朝子是在田端储煤场被杀害的,这是雷打不动的事实。朝子的肺部和鼻腔内粘附着的煤屑就是最有力的证明。

川井贡一在验尸官所推定的朝子死亡时间内,身处北多摩郡小平町的铃木靖家,这是事实,有三个邻居可以证明。期间有二十分钟的空白时间,但这二十分钟无法让其往返于小平町与田端之间。虽然仍有许多矛盾尚未解决,但石丸科长与畠中队长已经将主犯锁定在细眼平脸的川井贡一身上。

畠中队长下班后回到自己家中。虽然房子很老旧,但家里最近装了个浴缸,是他用今年夏天的奖金买的。多年来想在自家泡澡的夙愿终于实现。

他到家时已经十点,家人都已泡过澡。

"水不够热!"泡在浴缸里的畠中队长对妻子说。

于是妻子朝烧热水的炉子里添了些煤屑,火焰燃烧的颜色映红了昏暗的房间。

畠中队长一边泡澡一边思考煤屑的问题——被害人朝子的肺部粘附着的煤屑、自己与石丸科长在储煤场见过的煤屑、石丸科长装进信封的煤屑——当时石丸科长把信封打开给自己看过。

水温渐渐上升,畠中将身体浸入浴缸,只有头露在水面外。他觉得这样放松一下,也许就能冒出新思路。一方面,刑警的身份要求他必须想明白;但另一方面,事实又让他怎么都想不明白。这种暧昧不清的感觉让他暂时处于放松神游的状态。

"水温怎么样?"

"嗯。"畠中队长心不在焉地回答妻子的提问。他习惯性地在毛巾上涂肥皂，脑子里还在想着石丸科长那只装满煤屑的信封。他想了又想，终于，突然大悟。

他一下子从浴缸里跳了起来，连身体都还来不及擦干，就急急地对妻子说："快帮我准备一下。"

"都这么晚了还要出门？"

"我得去一趟石丸科长家。"

畠中穿好衣服，内心激动不已。他先跑去附近的公用电话亭打电话给石丸科长。

"畠中？什么事？"

"科长，我全明白了！我现在就去您那里向您详细解释。"

挂上电话，畠中队长这才稍稍平静。他看了下手表，这时已经十一点多。他在路上拦了辆出租车直奔石丸科长家。

进屋后，畠中队长发现石丸科长正坐在明亮的客厅里等他。石丸科长的夫人为他送上咖啡后转身离开。

"怎么了？你明白什么了？"石丸科长看着畠中队长兴奋的表情，坐在椅子上的身体前倾问道。

"科长，是您装在信封里的煤屑给了我启发。"畠中说。

"信封？"

"是的。您把田端储煤场的煤屑装进信封，拿回来后交给实验室进行检测。而凶手也做了同样的事!"

"啊!这么说来——"

"凶手使用大信封或是大容器将田端储煤场的煤屑收集起来带回去备用,在杀害朝子时,在她死前让她吸入煤屑。我估计凶手把朝子带去了空间狭小的地方,强行让她吸入煤屑。而铃木问邻居借的蒲扇就是在这时候派用处的。也就是说,凶手用蒲扇将煤屑扇散于空气中,导致被害人呼吸时只能吸入煤屑。"

说这话的时候,畠中的眼前似乎出现了当时的情形——凶手对着朝子的鼻尖不停地扇蒲扇,煤屑如灰尘般乱飞乱舞。有人将朝子的手脚按住,让她不得动弹。朝子痛苦地被迫吸入煤屑。

"因为蒲扇上沾到煤屑而变黑,凶手担心那样的扇子日后会成为犯罪证据,所以第二天特地买了把新的还给邻居,并编谎话说扇子弄坏了。"

"这么一来,就能把田端的储煤场伪装成行凶现场。"石丸科长喃喃地说。

"凶手的心思非常缜密,他料到警方会解剖尸体,发现肺部的煤屑,而所有人都会因此而以为是朝子本人吸入而非被人从外部灌入煤屑,并很自然地认定有煤屑的地方就是行凶现场。让死者生前吸入煤屑,这一招真厉害。"

"那么把手提包扔到田端储煤场的理由呢？"

"因为凶手计算好会有人捡去交给警察。也就是说，凶手想要让警方认为储煤场就是案发现场。如果不能让警方坚信储煤场所在的田端就是案发现场，那么让被害人吸入煤屑的举动就变得没有意义了。"

"所以说，凶手的目的是为了制造不在场证明？"

"没错。凶手希望造成自己无法在短时间内往返于小平町与田端町之间的假象。因为就算车开得再快，也至少需要一小时二三十分钟才能往返于两地，少于这些时间就绝对不可能。从结果来看，那二十分钟的空白就是整起案件的关键。"

"二十分钟？原来如此！从井川和邻居们在铃木家门前告别的十点十分到他再次登门造访邻居家发出邀请的十点三十分之间。"

石丸科长在脑海里将当时的情形模拟了一遍。

"没错，我猜就是在那二十分钟内，他们在铃木靖家里杀害了朝子。"

"朝子是被带去了铃木靖家？"

"是的。凶手一定是把朝子叫到指谷附近，然后一起去水道桥，之后乘坐中央线到了国分寺。铃木家与几个邻居家都离得很远，因此家里就算有声响也不会引人注意。我估计朝子是跟着川井在晚上七点左右到达铃木家被他们监禁起来的。为了制造不在场证明，七点多，川井叫上邻居一起去立川听浪曲。浪曲九点半散场。坐出租车回来后，他与邻居们于十点十分在铃木家门口道别分手。然后迅速地用刚才说的方法杀死朝子。他们让朝子吸入煤屑后再将其勒死。凶手就是川井、浜崎、铃木靖三人。真正的案发地点是在铃木家中，可能是储藏室或壁橱里之类的地方。然后，井川跑去邻居家请他们去家里。"

"原来如此。"石丸科长想了又想，点头赞同。

"接着，川井与邻居们开始喝酒。而浜崎则拿着朝子的包赶往田端，扔完包后于十一点左右回到自己家。川井则与邻居们一直喝到凌晨三点半左右。"

"是谁把被害人的尸体转移到田无的？"

"三点半以后，邻居们都已喝得不省人事，一时半会儿不会醒来，川井与铃木就趁机将尸体从储物间抬出，扔到两公里之外的田无西侧的小路上。"

"两公里？"石丸科长问，"是开车去的吗？"

"不是，他们可能担心驾车会留下证据，所以我判断是川井背着尸体走过去的。因为朝子是女的，体重很轻，川井那么结实的男人背她走两公里根本不是问题。他们唯一要担心的是路上可能会被人看到，但事实上那里是乡下，凌晨三点半到四点半之间，路上完全没人。之后，川井把朝子的尸体扔在杂木林里，再步行回到铃木家里。五点多，当邻居太太们上门来接丈夫们的时候，他假装揉着眼睛，好像之前一直在睡觉。"

"真是个厉害的角色！"石丸科长感慨道，"之前我们只考虑了田端町与小平町之间的距离，连我都差点儿上了他的当。明天一早，马上去铃木家搜查。"

"我估计他们已经将现场打扫干净，不会留下太多证据，但角落里可能会留有少量煤屑。"

"真是个厉害的角色！"石丸科长再次感慨。

"您是说川井吗？他真的动了好多歪脑筋！"

"我是说你！能把川井那家伙设下的机关全部识破，你才是厉害的角色！"

十天后，川井贡一终于坦白。关于杀死朝子的作案手法，正如畠中队长推理的那样。

关于警方之前一直想不通的作案动机，川井说出了让畠中等人备感意外的理由："我和浜崎三年前在世田谷杀过一个有钱人的太太。我们原本只想求财，但那个女人闹得很凶，所以把她杀了。人刚死，电话铃就响了，我当时吓了一跳，因为是深夜，而且刚刚杀了一个人。浜崎接了电话。当得知是对方打错电话时,我松了一口气,但浜崎却多嘴说了一句'这里是火葬场!',还一个劲儿地挖苦对方。我在旁边看不下去,就把电话线掐了。但我没想到,那通电话却成了祸患。打错电话的是报社的接线员,报上曾用很大的版面报道过她,说她听得出凶手的声音。我痛骂浜崎犯傻,缺心眼。谁知道三年后,他再一次犯傻——他又一次让那个接线员听到了自己的声音,而且那个接线员还是新加入我们的小谷的老婆。真是孽缘。她拥有接线员的专业听力和记忆力,一下子就听出浜崎的声音就是当年那个男人的声音。当我意识到这一点之后,就决定不留她这个活口。而且我发现她似乎很想再听一次浜崎的声音,就利用她的好奇心,告诉她'浜崎和你老公在小平町',她果然乖乖地跟我去了。也许她想再听一次浜崎的声音,从而确认自己的判断吧,结果掉进了我设下的死亡陷阱……"

监　视

一

柚木刑警与下冈刑警在横浜上车，一路南下。之所以没选择在东京站上车，是怕万一遇到脸熟的报社记者，会被盯上。晚九时三十分，列车从横浜发车。之前，两人先分别回了趟家，收拾好行李，然后乘国电京浜线到达横浜站碰头。

坐上列车后，他们发现如上车前所料，三等车厢里不仅一个空座都没有，还站着不少人，整个车厢里拥挤不堪。两个人只能在过道里铺了张报纸坐在地上，一整夜都没好好合眼。

直到列车开至京都，下冈才好不容易等到一个座位；列车开到大阪的时候，柚木也终于得以落座。

天色渐亮，太阳升起，秋日的阳光穿过车窗玻璃，将座位照得暖暖的。柚木和下冈这才舒舒服服地进入梦乡。

半梦半醒间，柚木似乎听到过冈山和尾道的站名。等他睁眼醒来，车子已驶过广岛。日光照在海上，渐渐变弱，变红。

"睡得好舒服，感觉真不错。"下冈比柚木先醒来，去洗漱完回来后一边抽烟一边笑着说。他在岩国站买了火车便当，不过不知道现在这顿该算午饭还是晚饭。

"你马上就该下车了吧？"柚木开口问。

"嗯，还有两站。"下冈回答说。

车窗外，之前一直能看见大海，但现在因为日暮而变暗，只能看到岛上闪烁的灯光。两个人都是第一次出那么远的差。

"你接下去够呛吧？"下冈看着柚木的眼睛说。柚木嘴里含含糊糊地说了句"嗯"，眼睛尽量避开下冈的视线。车窗外，灯塔的灯光忽明忽灭。

下冈在一个名叫小郡的冷清车站下了车。他得在这里继续换乘，前往另一个小镇。下冈下车后一直站在柚木座位的车窗前，直到火车开动，才挥手对柚木说："保重！加油！"柚木看着下冈一个人站在夜色中陌生小站的站台上，火车开动，下冈的身影渐渐变小，直至不见，柚木心中不禁涌起一阵寂寥。

柚木正在赶往九州，经过门司后，还得再坐三个小时的车。下冈刚才说的那句——"接下去够呛吧？"就是指这件事。那句话既是对柚木长途跋涉的一种同情，也是对柚木接下去要进行的调查工作的一种安慰。

现在，柚木一个人坐在车上，他开始阅读一本翻译的诗集。一个人的时候，他总会书不离手，因此同事们都笑他是文艺青年。

那起案件一个月前发生在东京目黑。某政要家中遭遇盗贼，主人被杀，钱财被抢，犯人逃走。之前没有任何线索，调查工作陷入僵局。但就在三天前，一名巡警在街上例行问话时偶然抓住了犯人。那个人名叫山田，今年二十八岁，在某土建公司的工地上当建筑工人。

一开始，他声称是一个人作案，报纸上也就这么报道了。但两天前，他突然改口说还有同谋。

"提出要干一票的人是我，但杀人的是他。他和我在同一个工地上干活，名叫石井久一。"

经过调查，这份供述情况属实。于是警方开始调查石井的身份。石井原籍在山口县的乡下，兄弟和亲戚仍在老家。今年三十岁，单身。三年前离开故乡来到东京打拼。一开始，他在商店当包吃包住的店员。失业后换过各种工作，既当过领日薪的苦工，也卖过血，最近刚进入工地干活。

"他不怎么开口，但他说过讨厌东京。他好像得了肺病，常半开玩笑地说想要自杀。他说他很想回老家，但没有路费。工地给的钱只够填饱肚子。"

根据山田的供述，东京警方立刻与石井原籍地的警方取得联系。对方一开始答复说暂无任何迹象表明石井已回到老家。然而没过多久,案情出现重大转机,有足够证据显示石井就在老家。于是,搜查科决定派一名刑警前往石井的老家,就像下棋时最后投下一枚"将军",下冈刑警担任的就是这个角色。

不过,山田还说起石井的另一件事:"那家伙曾经说过,最近经常梦见以前和他相好的女人。我问他那个女人现在在哪里,他说已经嫁去了九州。石井连那个女人现在的住所都知道,但我不知道那个女人叫什么,因为他只说了那么多。"

东京警方谨慎起见,发电报给石井原籍地的警方,请他们协助调查。调查结果显示,那个女人确实是石井的旧情人,但石井去了东京一年之后,那个女人就嫁去了九州。女人的姓名和现住址也都已调查清楚。

搜查科的刑警们对此产生了分歧。一派认为石井忘不了那个女人,所以会去九州找那个女人;另一派则认为石井不可能对已经分手三年的女人念念不忘,更何况那个女人已经嫁作人妻去了九州。

柚木支持前一种说法。

柚木满脑子都在想——石井说过"最近一直梦见以前的女人",他有肺病,还半开玩笑地说要自杀。这种人很容易豁出去破罐子破摔。他踌躇满志地来到东京,却落得失业、做苦力、卖血、做建筑工人，最后还染上肺病的下场，留给他的只有绝望。

"石井可能会自杀。在那之前，他一定会想要见一下以前的女人。"

然而，大部分人都不支持柚木的推理，认为石井不会那么消沉。但柚木仍得到了科长的支持。于是，科长派下冈去石井的故乡，派柚木去女人所在的九州。

报社虽然知道警方逮捕了犯人山田，但还不知道山田供出的石井。警视厅有过前车之鉴——就因为报纸为了抢头条而刊登了警方所掌握的最新消息，结果只差了三个小时，警方最终没能抓到犯人，至今仍是悬案。所以这一次，石井的消息也一定不能让报社的人知道。柚木与下冈离开东京前往横滨碰头的时候也特别小心，生怕被记者发现。

二

列车到达 S 市时已是深夜，柚木在车站前的旅馆睡了一觉。从东京一路奔波至此，感觉身体已经疲劳得透支。但只要好好睡上一晚，就又能重新精神百倍。

第二天，柚木先去 S 市警署拜会了署长，将装有请求协助调查的介绍信等资料的信封交给对方。

署长叫来司法主任，热情地说一定会全力配合，柚木要多少人就给他多少人。但柚木委婉地拒绝了，因为他来警署只是为了与当地警方接上头。柚木说，如有需要一定会联系他们，但现在他有自己的考虑。

柚木向署长和来司法主任说明缘由："请一定不要让本地的记者察觉到这件事。那个女人现在是别人的妻子，和石井已经没关系了。对于那个女人而言，石井的到来就是一场灾难。如果被报纸乱写一通，她好不容易建立的美满家庭有可能分崩离析。那样就太可怜了。"

柚木觉得那个女人的丈夫应该还不知情，她应该没有告诉过自己的丈夫。这样也好，至少可以过上温和、平静的生活。柚木猜想那个女人一定很满足于现在的生活。如果她的丈夫和邻居突然得知以前和她有过交往的男人现在成了杀人犯，还有可能会上门找她，结果会怎样？不堪的过去会无情地折磨这个女人。

这个安静的乡下小镇上没通电车，柚木走在路上，看到好几条沟渠。

横川仙太郎，横川贞子，S市△△町△番地——这就是那个女人的丈夫和她现在的姓名以及住址。

他们的家在一条小巷里，是一栋屋檐低矮的平房。门口挂有写着"横川"的姓氏牌。她丈夫在当地的小银行做事。他们的家看起来不大,却很温馨。仔细看去,信箱上还贴了写有全家人名字的贴纸:仙太郎、贞子、隆一、君子、贞次。那个女人是她丈夫的续弦。

此时无影亦无声。

柚木扫了一眼四周,在斜对面发现一家不起眼的小旅馆:"肥前屋"。

这正合他意,因为从旅馆二楼可以完全看到横川家——墙角内侧开满了大波斯菊,院子很小,打扫得很干净,摆着几盆盆栽,估计是男主人的爱好。因为光线的关系,柚木没法看到屋子里面,但至少可以看到屋子的廊檐部分和客厅。

柚木决定立刻与旅店联系入住。刑警的差旅费实在少得可怜,这家便宜的小旅馆正好合适。

柚木坐在旅馆的房间里,正对着横川家的移门开着,留出了一条缝隙。

柚木一直注视着横川家。他看到一个女人穿着长袖罩衫在廊檐里晒被子。柚木聚精会神地看着那个女人:年纪大概二十七八岁,体型微胖,眼睛又大又圆。柚木觉得这个人应该就是贞子,看上去就是一个普通主妇,而且不像是有太多恋爱经验。

接着,柚木的视线中又出现一个六岁左右的男孩,正缠着女人撒娇。柚木心想,这应该是这家的小儿子。虽然不是亲生的,但看上去两人关系不错。柚木听不清他们在说什么。如同静静的秋日阳光,在旁人看来,这是一道安稳幸福的家庭风景线。

柚木判断石井应该还没"联系"过她。否则那个女人不可能显得如此平静。

时近中午。女人搬出织毛线的机器,在廊檐附近开始织毛线。她低头专注地操作,机器嘎哒作响。

下午一点左右,一个十五六岁的大男孩和一个十二三岁的女孩放学回到家。这也是她的继子和继女。贞子停下手里的活,走到里屋,估计是开始做饭。过了一会儿,她又出现在柚木的视野中,继续织毛线,连着织了一个多小时。大男孩拿着棒球手套出门了,女孩也跟着出去玩了。

这会儿,女人手里拿着杂志在看,但她不是为了看杂志,而是翻到附录部分,好像在寻找编织的板型。她时不时地看看杂志,露出思考的模样。

然后,她又走进里屋,直到四点左右都没出现。之后再看到她的时候,她正手里拿着篮子,从后门外出购物,估计是去购买做晚饭的食材。这时,柚木清楚地看到了她的长相——五官很端正,干干净净的一张脸。她的穿着比实际年龄要老气,看起来没什么精神。

四十分钟后,她回到家中。篮子里装满了用报纸包着的东西,另一只手里还抱着一瓶小酒,估计是给她的丈夫晚上小酌准备的。

她的丈夫晚上六点左右回到家里。他是一个瘦高个,习惯弓着背走路。虽然只瞥到一眼,但柚木还是看到了他凸起的颧骨和满脸的皱纹。女人的丈夫弓着背进入家门之后,柚木就再也没看见他。

夫妇俩的年龄差距非常大。男的怎么说也快五十了,而且还有三个孩子。柚木心想:那个女人为什么会初婚嫁给这种老头?难道是有苦衷,只能下嫁?

这时,女服务员正好送晚饭进屋,柚木趁机赶紧打听。

"我无聊,一直看外面,发现那家种着大波斯菊人家的太太可勤快呢。"

"您这样可不好吧,怎么能一直盯着人家太太看啊。"女服务员用家乡话笑着说,"不过那家的太太真是一个难得的贤妻良母。听说她是嫁过去做续弦的,明明样貌和气质都不错,这么好的女人,说句不好听的,嫁给横川先生真是太委屈了。"

"太委屈?此话怎讲?"柚木接过话茬追问道。

"她的老公已经四十八了,比她大二十多呢,而且很吝啬,钱全捏在自己手里，据说每天只给老婆一百日元家用。听说他老婆还没过门前，他连米柜都要上锁，每次吃饭都得经过他的同意才能开锁，每次还要算计好拿出多少米来。他自己每天要喝小酒，却从不带老婆去看电影。"

"他们的夫妻关系一定不好吧。"

"倒是从没见他们吵架，多亏他老婆人品好吧。虽说是后妈，她对孩子们也都很好，这么好的女人真是打着灯笼也难找。"

三

第二天早上。瘦瘪的丈夫早上八点二十分从家里出门去银行上班，他身体前屈，弓着背向前走。柚木看到他的侧脸，满脸皱纹，眉头紧锁，一看就是个难相处的人。

女人站在门口目送丈夫。晨光下，她的脸很苍白，看上去很累。眼前的这个女人很难让人想象她曾与石井有过一段轰轰烈烈的爱情，因为现在的她看上去毫无光彩。

每天，两个大一点儿的孩子比父亲更早出门。等他们走后，女人开始打扫房间，客厅、廊下、玄关、院子，整整两个小时。柚木猜测那个吝啬的丈夫对打扫工作肯定也很苛刻，但这个家里至少看上去和普通人家一样，有一种平和的气氛。

上午十点，邮差上门，将两三封信和明信片投进信箱。柚木心想，也许那些信件里就有破坏那个家的平和气氛的东西。信箱的缝隙里漏出一只白色信封的一角，柚木从中感受到一种诱惑，但又不能擅自前去查看，毕竟没有搜查令，他不能乱来。

柚木开始作出各种假设：石井会用什么方法与这个女人取得联系？寄信、发电报，还是让人带话？这个家里没有电话。也许可以打给附近的小店，然后把贞子叫去接电话？或者石井直接登门造访？

院子打扫到一半，女人从信箱里拿出信件，站在原地翻看信封背面寄信人的信息，但似乎并没有太大兴趣。

接着她又拿起一张明信片。这一次，她非常专注地看明信片背面寄信人的信息。柚木屏气凝神，期待会发生情况。但看完信件的女人表情并无异样，只见她走进里屋，开始晒衣服。看情形，那些信件里并没有石井寄来的。

然后女人又开始织毛线。小儿子在外面玩了一会儿回到家里。一点左右，上学的两个孩子也回来了。午饭时间，贞子收拾完，一直待在里屋没有出来。四点，她提着篮子去买菜，看上去无精打采的。四十分钟后，女人回到家。然后柚木又看不见她的身影了，估计女人是在里屋做晚饭。六点不到，高个子的丈夫弓着背走回家里，依旧是一脸难相处的表情。

夕阳西下，橙色的灯光照亮横川家中的移门。柚木听到广播的声音，像是从附近其他人家传出的。柚木看到人影在移门上时隐时现，感受到那个家安稳、和睦的气氛，不禁想起自己在东京的家，突然感到一种乡愁般的忧郁。

九点左右，女人关上外窗。这也是妻子的工作。于是，从柚木这边看过去，横川家变得漆黑一片。开在墙角的大波斯菊成了黑夜中唯一的路标。夜已深，和睦的一家人即将进入梦乡。这一天也是平安无事。

第三天早上。高个子的主人驼着背，八点二十分准时出门。女人开始打扫房间。十点，邮差上门。柚木稍稍有些期待，但还是平淡无果。之后，女人又开始织毛线。两点，孩子放学回来。四点，女人去市场买菜。不到六点，高个男人慢慢地走回家。这个家的男人每天都是这个时间回家。什么都没发生。这一天也和往常一样。

柚木仰天沉思，也许是自己判断失误？他开始有些焦躁不安，回想起搜查会议上另一派警员们的分析——石井难道会对这个已经分手三年、嫁作人妻的女人念念不忘？也许他们说的是对的。但柚木转念又想，石井有心去死，他没有别的女人，东躲西藏的他应该会想在死前再看一眼那个女人。这种推理很符合逻辑，不能轻易否定。

柚木对自己说——才第三天，不能着急。那天，被害人因为急用而从银行里取出大笔现金，不料却被那两名罪犯抢走。所以，石井是带着几百万日元四处逃窜的。在逃的石井一定会在钱用完之前来见这个女人。他知道女人现在的住址，还说自己经常梦见老情人。这意味着什么？虽然分了手，但还是心有挂念。一事无成的他至少还想重温爱情的甜美，哪怕只有五分钟也好——柚木对自己的这种推理很有信心，但也不是完全不担心。

他想过干脆主动去找那个女人，说出实情。但考虑再三，还是作罢。因为他觉得在这种情况下，估计那个女人不会站在自己这边。他曾经见过很多旧情人帮助犯人逃走的案例。

第四天早上。八点二十分，丈夫出门上班。女人打扫房间。今天的邮差来的时候也是一如往常。然后女人开始织毛线，洗衣服，买东西。六点不到，驼背的丈夫回家。

第四天依然没有变化。每天都是相同的、单调的重复。但反过来说，正因为每天都是单调的重复，所以才能平安无事。不过，柚木的直觉告诉自己，用不了多久，灾星石井就会出现，打破这种平衡。

第五天早上。和之前一样，驼背的丈夫准时出门上班，女人单调地打扫、洗衣、织毛衣。柚木努力克制自己的焦虑,因为他有一种强烈的预感,这个家即将突遭不幸。

这一天天气很好,阳光照在路上,没什么行人,无精打采的道路好像睡着了一样。柚木想起,好像在这条路上见过一间茅草屋。

他看到当地人站在路上闲聊;邮局的工作人员推着自行车,在附近收款;还有一个拿着手提包、穿西服的男人,正挨家挨户地上门走访,看上去好像推销员或上门收款员。柚木见那个男人走进横川家,心想去横川家推销肯定会失望而归,因为那个吝啬的丈夫一天只给妻子一百日元,女人不可能有闲钱买东西。果然,那个推销员模样的男人很快从玄关出来,看上去若无其事地走向街角。

柚木还看见三个年轻人一边大声聊天一边走路,他们说的都是方言,柚木听不懂是什么意思,只觉得耳朵里留下了强烈的音阶起伏。和平常一样,二十分钟后,街上几乎看不到什么人了。

太过单调的日常生活让柚木觉得眼皮发沉。

突然,柚木看到女人出门,她外面穿着白色长袖罩衫,但里面穿的裙子却和平常不一样,上身的毛衣也换了。柚木看了看手表——十点五十分,这不是她平时出门买菜的时间。与平时相比,女人今天出门的时间太早。

柚木赶紧冲下楼梯,他提前预付了好几天的住宿费,就是为了现在这一刻。

就是那个人！柚木的脑海中闪过刚才那个像收款员又像推销员的、穿西服的男人的身影。

四

柚木跑到外面路上的时候，已不见女人的踪影。

他不由得懊恼自己太轻敌，本以为出门就能追上。但他想错了，因为眼前是一条三岔路。右面的一条通往市场。也许是因为之前每天都见女人穿着长袖罩衫走去市场，所以在柚木的脑海中，莫名地将穿着长袖罩衫的女人与市场联系在一起。

他毫不犹豫地朝右转去。市场上，很多小店与小路交错在一起，大多是女性顾客，也大多穿着白色长袖罩衫。柚木觉得她们在自己面前晃来晃去，看得眼睛都快充血了。

横川贞子不在其中。

柚木心里咯噔一下。

他随手抓了个路人问："请问怎么去车站？"

对方回答得拗口难懂，柚木只听懂了一部分。好不容易，他终于来到车站。他本能地抬头看了一眼火车时刻表，现在是十一点二十分，一小时之前有一班北上的列车，之后的车次尚未发车。柚木松了一口气,然后仔细地巡视候车室,却并没看到横川贞子的身影。空荡荡的候车室里只有几个小孩在玩闹。下一班列车要一小时后才发车。

柚木走出车站,看到鸽群在太阳下飞过。

他若有所思地叼起一支烟。

突然,柚木眼前开来一辆大巴士,只见乘客们纷纷下车。车空了之后又朝前开去。柚木的视线随之移动,看到不远处的公交车总站里停着三辆大巴,白色的车体上画着红色的线条。

柚木立刻跑了过去,心里再次懊恼:怎么自己之前没想到?!

车站前站了一排准备上车的乘客。柚木仔细找了一圈,还是没见到横川贞子。

柚木又朝售票处走去。这是一间看上去挺时尚的玻璃房,三四个司机和售票员坐在一起正在闲谈。

柚木亮出警官证发问:"刚才发车的大巴开去哪里了?"

"白崎。"一个看上去像是管事的男人一边确认着柚木的警官证一边语气生硬地回答。

"那辆车上有没有一个穿着白色长袖罩衫的女人?"

"不知道。"管事的特地跑去售票员堆里问了一圈,但售票员们都说没留意。

管事的又和一个女售票员聊了几句,看表情,柚木猜想她应该见过。

"我刚才看见开往白崎的大巴上有个穿白色长袖罩衫的女人,但后来她的同伴让她脱掉,她就脱掉了。"女售票员说。

"她的同伴是男人还是女人?"柚木两眼放光。

"男人。"

"长什么样?"

"不太清楚,我没仔细看,大概三十岁左右吧,穿着深蓝色西服。"

"没错,是深蓝色西服。有没有见他拿着手提包?"

"有,但不是黑色的,而是茶色的。"

没错,就是他——柚木心想。

"他们买了去哪里的车票?"

女售票员说不知道。

"那辆大巴几点到达终点站?"

"十二点四十五分。"

柚木看了看手表,现在是十一点五十五分。如果现在叫辆车追过去,也许可以在大巴到达终点站之前追上。

柚木回到火车站前,坐上一辆出租车,让司机沿着巴士路线开往白崎。

一开始道路很宽，很畅通。开出镇子后，两边就是宽阔的田野，感觉离山区还很远。但越往前开，两边的田野就变得越狭窄，道路也渐渐变成上坡路。之后，出租车载着柚木进入了丘陵地带，可以看到树林里一大片红色的漆树。一路上还看到好几座小村庄。

柚木终究没能在大巴到达终点之前追上他们。等他到达白崎这座小镇时，看到大巴正停在站边，司机和售票员在休息，乘客们都已下车，不见了踪影。

柚木走上前去问司机和售票员："有没有看到一个男人，三十岁左右，穿着深蓝色西服，手里拿着茶色手提包？同行的还有一个二十七八岁的女人。记得他们是在哪儿下车的吗？"

"是刚才那两个人吧？"司机将嘴边的香烟丢到地上，对女售票员说。

年轻的售票员点点头："他们是在一个叫草割的车站下车的，离这里五站路。"

柚木问他们为什么会记得，他们回答说因为看见那两人下车后并没有朝村庄走，而是朝山上的温泉方向走去，还有乘客为此讲了个黄段子，引得大家一阵哄笑，所以对那两个人印象特别深。他们前往的那个温泉可以直接从 S 市坐巴士抵达，也可以从草割翻山过去。

柚木步行来到邮局，打电报给S市警署的署长请求支援。

五

道路沿着坡度平缓的丘陵不断向上延伸，两边的地上铺满了落叶，树林在姜黄色中夹杂着枫叶红。

柚木沿着山路向上爬。暂时把人跟丢了，干着急也没用。既然售票员说那两个人朝温泉方向走去，那自己只能走着追过去了。虽然不知何时才能看到那两人的身影，但起码知道他们的目的地，所以柚木心里没有太大的负担。

他看看手表，现在是一点半。因为走的是山路，所以即使只是秋日的太阳，也照得自己浑身是汗。他一路上没遇到什么人，只听到白舌鸟尖细的叫声。

树林里大多是杉树和柏树，也有不少槠树、枥树和山茶树。硕大的楠树上山藤缠绕，预知子①从高处垂下。

柚木还听到奇怪的鸟叫声。他以为是乌鸦，抬头一看，只见鸟儿正成群地飞过枝头，但那并非乌鸦，而是喜鹊。

---

① 木通科植物，中药名，又称八月瓜。

爬上山顶后，柚木的眼前一片开阔。他回头看看身后，远处是广阔的平原。收割后的田地显出黝黑的颜色，成堆的稻子散布在田间。

他看到路旁立着一块招牌兼做路标——"川北温泉"，这四个字下方有三家温泉旅馆的名字：肥州屋、悠云馆、松浦馆。柚木寻思着那两人会去哪家。

柚木朝温泉旅馆的方向走去。这时，道路变成了下坡路，但丘陵的起伏状依旧如前，闪烁的芒穗有点儿晃眼，高山的褶皱带越来越近。

突然，柚木听到一声枪响。枪声将澄明的空气撕裂，撼动着树林与山丘。

柚木不由得吃惊跳起，脱口而出："完了！"虽然身体已经转向枪声响起的方向，却觉得脚下沉重，迈不开步。不知为何，他似乎在等待第二声枪响。然而之后再无异样，只有鸟群四散飞去。

柚木不知道石井久一什么时候带了枪。他转念一想，也许是因为他手头有很多现金，所以肯定是花钱买的。但警方之前完全没想过会有这一状况。

刚才的枪口是对准了谁？是那个女人吗？还是石井自己？柚木之所以会以为有第二声枪响，是因为他以为刚才是男的开枪打死了女人,然后会继续朝自己的胸口再开一枪。但枪声只有一下,所以柚木不知道现在是谁倒下了。

柚木离开大路,钻进一条小道,朝满是枯萎的灌木没什么叶子的杂木林走去。他判断枪声就是从杂木林深处传来的。

突然,他听到人的脚步声,于是赶紧躲进灌木丛。但在那之前,一条赛特种的猎犬已经发现了他,并对他狂吠不已。接着有人叫住了猎犬,随后,声音的主人———一个身穿皮装、肩扛猎枪的中年绅士出现在杂木林里。

"您好,抱歉吓到您了。"猎人训了一下猎犬,向柚木道歉。

柚木得知原来刚才是打猎的枪声,于是放下心来。他叫住正要离去的猎人问:"请问您有没有见过一男一女?男的穿着深蓝色西服,拿着茶色手提包。"

男人的眼中露出一丝警觉的神情。

"您别误会,我是警察。"

猎人点点头说:"见过,他刚才就走在树林边上。"

柚木道完谢后,猎人牵着狗离开。柚木走出树林,却没见到什么人。

这时,柚木心中生出一个疑问:为何自己刚才会期待第二声枪响?也许是担心石井会自杀?但他之前并没想过他俩会殉情。刚才只是自己的一种直觉,并没有太多道理可言,只是在枪响的一瞬间,下意识地期待着下一枪。

如此看来,柚木越发觉得石井很可能会杀死女人做陪葬。如果他有意寻死,那就不难理解他为何会选择横川贞子作为自己的陪葬。柚木一开始只是单纯地以为石井是为了在死前见老情人最后一面,但现在,他觉得必须修正自己的推理。

柚木走到一个有三四户农家的地方。一个背着孩子的老婆婆冷冷地看了一眼柚木,柚木向老人打听两人的去向。

"他们去那里了。"老婆婆指着一条路说,那条路通向森林的更深处。穿过森林就是一座座平缓的小山丘,山丘上都是落叶杂木林,柚木的视野因此受阻,所见非常有限。他甚至觉得这条路上可能会随时窜出兔子。

柚木听到人声,走进一看,是三个背着柴火的青年。

他们说:"那两个人去了那边的蓄水池。"

听到蓄水池,柚木的心里又咯噔一下。他在通往蓄水池的小路上快步走着。

终于,远远地,他看到了两人的身影。虽没看到蓄水池的水面,但他确定,那两人正坐在堤坝上。堤坝上有几棵漆树,有着惹眼的红叶。就在红叶枝头下,两人席地而坐。在柚木的眼中,男人西服的深蓝色与女人毛衣的橙色偎依在一起。

柚木悄悄接近，藏身于芒草丛中，却听不清两人在说什么。

只见女人躺在男人的膝盖上，男人好几次俯身贴向女人。柚木能听到女人的笑声，这会儿又见女人双手抱住男人的脖子。

柚木看得出来，女人已经燃起爱情之火，之前那个完全看不出情欲的女人现在却像是在为爱燃烧。现在，这个女人已经完全从那个被年长自己二十多岁、吝啬而又令人恶心的丈夫与三个继子女束缚住的家庭中解放出来，正忘我地与石井如胶似漆。

柚木在枯草丛中抬头望天。万里晴空，只有淡淡的卷云。柚木闻着落叶的味道，好想抽上一支烟，但他知道现在不行。

过了几分钟，柚木伸长脖子，看见两人站了起来。女人正在帮男人拍去身上沾到的枯草，又拿出梳子为男人梳头。

柚木见两人相依而行。女人一手拿着男人的茶色手提包，另一只手挽着男人的手臂，好像黏在一起似的向前走。

这已经不是那个柚木监视了五天的横川贞子。现在的她，就像脱了胎，换了骨，完全没了之前的疲态与麻木，仿佛已经获得了新生，举手投足都充满了跃动的生机，看上去就像一团熊熊燃烧的火焰。

柚木并没有继续接近石井，因为他心中犹豫着。

六

川北温泉位于山间，一共有四五家旅馆开在这个温泉附近。后山的溪流正是流经 S 市河流的上游。有大巴从 S 市发车，沿着那条河流向上行驶，直达此地。

柚木抽着烟，站在路边眺望溪流，他本打算看腻景色后坐在溪流边上从口袋里掏出诗集来看。这时，一辆旧吉普从 S 市方向开来。柚木朝吉普车招手，从吉普车上下来好几名 S 市警署的刑警。

"辛苦各位了。"柚木上前打招呼。

"您就是警视厅的柚木刑警吧，抱歉来晚了。犯人在哪里？"年纪稍长的一名大眼睛刑警问柚木。

柚木指了指眼前的旅馆："就在那里，刚才看见他进去了。"

柚木所指的旅馆门口挂着"松浦馆"的牌子。

"现在冲进去吗？"一位刑警问。

"现在他们应该在泡温泉，有个女人和他在一起。"

"哦？居然那么有闲情。"几个刑警不由笑出声来。

"那个女人和案件无关，也不算是石井的情妇。把那个女人交给我吧。"

刑警们一脸的疑惑不解，但柚木已经决定了，他们就没再追问。

刑警们开始部署行动。两个人在旅馆前面，两个人去后面的河岸守着。柚木和另外两名刑警进入旅馆。那个大眼睛刑警对坐在旅馆前台的掌柜低声说了几句，掌柜听完脸色大变，立刻站起身，压低声音说："这边请。"女服务员们也一个个都感到气氛不对劲，有些惶恐地看着柚木等人进入石井的房间。

"现在他们正在泡温泉，女的在女池。"掌柜说。

在房间里挂着便宜画轴的佛龛处，柚木看到了石井那只茶色的手提包，他将手提包交给 S 市警署的刑警。

打开衣橱，柚木看到里面挂着石井的那件深蓝色西服。他立刻将手伸进衣服口袋，用手帕把口袋里的东西包好，然后也交给 S 市警署的刑警。但柚木并没有发现可能是凶器的物品。接着，柚木先行离开房间，走在被反复擦拭过的旧地板上，沿着走廊朝温泉池方向走去。

一个三十多岁穿着旅馆宽袖袍子的男人，脖子上挂着毛巾，正好从对面走来。双方在走廊里狭路相逢。柚木欠身贴着墙壁把路让开。对方一脸平静，就像普通的旅馆住客一样正要通过柚木身边，柚木看到男人头上的湿发梳得整整齐齐，脸上正冒着热气。

"石井！"柚木突然大叫一声。男人吃惊地抬头看他。

柚木攥紧拳头："石井久一！你就是石井久一吧！"柚木说着掏出手铐。一瞬间，石井做出似乎即将爆发的反抗架势，但很快又呆呆地低下头来。

"你看好了！这是你的逮捕令！"柚木举起一张纸摆在石井面前。

"我知道。"石井轻声说着，看都没看一眼逮捕令，明明皮肤还在向外冒着热气，脸色却已经完全惨白。柚木将石井带回房间，在房中待命的大眼睛刑警看到他俩后痛快地说："好样的！"

大眼睛刑警带走石井后，柚木一个人留在房间里，掏出烟开始抽。他看着佛龛处挂着的画轴，又看看手表。现在是四点五十分，离横川贞子的丈夫——那个驼背的高个子皱着眉头慢悠悠走回家的时间还有一个小时。

门口的移门突然打开，是横川贞子回来了。她看见柚木在房间里，不由得吓了一跳，同时也注意到房间里的异样。在柚木眼中，穿着旅馆衣服的横川贞子像是换了个人。

"横川太太。"柚木开口。

贞子脸色大变。

柚木掏出警官证："石井已经被我们警方带走。我觉得您应该立刻坐大巴回家，现在回去，还可以赶在您丈夫之前到家。"

女人呆若木鸡，瞪着双眼，一言不发，呼吸却变得急促起来。

柚木觉得这个女人需要时间换下旅馆的衣服，换回自己的毛衣。于是，他默默地背对女人，打开窗户，朝外面眺望溪流，心中有些感慨——这个女人只燃烧了几小时的生命。今晚，她就要回到那个驼背而又吝啬的丈夫和三个继子女身边，回归原来的生活，而明天，她一定又是带着一张毫无热情的木然面容，重复着单调的打扫、做饭、织毛线……

鬼・畜

一

三十岁之前，竹中宗吉一直辗转于各地的印刷厂做技工。这年头，有他这种手艺的，大城市里已经不多了，只有地方上还偶尔能找到一两个。他从十六岁起开始在印刷厂当学徒，并掌握了石版制版技术。二十一岁出师后，他便开始辗转于各家印刷厂做技工。他觉得去越多的印刷厂就能学到越多技术，事实也确实如此。

二十五六岁的时候，宗吉已经达到技术高超的"职人"级别。他特别擅长印刷标签之类的精细活儿，在印刷业内有口皆碑，每个雇主都会给他最高级别的报酬。他不嗜酒，而且因为胆小，也不玩女人，所有的收入都存进存折，为了日后有一天能开办自己的印刷厂。

二十七岁的时候，他结了婚。老婆名叫阿梅，曾在宗吉供职的一家印刷厂做女工，吃住都在厂里。除了身材干瘦、单眼皮加吊眼角，倒也算不上长得丑。两人因为吃住都在同一家印刷厂而变得亲密起来，雇主对此颇有微词，于是宗吉干脆带着女人走了。两人之后就自然地结为夫妻。

结婚后,宗吉带着阿梅继续辗转于各家印刷厂。夫妻俩不用租房,每次都在印刷厂的二楼找个空地方过日子。阿梅也在印刷厂里做女工。因为吃住都在厂里,他们自己什么都不用置备,只需要一个包袱,带几件替换衣服就行。婚后,宗吉把存折交给阿梅保管。

印刷厂的老板其实不太喜欢宗吉夫妻俩一起吃住在厂里,但宗吉的技术实在无人可及,也就听之任之。就这样,夫妻俩一起辗转各厂,渐渐远离故乡,存折上的数字越来越大。

两人来到S市后,听说市内有家小印刷厂,连厂带设备正在一起出售,宗吉与阿梅商量说想买。阿梅算了算存款足够,就同意了。

三十二岁的时候,宗吉终于结束了四处打零工的生涯,成了一家小印刷厂的老板。

盘来的工厂里原本就有一台四开的印刷机,刚好可以印制小尺寸的标签类印刷品。石版印刷的效果取决于名叫"色版"的制版技术,而宗吉的手艺经过多年在众多印刷厂里的锻炼,已经非同一般。

一开始,他只能做市里大印刷厂的外包生意。毕竟宗吉的厂是新开的小作坊,没有直接客源,所得利润非常有限。

不过，随着宗吉的"职人"气质与精湛技术渐渐得到认可，大工厂的那些小尺寸印刷生意全都指名要宗吉做。虽然依然只能做外包，但至少订单渐渐增多。宗吉铆足了劲儿，从早到晚，每天开工十个小时。宗吉将员工人数控制在最少：一个负责机器的老手，一个负责刷版的制版工，还有两个实习小工。四个人几乎每天晚上都加夜班。

阿梅是个要强的女人，也一起帮忙做装纸、切割标签等工作。因为没生孩子，所以没有需要分心的事。宗吉是个沉默寡言的人，阿梅却很外向，其他印刷厂的业务员跑来找宗吉下订单的时候，大多和阿梅打交道。她那张薄薄的嘴唇能说会道，音调又高，一笑起来，因为天生吊眼角而上扬的眼角更加翘起。比起宗吉，工人们都更愿意讨好老板娘。

就这样，虽然利润微薄，但至少渐渐开始有了盈利。

"外包的活儿实在赚不了钱。再过半年，我想买一台对开的胶印机。钱够吧？"宗吉趁着只有夫妻俩的时候开口说。

"没错，总不能一直给人做外包。"阿梅也觉得不甘心大头都给别人赚去，所以表示赞成。曾经走穴式的技工，如今也有了更多的追求。

宗吉认识菊代就是在这个时期。宗吉经常会带介绍生意给他的印刷厂业务员去喝喝小酒,以表感谢。其中有个叫石田的,提出想去自己熟悉的店里喝,于是把宗吉带去了一家名叫"千鸟"的店。

"千鸟"是S市里一家二流料理屋,却有十二三个女侍。石田是这里的常客,大家都热络地叫他"老石"。

"竹中先生,这娘儿们叫阿春,是这儿的老人了。虽然长得一般,却自视甚高,我追了好久,她却连看都不看我一眼。"石田所说的女人正贴着宗吉而坐。那女人长着一张圆脸,宽额头,大眼睛,除了红色的头发看起来有点儿怪之外,皮肤白皙,肉嘟嘟的,是讨男人喜欢的长相。

"你还好意思说?!这位看上去倒是和老石完全不一样,是个纯情的老实人吧?请喝吧,阿吉,我给你倒上了哦。"

名叫阿春的女人给宗吉的杯里倒满了酒,大大的眼睛微微有些发红,透着一股媚态。这女人看上去大概二十五六岁的模样,但实际年龄肯定更大。她对宗吉的服务非常周到。虽然也有其他两三个女侍过来服务这桌,但阿春一直黏着宗吉,还把手放在他的膝盖上,唱着小曲,让宗吉近距离地看到自己白皙的脖子。唱歌的时候,阿春的嘴唇看上去非常动人,一旁的石田笑得眯起了眼。

宗吉第一次与阿春有了鱼水之欢,是在那次喝酒后又过了三个月的时候。

自从在"千鸟"见过阿春,宗吉就经常来店里捧场。因为阿春为他服务的"第一次"让他难以忘怀。每次他去店里,阿春肯定去他那桌服侍。在"千鸟",他成了阿春的专属客人。只要宗吉到店,哪怕当时阿春在别桌服务,也会立刻放下手头的客人跑来服侍宗吉。

宗吉自家的印刷生意变得越来越昌盛,所以有更多的闲钱去"千鸟"喝酒。他每次都会给阿春不少小费。

平日里从早忙到晚,做着需要高度集中注意力的工作,身心难免会出现疲劳和积郁。但自从认识了阿春,宗吉觉得之前那些积郁全都得到了释放。一到八点左右,他就开始坐不住,收拾一下行头,往"千鸟"跑。一个月要去三次。

一个月三次其实算不上"频繁",因为宗吉惧内。阿梅也一起在厂里干活,一到下班时间的八点,就会上二楼钻到被窝里休息。对宗吉而言,这正好给了他去"千鸟"的好机会,但他总觉得如果一个月去四次或以上肯定要挨老婆骂。

比起老婆那张狐狸一样的脸,宗吉更爱阿春那张白皙圆润的面容。更何况每次阿春都会不管其他客人,专门伺候他,这让宗吉心里美滋滋的。

"因为我喜欢你呀。"阿春把自己的脑袋搭在宗吉的肩上。虽然宗吉觉得她对其他客人也会这样,但还是觉得心里小鹿乱撞。

宗吉去"千鸟"的时候也会遇到阿春实在脱不开身的情况。一听到在隔壁桌唱歌的阿春的声音,宗吉就觉得嫉妒不已。此时,正在服侍宗吉的女侍就嘲笑他说:"瞧你这一脸的醋味,我马上去叫阿春过来哦。"宗吉很乐意店里的人都把他当成阿春的专属熟客。阿春一来,其他女侍就会识相地借故走开。等其他人都离开后,阿春会一口气往嘴里灌入两三杯酒,然后一下子扑倒宗吉,压在宗吉身上把酒喂进宗吉嘴里,身体贴着宗吉说:"抱歉让你等久了,刚才实在脱不开身。"阿春丰腴的身体给了宗吉他那干瘦的老婆给不了的手感。

这天晚上,宗吉因为白天的工作特别累人,在"千鸟"喝下的酒精,加上白天的疲劳,让他醉得在店里睡着了。

过了好一会儿,阿春将他叫醒:"打烊了,你睡得好香啊。"

之前因为害怕阿梅,宗吉从没这么晚回去过。他赶紧起身去了趟洗手间,出来的时候阿春已经像往常一样在门口等他。

走出"千鸟",阿春在一旁扶着,宗吉依然觉得脚下轻飘飘的。他本来的酒量很小,但现在已经能喝不少。

他们上到二楼,走廊尽头有一间关了灯的空房,其他女侍似乎都已回家，周围鸦雀无声。宗吉抱着阿春，走进那间昏暗的单间。

"不行啦。"阿春说。

宗吉却粗鲁地将阿春推倒，伸出一只手，抓过一个坐垫枕在阿春的脑袋下。

被推倒的阿春并没有反抗："阿吉，你对我只是玩玩还是认真的？"

"我是认真的。"宗吉喘着粗气回答。

"你要是玩玩，我可不答应哦。我不是随便的女人。"

"我对你不只是玩玩，是认真的。"宗吉满脸真诚。

"真的吗？你保证不会抛弃我？"

宗吉隐约感觉到阿春问的这个问题意义重大。他现在虽然有点儿头脑发热，但还是盘算了一下手上的生意情况和收入，心想养活这个女人应该不成问题。"相信我。"他在阿春耳边喃喃地说。

"真的吗？"

他说保证不会骗她。于是，阿春把自己交给了宗吉，宗吉也在激情中对阿春许下了诺言。

此后，宗吉与菊代（阿春是在店里干活的艺名，真名叫菊代）就开始了秘密交往。

宗吉的老婆阿梅一直被蒙在鼓里。宗吉知道阿梅是个要强的女人,万一被她知道,一定会闹得天翻地覆,所以每次见菊代,宗吉都会小心翼翼。和自己老婆那干瘪的身体不一样,宗吉觉得菊代丰腴的身体非常有弹性,让他欲罢不能。

三个月后,菊代的身体出现了异常情况。

"我没法在店里干活了,估计他们也都猜到我和你的事了。"菊代开口要宗吉给她一个家。宗吉没有拒绝,因为他认为自己应该信守承诺。但他还是觉得自己被绑住了,就像被施了咒一样,虽然早有预感,却没想到这一天来得那么快。

不过,宗吉也并没什么不满。曾经像跑码头般辗转各地的技工,现如今能有一个喜欢的女人在自己的身边,这给了宗吉一种出人头地的感觉。而且,菊代即将为他生下他的第一个孩子,这让他的内心充满感动。

宗吉觉得自己能养活这个女人。唯一担心的就是阿梅,不确定能否像之前那样一直瞒下去。他觉得自己必须想个办法,却没有具体的计划。而这种模糊的、无计划的希望,自那之后,一直持续了八年。

二

八年间,宗吉一直在阿梅的眼皮底下与菊代一起生活,没被阿梅发现简直是一个奇迹。菊代为他生下了三个孩子，老大是男孩，今年七岁；老二是四岁的女孩；最小的男孩今年两岁。他和菊代的家距离 S 市有一小时火车的车程，是一间独栋的大房子。

其实，这么久以来阿梅没发现也不是没有理由的。第一，阿梅自视甚高，觉得宗吉对自己言听计从，无论是他的长相还是性格，都不可能在外面养一个女人。所有人都认为宗吉是个听老婆话的"妻管严"。

第二，印刷厂的生意越来越好，八年间，又添了两台胶印的四开印刷机，还如愿地结束了外包的生意，开始有了直接往来的客源。毕竟接外包生意每次都要看别人脸色，利润也大多给别人赚去。不仅有附近的客户，宗吉还跑去较远的地方接下酒厂、酱油厂的标签印刷业务，所以比起之前只做外包生意的时候，厂里的利润翻了好几倍。因此，宗吉经常会以出差跑业务为由，去菊代那里过夜。

宗吉还会从客户支付的货款中扣除一部分作为给菊代的生活费，每当阿梅问起来，他就说是对方拖延付款、对方借钱不还、货款被客户讨价还价了……类似的理由要多少有多少。

菊代对一个月去她那里两三次的宗吉非常欢迎。宗吉觉得这个女人身上有自己老婆所没有的魅力，这么多年了，依然风韵不减当年,皮肤和宗吉在"千鸟"刚认识的时候完全没变,而自己老婆的身体却越来越瘦得皮包骨头。

三个孩子分别是长子利一、长女良子和末子庄二。最小的庄二才两岁,长女和长子每次见到宗吉就围着他"爸爸""爸爸"地叫个不停。宗吉每次也都会买礼物给孩子们。宗吉觉得孩子们长得更像菊代。但每次宗吉这么说的时候,菊代就会摆出宗吉最喜欢吃的刺身,一边看着孩子们的脸一边笑着说:"我倒是觉得他们都和你像是一个模子刻出来的呢。"听到这话,宗吉就会心满意足地朝孩子们嘴里送刺身,一脸幸福的爸爸模样。

八年了,宗吉自己也觉得不可思议,居然这么久都没被阿梅发现。一旦阿梅知道,肯定会暴跳如雷,但只要自己和以前没有变化,应该还能继续瞒下去。

然而,意外还是发生了。先是隔壁家起火,结果殃及宗吉家,房子和机器全都被烧毁了。而且因为没想过会发生这种事,所以之前投保很少,得到的赔偿也很少。宗吉几乎花光了所有积蓄,好不容易才又买下一间小房子和一台机器。

接着,他们所在的S市出现了一家大型印刷厂,拥有最新的机器和先进的技术。宗吉的小印刷厂只有一台旧机器和宗吉一个人的技术,当然完全不是大厂的竞争对手。于是,宗吉的印刷生意每况愈下。

无奈之下，宗吉只能低头，再去求人做外包。但之前的上家们一个个都对他冷脸以待，毕竟之前宗吉曾经直接经抢过他们的客户，所以他们都对宗吉记恨不已。哪怕落难的宗吉低头相求，他们也都完全不予理睬。

这下，宗吉终于着急了。很大一个理由是因为不能再像以前那样负担菊代和孩子们的生活。而且因为手头越来越紧，阿梅对家用也管得越来越紧，宗吉手里几乎没了闲钱。

"你要我怎么活？你和你老婆继续过你们俩的小日子，要我和三个孩子活活饿死吗？"菊代皱着眉头不停地抱怨。

宗吉听到这种话，心里总是万般苦恼。每次，他都拿出自己好不容易弄来的一些小钱，尽量安慰菊代后离开。

然而，宗吉费尽周折，也只维持了没多久。当他连一千日元都拿不出来的时候，菊代终于爆发了："我被你骗得好苦！"菊代发怒道。宗吉见惯了菊代温柔妩媚的脸，完全没想过菊代生气时居然这么可怕。

"你吹什么牛！八年了，我是你的玩具吗？跟了你这种男人，我真是倒了大霉！"菊代不断地逼问宗吉接下去要拿她和三个孩子怎么办。但事实上，菊代的家里还是和之前一样，大衣橱、梳妆台、洗衣机、冰箱、留声机等应有尽有,而且因为她很会打理,所以这些东西看上去就像新的一样,衣橱里也全都是漂亮衣服。这些全都是宗吉买给她的。宗吉其实很想对菊代说,艰苦的时候,大家应该一起熬过去,干吗还留着这些东西?拿去卖掉可以换不少钱。但每次话到嘴边又都咽了回去,只能无奈地看着菊代,找各种理由继续安抚。

菊代一不开心,自己就得想方设法地哄她,这让宗吉觉得越来越难受,去菊代家的次数也就越来越少。至少不见到菊代的时候,能暂时远离抱怨和责问。但这就像掩耳盗铃,根本无济于事。他不知道接下去还会发生什么,不安的情绪让他的神经时刻紧绷着。

不久,印刷厂的生意面临停业,宗吉手头一点闲钱都没了。

三

这年夏天,菊代带着三个孩子冲到了宗吉家。

一开始,她把宗吉叫到屋外,质问宗吉为何要骗她。"你打算就这么不管我和孩子了,对吧?我不会让你得逞的!我跟了你那么久,你怎么能这么对我?今晚我们四个就在这儿了,你得负责!"

菊代身上穿着连衣裙,脚上踩着木屐,背上背着两岁的庄二,七岁的利一和四岁的良子分别站在母亲的两旁。

"你突然这么说,我也没办法。明天我去你那里好好说,今晚你们先回去好不好?"宗吉浑身是汗,拼命安抚菊代。但她就是不听,说:"你之前也总说要来,但就是不来。我再也不信你的鬼话了。"

两个人在宗吉家门外争执了将近一个小时。菊代背上的庄二被蚊子咬得哭闹不停。

"你在那里干吗?有话进屋说。"

突然,宗吉身后传来阿梅的声音。宗吉不知道阿梅是什么时候出来的,害怕得双脚发抖,心跳加速,舌头发麻,一句话都说不出来。如果可能,他真想当场拔腿就跑。虽然之前也不是没想过会有这么一天,但真的身陷其中时,他一下子懵得不能动弹。

进入家中,两个女人出奇地心平气和。菊代并拢双膝,郑重地向阿梅行礼问候:"太太您好,我们一直受宗吉的关照。对于您,还是得说声对不起。"没有任何亢奋或激动,表情也一如平常,看得出来菊代是有备而来。她原本就是个能说会道的女人,寒暄过后,菊代便把和宗吉在一起的始末陈述了一番,与其说是"陈述",其实是将来龙去脉全盘托出,甚至有一种不给自己留后路的毅然决然。

阿梅慢慢地摇着蒲扇,穿着浴衣①,胸口敞开,露出嶙峋

---

① 一种夏天的和服。

的皮包骨头。在菊代说明的过程中,她只是偶尔短短地回几声"哦""是吗",犀利的眼神时不时地瞥向一旁抱头苦恼的宗吉。宗吉本以为这种时候老婆一定会大哭大闹,没想到阿梅异常冷静,这让宗吉安心的同时,又觉得非常恐怖。

阿梅满脸不屑地听完菊代说完后,开口问:"那三个都是我们家的孩子?"小儿子双脚垂在榻榻米上,歪着脖子,已经在菊代的背上睡着。大儿子和大女儿紧紧依偎在菊代两旁,害怕地看着阿梅。

"没错,都是宗吉的孩子。"菊代昂然地抬起头,一脸不容置疑。

"老大几岁了?"阿梅一副高高在上的架势,就像老板在问手下。

"七岁。"菊代感受到阿梅那股暗中使劲儿的敌意,回答的时候不卑不亢。

突然,阿梅对着宗吉大吼起来:"你居然骗了我八年!你到底是什么时候和这个女人好上的?"说完,便不容分说地对着宗吉的头和脸噼里啪啦一阵猛打。宗吉双手紧紧护着脑袋,任其打骂。菊代在一旁看着,两个孩子吓得大哭起来。

这天晚上,终究没能谈出什么结果。阿梅对宗吉说后面的事让他自己解决:"我们家一分钱都没有。你去借也好,去偷也好,怎么收拾这个女人是你自己的事。"

"太太，您这话说得太过分了吧？我又不是出来卖的。"菊代生气地对阿梅说。接着，两个女人开始脏话连篇地互骂起来。宗吉在一旁一言不发，脸色惨白，诚惶诚恐。

"你到底要拿我们怎么办？你是个男人就说句话呀！"菊代也开始打宗吉。宗吉当着阿梅的面，一句话都说不出来。他身上穿的白衬衫早就被冷汗浸湿，稀薄的头发也因为挨了两个女人的痛打而乱成一片，秃了发的头顶红红的，显得特别可怜，脸上和脖子都在不停地冒着冷汗。他知道这时候说再多也无用。

两个大一点儿的孩子担惊受怕地看着大人们吵了好久，这会儿已经累得在榻榻米上睡着了。此时已过了夜里十二点，三个大人也感觉累到虚脱。

"已经没有回去的末班车了，今晚我们就住这儿了！"菊代愤愤地说。

宗吉一听脸色大变，赶紧看了看阿梅的表情。阿梅倒是异常平静。

"行啊，你们睡那里！"阿梅手指着杂物间对菊代说。这个家的楼下是他们的小工厂，楼上只有两个房间——六平方米多的卧房和不到五平方米的杂物间，而且杂物间里还堆放着很多印刷用的油墨罐和纸张。

阿梅说完，利索地从壁橱里拿出夏天用的薄被子铺在自己房间的地上，还支起了蚊帐。菊代和三个孩子则被赶去了杂物间。

"你去帮我借顶蚊帐。"菊代对宗吉说。

阿梅却抢在宗吉开口前回答："我们夫妻俩只有一顶蚊帐。"

菊代无奈，只能对着阿梅干瞪眼。

四

菊代在杂物间里完全睡不着。

好不容易借到一个垫子铺在地上，但地方实在太小，躺着一点儿都不舒服。孩子们因为太累，总算睡着了，但不断地有蚊子从楼下昏暗的小作坊飞上来，嗡嗡嗡叫个不停。菊代只能不停地替孩子们摇扇子驱赶蚊虫。

睡不着的原因不止如此。她的耳朵一直竖起，留意着一旁黄绿色蚊帐里的动静。她与宗吉夫妇近在咫尺，那对夫妻的窃窃私语和咳嗽声不停地刺激着菊代的神经，就算她努力不想听，那些声音还是像针一样刺痛着她。她时不时地还能听到手掌拍打身体的声音。

就算关了电灯，黄绿色的蚊帐中仍能隐约透出白色的蒲扇。菊代半睁开眼，不经意间朝蚊帐的方向看去。昏暗中，她看见白乎乎、时不时在动弹的被子里的身形。菊代眼巴巴地望着，希望能看到宗吉朝自己走来。

菊代气宗吉在老婆面前软弱无能。就算家里只有一顶蚊帐,至少应该让孩子睡在里面。宗吉夫妇俩悠然地在蚊帐中一觉睡到天亮,自己和孩子却挤进杂物间被蚊虫围攻。菊代很清楚,阿梅这是在故意报复自己和三个孩子。

宗吉也知道阿梅为什么会这么做。想当初,阿梅跟着自己走南闯北的时候,曾睡在别人家印刷厂的二楼,因为没有蚊帐,整个闷热的夏天,一直在蚊虫叮咬中度过。当时阿梅就曾说过好想有一个属于自己的家,好想睡觉时有蚊帐。现在,阿梅是在让菊代品尝自己曾经吃过的苦。

宗吉没法起身去菊代那里。他本想等阿梅睡着后过去,但平时头一着枕头就鼾声如雷的阿梅,今天却始终没发出睡着的呼吸声。而且从刚才开始,阿梅就一直掐宗吉的腹部和腿部,用力之大让宗吉觉得被掐的地方不用看都已经发青发紫。宗吉的脖子和脸上也被抓得出了血。阿梅不哭也不闹,却在薄薄的被子里对他拳打脚踢。他捂着嘴默默忍受着拳头的捶砸和指甲的抠抓。阿梅是故意打给菊代看的,而菊代则在昏暗之中目光如磷火般地看着他挨打。

"畜生!"突然,杂物间的菊代叫着站起身来,说完迈着大步朝宗吉夫妇俩走来,"你们夫妻俩都是畜生!"她隔着蚊帐朝里面吼,"你就这么想要这个男人?行啊!还给你!小心以后别又被人抢了!"菊代从喉咙深处发出的声音听上去有种异样的感觉,她继续对阿梅说:"这些孩子都是这个男人的,他们得留在这里。"

阿梅若无其事地假装睡着,不搭理,身体也一动不动。宗吉不知所措,却又语塞,什么都说不出口,只有心脏在痛苦地狂跳。黑暗中,宗吉听到菊代穿上木屐的声音。他赶紧想要起来,却被阿梅一把拦住。

"也不知道是谁被谁骗了!真没出息!"这是菊代留给宗吉的最后一句话。说完这句,菊代踩着木屐"噔噔噔"地跑出了宗吉家。宗吉终于忍不住跳了起来,钻出蚊帐,赤脚朝门口跑去。

宗吉跑到外面的路上时,已经不见菊代的人影。宗吉一口气跑了两条街,还是没追到菊代。

电线杆上耷拉着路灯,朝路上投去一点儿微光。深夜里,没有黑暗,没有光明,没有一样活物。大得有些出奇的弯弯月亮落在西边,一阵微微的凉风扑面而来。

宗吉觉得菊代太可怜了,这全都怪自己。自己八年前对她许下承诺,如今却如此辜负她。他浑身发抖,自己当时说那句话的时候其实并没有考虑太多,没想到那一句承诺却葬送了一个女人一生的幸福。宗吉感到深深的后悔,觉得自己无能。

但另一方面，因为菊代的出走，宗吉心里却微妙地觉得如释重负，有一种"麻烦总算解决了"的安心感。菊代走了，虽然有些寂寞，但此刻的安心对宗吉具有更大的意义。

这时的宗吉开始反过来担心阿梅。路灯的灯光下，蚊虫飞舞。宗吉回到自己家门口，看到屋里的灯亮着。

宗吉担惊受怕地朝里走去，他不知道阿梅打算干什么。阿梅开着灯站在储物间，正看着不知自己母亲已走、仍在酣然熟睡的三个孩子。宗吉不由得吞了口唾沫。

"这几个都是你的孩子？"见宗吉回来后，阿梅盯着他的脸问。因为光线的缘故，宗吉觉得阿梅的瞳孔好像在发光。

宗吉沉默不语。

"长得一点儿都不像你！"说完这句，阿梅又关上点灯，一个人钻进蚊帐。

五

第二天中午过后，宗吉带着三个孩子回菊代住的地方。其实不是他自己想去，而是阿梅让他去的。"我可不会替别人养野种。你去把这几个小崽子还给那个女人。"

因为阿梅这么说，宗吉没办法，只能背上背着小的、两手牵着两个稍大的孩子坐上了电车。一听说要回自己的家,孩子们都高兴得一下子来了精神。

回到菊代的家,只见大门紧锁。宗吉向隔壁邻居打听,邻居说今天早上看到搬家公司来过,里面的东西都搬走了,还说菊代向他们打过招呼说回老家了。

"我们以为您知道呢。"邻居看见背上背着娃儿、双手牵着俩孩子的宗吉一脸疑惑,上下打量着他。宗吉逃似的,赶紧走人。

菊代的老家在东北。宗吉不知她是真的回了老家还是去了别的地方,但他已经没力气去搬家公司查证。

七岁的利一已经开始懂事,得知又得回阿梅家,耷拉着脑袋问宗吉:"妈妈去哪儿了?"

"妈妈有事出去了。妈妈回来前,先在爸爸家住一阵子,好吗?记住,要乖乖地听大妈的话哦——"宗吉还想继续嘱咐,利一却不愿再听。这孩子两眼发青,皮肤很薄,身形消瘦,只有脑袋看上去很大。

宗吉在火车上买了点心给孩子们吃。看着三个孩子吃东西的小脸,他突然想起了阿梅说的话。之前,菊代一直强调孩子们都像他,现在宗吉却越看越觉得:真的一点儿都不像。

这几个真的是自己的孩子?宗吉渐渐起了疑心。他之前从未有过怀疑。但如果不是自己的，又会是谁的？按老大利一的年纪倒推回去，刚好是自己和菊代开始交往的时候。这时，他突然想到一个人——当年把他带去"千鸟"的印刷厂销售员石田。

石田是"千鸟"的常客，宗吉越想越觉得石田和菊代之间没那么清白。自从菊代跟了宗吉，石田就再也没出现过。宗吉曾以为是自己不再做外包生意的缘故，但现在想来，觉得不是那么回事。那么下面两个小孩呢？那是他和菊代有了家之后生下的孩子。但那个家距离自己和阿梅的家需要坐一个小时的火车。他不是每天都在那个家，一个月也就住个两三次。菊代如果和石田根本没断，很容易就能瞒着宗吉在那个家继续来往……

宗吉仔细地看着孩子们的脸。眼神、鼻子、嘴角、下巴全都长得像菊代。宗吉记得菊代在利一还很小的时候一直对宗吉说："这孩子长得真是跟你一模一样。"但现在看来，宗吉觉得利一完全没有一个地方像自己。他越来越觉得菊代说的那些都是骗自己的谎话，但看上去也不像石田。宗吉百思不得其解，这几个到底是谁的孩子？

宗吉再次想起阿梅在灯光下看着孩子们的脸对宗吉说的那句——"这几个都是你的孩子？长得一点儿都不像你。"那可能只是女人的瞎猜，但也有可能是阿梅一针见血地识破了长久以来让宗吉蒙在鼓里的真相。

宗吉带着三个孩子回到自己和阿梅的家。阿梅一看到宗吉的怂样,就目露凶光地问:"怎么回事!"

宗吉原原本本地讲完后,阿梅说:"真厉害!居然让你替别人养孩子!那个女人比你高明得不是一两个级别。但你可别指望我去管那几个小崽子。"

阿梅对过来看热闹的人介绍这几个孩子的来路:"这几个小崽子是我男人的小老婆生的。真受不了!做老婆的在家为他做牛做马,还在工厂里每天弄得满脸油墨,他居然有心情在外面养小老婆,而且还带回来这几个都不知道是谁的种的小崽子。"围观的人一个个义愤填膺,瞪圆了眼,替阿梅叫委屈。而且阿梅逢人就说,连在他们工厂打工的人都不避讳,弄得尽人皆知。

三个孩子只能由宗吉来照顾。利一的脸色一直不太好,也不怎么开口说话,他已经大概知道了是怎么回事,总是一个人躲在二楼堆放纸张的杂物间里,用铅笔在破纸上画画,经常一整天都不下楼。四岁的良子最会向宗吉撒娇。她的头发有些发红,带卷,和菊代很像,整天围着做事的宗吉"爸爸""爸爸"叫个不停。她身上那条花裙子已经又破又旧,因为没有衣服可换,就不能脱下来洗洗。宗吉很想给她买条新的,却不敢向阿梅要钱。这孩子自从来到这里,一次都没叫过阿梅,每次见到面目狰狞的阿梅就吓得赶紧逃跑。

"老大那小崽子一天到晚瞪着大眼,看着就来气。"阿梅特别讨厌利一。每次阿梅去二楼取纸,宗吉总能听到阿梅对利一大喊大叫。但每次宗吉只是充耳不闻,继续弯腰工作,听之任之。阿梅还不止一次动手打利一,但利一从来没掉过一滴眼泪。

阿梅因为良子的卷发而叫她"卷毛",两岁的庄二被她叫作"臭屁孩儿"。庄二蹒跚学步的时候常常挡住阿梅的路,每次都被阿梅一手推开,倒在地上哇哇大哭。

歇斯底里的阿梅还会拿宗吉出气。这种时候,阿梅尖耳猴腮的脸上,吊眼皮的眼角会变得更加上扬。稀疏的眉毛、吊眼皮的眼角,发起火来的阿梅看上去就像画着夸张妆容的歌舞伎演员。整个家里充斥阿梅的嘶吼和庄二的哭喊,宗吉觉得头皮都快炸了。

看到故意装出一副无所谓的模样、埋头工作的宗吉,在宗吉工厂的打工的人便会小声安慰说:"老板您也够苦的。"

没过多久,庄二生病了。一开始不知道是什么病,只见他每天都虚弱地细声哭泣,嘴唇发白,目光呆滞。

"你自己去弄那小崽子哦,我可不管。"阿梅一开始就撇清关系。

当然，宗吉完全没敢奢望这个女人会照顾小孩。

庄二越来越没有食欲。宗吉煮了粥，喂庄二吃，但刚吃下去就全吐了出来。体温正常，没有发烧，大便却是草绿色。

宗吉请医生上门诊视。医生对宗吉说："是营养不良，伤了肠胃。"宗吉不由得红了脸，因为他心中有愧。医生的诊断其实指出了他平日里对这个孩子照顾不周。

医生给庄二打了一针，告诉宗吉调养的方法，开了药就走了。

但宗吉实在没法好好照顾庄二。他没办法长时间陪在孩子身边，他得工作。他没办法。每次他刚抽出一点点时间来照顾孩子，阿梅就会给他看脸色，把他赶回工厂。

庄二的身体一直没有好转，一直声音微弱地哭哭啼啼，已经没法像以前那样大声啼哭。他总是张大了嘴，像小狗一样，哈哈地、困难地喘着气。就算给他喂下热牛奶，也会从嘴里喷出来吐在枕头上。

就这样，庄二在五平方米不到的杂物间里卧床不起，每天在这个照不到阳光的房间里与杂物待在一起。

这天，宗吉正在工作，脑子里突然闪过一个不祥的念头，他担心阿梅去那间杂物间"动手脚"。宗吉沾着油墨的手不停地发抖，觉得手指都不听自己的使唤了。他忍不住冲上二楼。房间里没有别人，只有躺倒在榻榻米上不时地小声哭泣的庄二。

之后，庄二越来越瘦弱，连呼吸都变得非常虚弱，有时候会一直睁着眼，眨也不眨一下，直直地望着又黑又脏的老旧的天花板。

一天，宗吉在印刷版上用双手滚动滚轴时，那股不祥的念头又一次袭上心头。直到他看到阿梅正在旁边摆弄印刷用的纸张时才稍稍放心。但突然，他又变得莫名地不安起来。

宗吉赶紧跑上二楼，却没看到原本应该躺在地上的庄二的小脸，只看到一把蒲扇在地上。宗吉不由得捂住了嘴。宗吉在昏暗的房间定睛一看，发现庄二的脸上胡乱地压着一条旧毛毯。这条毛毯本身就很厚重，现在被人卷成一团压在庄二的小脸上。很明显，是有人故意这么干。

宗吉颤颤巍巍地将毛毯掀开，看到庄二苍白的小脸。庄二的头没有动，也没有发出任何声音，就像陶器一样固定不动。

宗吉用手摇了摇庄二的脸，那张小脸无力地任宗吉摇动，没有丝毫反应。宗吉又用手拨开庄二的眼皮，瞳孔已经完全不动。此时的庄二已经断气了。

宗吉惊慌失措地将毛毯扔到一边。他这个大人拿起那条毛毯都觉得很沉重，之前一直都铺在行李堆上当罩布。从距离上看，不可能是不巧落下压在庄二脸上的。宗吉也正是因为觉得不对劲，才赶紧把毛毯扔到一边的。毋庸置疑,是有人故意将这条沉重的毛毯压住了原本就呼吸微弱的庄二。

宗吉一个人跑出去叫来医生。

医生写下死亡诊断书,对这个本来就病怏怏的孩子突然断气并没起疑。这让宗吉舒了一口气。

"你也算少了个包袱。"阿梅对宗吉说话的时候,眼里似乎带着笑意。宗吉很久没见阿梅笑了。

那条毛毯不可能是自己从行李堆上滑落下来的。之前从没发过的事情,现在不可能突然发生。就算是碰巧自己掉下来的,也不可能那么巧地落到距离行李三尺远的庄二的枕边。

宗吉认为就是自己的老婆阿梅干的。虽然他没有任何证据,但只要确定是人为的,就只有可能是阿梅。然而,宗吉却没开口质问阿梅。一方面是因为没有证据,另一方面,现在的这个结果确实让他心里有种如释重负的感觉。

之前,他一直在发愁该怎么把才两岁的庄二养大成人,也不是没想过不如死了一了百了,而且这种想法在不知不觉中日益强烈。说实话,庄二的死让宗吉觉得解脱。

庄二死的这天晚上,阿梅和宗吉有了房事。自从菊代的事情暴露后,这是他俩的第一次。而且这天晚上的阿梅特别兴奋。

更奇怪的是,这天晚上的阿梅一直紧紧地贴着宗吉,这也是前所未有的。宗吉因此既兴奋又陶醉,因为阿梅的反常让他确认了自己的猜测,也因为夫妻两人的内心深处不经意间产生了一种共犯的罪恶感,而且房间里的昏暗也让两人的陶醉感更进一步。就在最高潮时,阿梅让宗吉去做一件事,宗吉只能点头答应。

六

红发卷毛的良子平时最黏宗吉。这天,宗吉带良子去坐火车。他们从乡下坐快车去东京,车程整整三个小时。火车上,宗吉给良子买了冰激凌和零食。长时间的火车之旅让良子很高兴。

"还没到东京吗?"良子问。发问的时候,她的下巴收起,额头凸起,模样和菊代一模一样。完全像她的母亲,也许就是这个孩子的不幸所在。宗吉在这个孩子的脸上完全看不到自己或石田的影子。宗吉心想,菊代真是太狡猾了,隐藏得好深。

"良子,你知道爸爸叫什么吗?"宗吉试探地问。

"爸爸的名字就叫爸爸,对吗?"四岁的良子好像讨好宗吉般地回答。

"那你知道家在哪里吗?如果隔壁叔叔问你,你会怎么说呀?"

"良子的家里有很多纸。"

宗吉的心里有些发慌。"家里有很多纸"说的就是他的印刷厂。但仅凭这些线索,别人应该不会找到他家。宗吉开始抽烟。

坐在前面的一个中年妇女笑着皱起鼻子,给良子花生吃。

"谢谢。"良子说完,看看父亲的脸。

"好乖啊。你们去哪里?"女人问。

"东京。"

"是吗?真好啊。是在哪里上的车呀?"

良子抬头看看宗吉的脸。宗吉吐出香烟,扔掉烟屁股,用鞋子踩灭后,双手抱臂假装睡觉。那个女人也就没再追问下去。

宗吉不希望良子路上与任何人说话。他们在东京站下车,车站里人声鼎沸。然而,宗吉还不想在这里行动,现在动手还太早。

他们又换电车到数寄屋桥下车,然后宗吉牵着良子的手逛了逛银座。这里的行人比想象中的要少。宗吉本想在这里动手,却发现人群密度太低。

他们从银座走到新桥,却发现这里人更少。良子因为觉得很新奇,所以一直饶有兴致地东看西看。好几次,宗吉都打算动手了,但始终没能下决心。如果这时候有人仔细看他,一定会发现他心神不宁的异样。

他们从新桥又回到银座,朝京桥方向走去,宗吉还是没找到动手的地方。良子走累了，说肚子饿，宗吉就把她带去百货店的餐厅里。

他们坐电梯上了六楼。良子和刚才一样，对周围充满好奇，一直东张西望，在椅子上坐不安稳。见其他孩子手里拿着小小的三角旗子，上面画着大象的图案，良子的眼神里充满了想要的表情。据说楼顶有个儿童游乐园，旗子是在那里拿到的。

"良子，你也想要那种旗子吗？"宗吉问。

良子说："嗯。"

"那过会儿给你买哦。就在楼上，听说还有猴猴和小熊哦。"

"真的有猴猴吗？"良子瞪大了眼睛，充满期待。宗吉这才意识到，这孩子长那么大都还没见过猴子。菊代在的时候，从没带他们出去过。

开心的良子变得话多起来，美美地吃着服务员端来的寿司饭。

屋顶上有个小动物园。阳光下，猴子大多坐在阴凉处，只有四五只百无聊赖地走来走去。

良子和其他孩子一起隔着栅栏看猴子，手里拿着动物园送的小旗子，身上脏兮兮的连衣裙特别惹眼。

宗吉仔细观察了一下这个场所，然后蹲下身对良子说："爸爸有点儿事走开一会儿，你在这儿等我哦。"

良子回答说"好",眼睛一直盯着猴子。

宗吉离开动物园,从屋顶下楼前,回头看了看良子。不知为何,良子也正看着自己。刺眼的阳光照得良子的脸煞白,只有头发像着了火似的发红。宗吉有些慌张,但还是头也不回地离开。

来到一楼,刚走到百货店出口,宗吉就听到百货店广播说有个孩子和家长走散了。宗吉心里咯噔一下,但仔细一听,广播里说的是个男孩。

宗吉坐在火车上的时候始终面朝窗外。和来的时候同样的景色在他眼前逆向而逝。宗吉在心里反复地对自己说:那不是自己的孩子。

见宗吉一个人回到家,阿梅的脸上浮起淡淡的微笑。

这天夜里,阿梅也和宗吉行了房。每解决一个小孩,这个女人就兴奋得像在燃烧。

"你又少了一个包袱。"阿梅喃喃地说。

没错,宗吉确实觉得如释重负,有一种从老婆的嫌弃和孩子的负担中解放出来的轻松感。

别人问起的时候,他们就说良子被送回她亲生母亲那里去了。

然而,还有一个!

七

阿梅最讨厌的就是利一。

"那小崽子真是越看越恶心。一天到晚瞪大眼睛,不知道在想什么。"

阿梅说的倒也不假。利一的脑袋大得与身体不成比例,皮肤没什么血色,眼睛见谁瞪谁,乍一看确实是个怪孩子。而眼睛之所以看上去总是在瞪人,是因为眼白特别多。但其实那双眼睛里还透着漂亮的淡蓝色。

这孩子整天都在印刷厂二楼的纸堆里玩。被当作杂物间的房间里堆着很多纸,除了白纸,还有印坏了的废纸。利一总在那些废纸上画画。说是画画,其实只是画线或画圈。利一自己似乎乐在其中,也没见他觉得腻。

杂物间里不只放着纸,还有没用的石版用石。在制版的过程中,会不断地用金刚砂和磨石打磨掉不需要的部分。经过反复打磨,石版用石会变得越来越薄,最后变成没用的石片。因为家里的屋子倾斜,下雨的时候会积水,阿梅就用这些石片和其他石头混在一起,填埋在屋子的低洼处。

除了纸,利一还经常埋头在这些没用的石片上用铅笔画画。因为石片很光滑,铅笔在上面写不深,用水一冲就没了,所以利一觉得这很好玩。这孩子对在屋里作画非常热衷,几乎从不外出,也不下楼,似乎心里已经打定主意,尽量不和阿梅打照面。

"那小崽子是个坏胚子。"阿梅对宗吉说,"就跟他妈一模一样。"

每次阿梅去二楼拿纸,都能感到那个孩子从暗处用咄咄逼人的目光盯着自己,这让她觉得浑身不舒服。"我实在被他瞪得受不了,就会忍不住对他动手。但无论我下手有多重,那小崽子就是不吭一声,那股子倔劲儿一点儿都不像个小孩。"

宗吉默默地听阿梅说着,就像是自己被阿梅体罚一样,那种焦躁不安让他产生了一种强烈的预感。

这天晚上,阿梅在宗吉耳边说:"那小崽子估计没法像良子那么好解决。他已经七岁了,也能说得出自己的名字和我们家的地址,就算把他扔掉,也会马上再找回来的。"这个孩子现在已经成了阿梅的眼中钉、肉中刺,她对宗吉说,"你也许无所谓,但我已经受不了了。你快点儿给我解决掉!"

宗吉反问:"你希望我怎么办?"眼看着自己的预感即将成为现实,宗吉的内心颤抖不已。

阿梅拿出一个小纸包。宗吉打开一看,里面是白色的粉末,看上去就像感冒的时候吃的阿司匹林。

"这是之前铜版店老板拿给我的。"阿梅压低声音告诉宗吉这是氰化钾。宗吉的脸色顿时变得煞白。阿梅唆使宗吉说:"让他一下子全吃下去肯定会败露。但每次让他吃一点儿,时间久了,身体自然会垮掉,别人只会以为是他自己生病。没事的,不会被发现的。"

白色的粉末让宗吉觉得非常害怕。阿梅上扬的吊眼皮从他上方直直地盯着他。宗吉自认事情变成如今这个局面,全是自己的错,所以在阿梅面前唯命是从。同时,宗吉的内心也正在发生一种变化。虽然压在庄二脸上的毛毯不是他干的,但他抛弃良子时的主观意识已在不知不觉间与庄二之死产生了重叠。在他备受折磨的头脑中,甚至产生了一种错觉,认为两件事情都是他自己干的。换言之,他同意阿梅的投毒建议是建立在庄二之死与抛弃良子的基础上。结果宗吉把心一横,一心只想快点儿解脱。

阿梅买来团子点心拿给宗吉说:"我给那小崽子,他肯定不会吃,所以你去给他吃。"阿梅说完就一溜烟似的逃得远远的。宗吉接过这个毒团子,久久地将其捧在手掌里。

他缓缓地走到二楼。上楼时楼梯发出的吱呀声,此刻听上去特别刺耳。

"利一。"

利一在黑暗的角落里抬起头。

"你在干吗?"

"嗯。"利一只是应了一声,没做回答。地上全是散乱的纸张。昏暗之中,宗吉觉得这个孩子的眼睛在发光。虽然宗吉心里明白,这只是从一旁的窗户漏过来一缕光线的缘故,但他此时感同身受地明白了为什么阿梅说这个孩子让她觉得很恶心。

宗吉拿出手里的团子。

"哦。"利一开心地接过团子。

宗吉屏住呼吸,看着利一将团子送进嘴里。逆光照出利一的半个面孔的轮廓。宗吉看着利一,默默在心里用力对自己说:这不是我的孩子。

突然,利一把团子全都吐了出来。宗吉大吃一惊。

"好难吃!"这就是利一吐的理由。

宗吉猜想一定是利一尝出馅儿里加了氰化钾的味道。利一是个很敏感的孩子,他也许已经发现了什么。宗吉觉得顿时浑身无力,但同时又有松了一口气的感觉。

宗吉刚想从二楼下来,却看到阿梅正抬头朝上面张望。宗吉摇摇头,把咬了一半的团子拿给阿梅看。

八

阿梅并没有就此放弃。她对宗吉说："不应该把毒下在团子里，应该加在馅儿更多的糕点里。馅儿越多，越尝不出来。而且在家里让他吃的话会让他有所警觉，必须带他去外面吃。还不能离家太近，这儿附近都是认识的人。你带他去东京！"

这天晴天，宗吉带着利一来到东京。之前抛弃良子的时候因为准备得不充分，绕了很多路。而这一次，宗吉事先已经想好，动手的地方就选在上野公园。

宗吉觉得这辈子是逃不出阿梅的手掌心了。他决定豁出去，快点儿解决利一，快点儿从地狱里解脱出来。

在上野站的车站前，他买了五个豆沙饼，是每个二十日元的高级点心。豆沙的馅儿很厚实，看上去都快从皮里撑破而出的模样。

宗吉带着利一去动物园转了一圈。走到看猴子的栏杆前，宗吉想到了良子——不知道良子现在怎么样了。东京有收容孤儿的地方，也许良子在那里反而会比较幸福。反正她不是我的孩子！不是我的孩子！随便怎样都无所谓！

走出动物园，宗吉选了一个人比较少的地方，与利一一起坐在一张长凳上。

"怎么样？动物园好玩吗？"宗吉问。

"嗯。"利一微微一笑，却并没有聊起刚才看过的狮子或老虎。他的脸上依旧没有血色，坐在长凳上荡着两只脚，看着远方，带着一点淡蓝色的眼睛似乎在闪光。

"利一，想吃豆沙饼吗？"宗吉拿出装豆沙饼的纸包。

"嗯。"利一伸手拿起一块，大口大口地吃了下去。宗吉见状，赶紧悄悄地在另一个豆沙饼里用手指将白色粉末塞了进去。

"好吃吗？再来一块吧。"宗吉说。

利一却摇摇头，从长凳上下来，从口袋里掏出一块小石头放在地上，然后用穿着白色布鞋的脚尖踢着玩。那是一块香烟盒大小的平整石块。宗吉一看就认出来是自己工厂里作废的石块。他一直看利一踢石块，看了很久。

"利一，玩够了吧？再不回去就太晚了，快点儿来这儿吃了吧。"

利一听话地不再踢石块。他将石块从地上拿起来又放回口袋，然后来到宗吉身旁。

宗吉拿出那块下了毒的豆沙饼，看了一下四周，只在远处能看到几个人影。

利一快速地拿过豆沙饼咬了一口。宗吉屏住呼吸，看着利一。利一在嘴里嚼了两三下，"呸"的一声吐了出来，发黑的馅儿全都落到地上。

"好难吃!"利一说,因为他尝出味道有变。

"不可能吧?刚才那个不是很好吃吗?来吧,吃吧!"宗吉抓住利一的脖子,把剩下的豆沙饼往利一嘴里硬塞。利一则咬紧牙关,扭过头去,拼命地挣扎反抗。两个人因此扭作一团。

突然,宗吉听到附近有动静,赶紧松开手。三个路人正一边狐疑地打量着这对父子,一边从他们身旁经过。

路人走后,宗吉失去了再次动手的勇气。

他坐在长凳上,呆呆地看着远方。夕阳西下,地面上是父子俩的长长的影子。从树丛中探出的博物馆的蓝色屋顶渐渐被暮色包围。

"爸爸,我们回去吧。"利一有气无力地坐在宗吉身旁,那模样就像在安慰可怜的父亲。

宗吉第一次流下热泪。

九

几天后,宗吉将利一带到A海岸。这里有供奉弁财天[①]的岛

---

① 缘自印度佛教,又叫辩财天女,是印度教的创造之神梵天的妻子。

屿，从海岸到岛上有一座大桥梁，是这一带的名胜。

宗吉第一次带利一去水族馆。第一次看到各种鱼类，利一非常高兴。

出了水族馆，两人朝海岸方向走去。虽然夏天即将过去，但残暑还很厉害，海面上有几艘游玩的小船。

"利一，想不想划船？"

利一看着大海，点头说"想"。刺眼的阳光照得海上的小船泛着白光。

宗吉去租船处租了艘船，与利一一起坐上去后，开始划桨。利一觉得很新奇，坐在船上的时候东看看西看看。宗吉划得离海岸越来越远。

一开始他们还感到和煦的海风吹拂。但远离小岛后，海浪开始变得激烈起来。其他小船到这附近后也不再向前。

阿梅之前交代给宗吉的计划是让宗吉把船划到没人的地方，然后把船弄翻，让利一落入海里，宗吉自己抓住船身就能没事，这样就能让大家以为利一是死于意外。阿梅还说，不会有人怀疑。

阿梅对利一的杀意日益强烈。宗吉被她的怨气折腾得苦不堪言。上次他与利一两人从上野回到家后，宗吉受尽了阿梅的虐待。

"你打算把别人家的孩子养到什么时候？！我再也受不了了，你快点儿给我想办法!"阿梅几乎每天夜里都像发疯了似的折磨宗吉,还污言秽语地翻出他和菊代的旧账。宗吉已经记不清到底挨了阿梅多少打骂。宗吉的精神状况已经到了崩溃的边缘。

离海岸越远,海浪就越高。小船开始摇摇晃晃。利一的脸上露出恐惧的神情,大喊着:"爸爸!我们回去吧!快回去吧!"

"好,我们回去吧。"宗吉在船的单侧划动船桨,看上去像在让小船转向,但这其实是他早就计划好的。

不料,突然从一旁扑来一个大浪,小船跟着剧烈摇动。利一吓得瞪大了眼。

宗吉自己也开始害怕起来,因为他不会游泳。把船弄翻,让利一落水,自己抓住船身,这对宗吉而言并不容易。这时的宗吉已经意识到自己不可能按计划利用波浪让船身摇动进而翻船。

但现在已经由不得自己,剧烈的波浪将小船摇来晃去。宗吉拼命划桨,想要逃到风平浪静的地方,但波浪的力量远远大过宗吉的使力,眼看着小船就要翻倒,宗吉顿时惊慌失色。

利一忍不住大喊大哭起来。离他俩最近的另一艘船听到利一的喊叫声,发现了他们的险情,于是马上赶到他们附近,其他船只闻声也陆续前来相助。

看到宗吉带着利一平安回到家,阿梅顿时脸色铁青。

夏去秋来。

宗吉带着利一来到伊豆的西海岸。两人先坐火车,然后换乘大巴。

在大巴上,有两三个看上去像是去泡温泉的旅客,剩下的大多是渔村的人。整整坐了两个小时的大巴后,宗吉与利一在一个名叫M的小镇下了车。

两人在一家小饭馆里吃了顿晚午饭。利一说炖章鱼很好吃,一个人吃掉了一整碗。

两人从M镇向西走了半里路,来到一处悬崖。秋高气爽,云淡风轻,站在悬崖上可以清楚地看见远处的富士山。

两人在草地上坐下。在旁人看来,这只是一对出来郊游的父子。利一无聊地从兜里拿出石块,又开始踢石头玩。

宗吉趁机站起身来,走到悬崖边朝下看了看。这座悬崖高数十丈,下面就是深不见底的大海。这与两天前的晚上阿梅告诉自己的地形完全相符。

宗吉继续朝下看。这时,利一走了过来:"爸爸,这里好高啊。"

"是啊,很高啊。"宗吉一边回答,一边看着利一。利一现在正好在他希望其所在的位置。他不由得打了个寒颤，却发现自己还没准备好。阿梅教唆他从背后将利一推下山崖，但他心里还没准备好。

宗吉假装出勘察地形的样子，再一次向下看去。突然，他发现刚才没注意到的三四艘渔船正经过崖下。只要下面有船，就不可能动手。无奈之下，宗吉只能继续等待。过了好一会儿，才等到船都开走。

十

时间飞逝，夕阳落在海面上。起风了，宗吉感到阵阵寒意。

"爸爸，我们还不回去吗？"利一开口问。

"嗯，多玩会儿再回去吧。"宗吉说。

利一没再开口，自顾继续玩耍。那个在阿梅口中令人作呕的眼神，现在看来就是一个普通孩子的眼神。利一虽然头很大，但手脚都像萎缩了似的细弱不已，皮肤上还可以清晰地看到青筋。

这个孩子是我的孩子吗？宗吉在心里反复问自己，但最终他还是说服了自己——不是！他不是我的孩子，眼睛和我的完全不一样，嘴巴和鼻子也都不像。他长得确实像菊代，但一点儿都不像我。他不是我的孩子！他不是我的孩子！

周围渐渐变暗。利一玩累了,睡着了。宗吉将他抱在自己的膝盖上,脱了自己的上衣披在利一身上。利一打着轻轻的鼾声,睡得很沉。只有当虫子飞到他脸上时,他才会痒得忍不住稍稍动一动脖子。

天色已晚,远处可以看到点点渔火。当天黑得看不见大海时,仍可以闻到风吹来的海水味道。

宗吉抱着利一站了起来。孩子依然在熟睡,那张脸因为天色太暗,已经看不清模样。宗吉觉得这样反而对自己有利。

他抱着利一,站到悬崖边。昏暗中没法判断远近,一切都看似平面一般,但依然能听到悬崖下波涛汹涌的声响。正因为天黑得已经看不见悬崖下的大海,下面传来的涛声反而让宗吉感觉大海离他们很近。

宗吉用力将利一抛了出去。黑暗之中,他看不见利一的去向。他的手臂突然感到一阵轻松,这种轻松带给他一种解脱的感觉。他闭了闭眼睛,然后立刻转身,朝来时的方向跑去。

第二天早上,一艘经过伊豆西海岸的渔船发现绝壁上好像有一个白色物体。渔夫们定睛一看,发现是个人,赶紧将船只停靠过去。再仔细一看,白色物体其实是一个穿着开襟衫的男孩,他从悬崖上掉下来的时候挂在了一棵松树的根上。

渔夫们爬上悬崖,将孩子抱下,放在船上。孩子因为寒冷和恐惧已经透支了体力,船上的六个渔夫轮流照顾他。

等孩子稍稍恢复之后,渔夫们开始问这问那。孩子话不多,只说是跟着爸爸出来玩的,却不料自己睡着的时候不小心掉下山崖。渔夫们问他爸爸去哪儿了,他回答说不知道。问他姓名和住址,他也一直沉默不语。问他多大了,他说七岁。但问他姓名时,他又闭上了嘴。渔夫们觉得,这孩子一定有难言之隐。

渔船到达港口后,渔夫们将孩子交给警方。

警察也和渔夫们一样问了很多问题。当被问及为什么会掉在那种地方时,孩子只回答说:"我和爸爸一起出来玩,太困睡着了,然后就掉下去了。"其他什么都不说。

"你叫什么名字?"

"你的爸爸妈妈叫什么?"

"你从哪里来?"

"你知道你的家住哪里吗?"

"你的爸爸是做什么工作的?"

无论警察问什么,孩子就是一言不发。但问他这些问题时,他并没有摇头,所以警方判断其实孩子都知道,只是故意不说,所以其中必有苦衷。警方认为这个孩子是故意保持沉默，甚至是在包庇某人。

虽然孩子一直固执地保持沉默，但警方相信他一定是被人推下去的，于是以杀人未遂案件开始展开调查。

这个孩子的衣着方面没有任何特征，衬衣和裤子都是最常见的款式，但因为质地很粗糙，所以警方判断他家里的条件不会太好。

孩子随身没有带任何东西。只有裤子口袋里装着一块火柴盒大小的石头，那块石头有两厘米左右厚的，一边是好似缺了口的凹凸形状，另一边则是光滑的扁平状。

"小朋友，你这块石头不错嘛，是用来干吗的？"警长手里拿着石头问孩子。

"踢着玩儿的。"孩子回答说。他的脸色苍白，像是有些神经质地瞪大了眼。

"是嘛！"警长说完，将石头放在桌上，并没当回事。

之后的某一天，印刷厂的业务员跑来警局送印好的警长名片，看到警长桌上的这块石头，觉得很稀奇，拿在手上仔细端详。

另一个警察看到后问业务员："你在干吗？"

印刷厂的业务员拿着石头给警察看："这块石头。"

"这石头怎么了？"

"这是石版用石。"

警官一把抢过这块石头。

之后,警察带着石头去了石版印刷厂。印刷厂的工作人员仔细检查了这块石头,发现上面有浅浅的白线,说这是用金刚砂打磨过的石头,是制版时用剩下的废石。

印刷厂受警方委托,用阿拉伯树胶拓印,涂上制版用的墨水、试图再现已经消失了的制版字样。石头被涂成全黑,乍看之下什么都没有,但还是依稀再现出一小部分字样。将那一小部分放大后,可以看出是酒或酱油用的标签,最后终于辨识出酿造厂的名字。

警方的调查工作从此正式展开。

等我一年半

一

案件的大致情况如下——

被告须村智子，二十九岁。罪名：杀夫。

须村智子在战争期间毕业于某女专①后，成为某公司的职员。由于男人在战时多被征召入伍，大多数公司都很缺人，所以雇用了一大批女性职员。

战争结束后，男人陆续退伍回归社会，公司渐渐不再需要女职员。两年后，战时被雇用的女职员们纷纷被迫离职，须村智子也是其中之一。

不过须村智子在职期间爱上了一个男同事，很快就与其结婚。那个人名叫须村要吉，比须村智子年长三岁，因其学历只是中学毕业，对拥有高等女专学历的须村智子一直仰视，并主动向须村智子表白求爱。单从此事就可见出他并非男子汉，而是一个有点儿弱的

---

① 日本在《学校教育法》（1947年）实施前，针对女性进行专门教育的高等教育机关。

男人，但须村智子看上的正是他的这一点。

之后的八年间，夫妻俩相安无事，并生下一儿一女。须村要吉的学历不高，只能当一个没有晋升机会的小职员。但他工作很认真，薪水虽少，却还是存下了些小钱。

然而没想到，到了昭和××年，须村要吉的公司因为业绩不佳而决定裁员，向来不受上司器重的须村要吉只能和一批老员工一起被裁掉。

须村要吉这下可慌了。虽然经人介绍换了两三家公司，但结果不是工作内容不适合，就是薪水实在太低。于是，须村智子只好也出来工作。

一开始，她做过相互银行①的上门收款人，把自己累到半死，收入却少得可怜。后来通过在外面认识的某女性朋友的介绍，须村智子成为△△人寿保险公司的业务员。

她最初的表现并不理想，后来得到介绍她加入保险公司的女前辈传授诀窍后，业绩逐渐好转。须村智子虽非美女，却有一双大眼睛和一口整齐的靓齿，笑起来，唇形别有一番亲切可掬；再加上是女专毕业，在业务员中属于知识分子，向客户推销保险的时候总有

---

① 根据1951年《相互银行法》所设立的中小企业金融专门机构。

一种知性的说服力。于是，她逐渐赢得客户的好感，工作也变得顺利很多。毕竟做保险的诀窍就在于耐心、亲和力与说话技巧。

之后，她的月收达到了一万两三千日元的程度。妻子的事业蒸蒸日上，相较之下，丈夫须村要吉却完全陷入失业状态，不管什么工作都做不长久，最后只能无事可做，靠须村智子的收入过活。面对妻子，他总是嘴上挂着一句又一句的"对不起"，行动上却是整天在家里游手好闲。

须村智子并非按月领薪，每个月的底薪非常微薄，大部分收入还得靠业绩奖金。如果哪个月的业绩不好，当月的收入就会少得可怜。

而且各家保险公司业务员之间的竞争也相当激烈。在看似广大的东京市内，到处都是毫无空子可钻的竞争浊流，甚至让人觉得新客源已经被开发殆尽。须村智子觉得在东京市内已没太多市场空间，于是开始琢磨其他出路。

终于，她看准了建设水坝的工地。当时，各家电力公司为了开发电力资源，掀起了建设水坝的热潮。这种工程通常由大型建设公司承包，一个工地上往往会有数千名甚至上万名工人。这些人个个都得接触高危的堰堤作业或使用炸药的爆破作业，随时有死亡或受伤的危险。而且工地多半位于交通不便的深山里，就算是最勤快的保险业务员，也不会大老远地跑去那里……不对，是他们都没想到。

须村智子发现那里才是真正的处女地，于是邀请一个和自己关系不错的女业务员一起前往位于邻县深山的水坝工地，食宿当然是自掏腰包。

她将四处漂泊、居无定所的临时工排除在外，专找那些直属于建设公司的技师、技工、机械操作员或工地主任。她认为这些人都是较为稳定的上班族，一般不会有经济问题。

这个新领域让她大获成功。虽然这些人基本上都已加入集体保险，但因为每天与危险相伴，所以只要须村智子多劝几句，对方大多轻易地就答应投保。这让须村智子一下子业绩骄人。后来，她觉得按月去深山收取保费不太方便，于是请他们全都按年缴费。

她的这一业务拓展成就非凡，收入倍增，几乎每个月都有三万多日元的进账。

虽说生活因此变得宽裕不少，却不料丈夫须村要吉竟因此变得更加懒惰，对须村智子的依赖也越发强烈，摆出一副从此就靠须村智子赚钱养家的态度，完全没有再出去找工作的念头，每天得过且过，浑浑噩噩。

不仅如此，过去曾节制饮酒的须村要吉，最近却常外出买醉。

成天在外工作的须村智子把家用都交给须村要吉管理，他却从中偷钱买酒。一开始每次只敢偷一点儿，但随着须村智子的收入越来越多，须村要吉的胆子也越来越大。

须村智子觉得自己常年在外奔波，丈夫在家肯定不爽，所以对他拿钱出去喝酒的事总是睁一只眼闭一只眼。况且她也不喜欢看到丈夫像个孩子似的害怕自己，喝个小酒还得偷偷摸摸。所以有时候下班回到家，她甚至会主动丈夫出去喝酒。每到这种时候，丈夫总是一副理所当然的模样，乐呵呵地出门。

而这个靠须村智子养活的须村要吉，竟然在外面有了女人。

二

就之后的结果而言，须村智子自己多少也得负一些责任，因为把那个女人介绍给须村要吉的正是须村智子。须村要吉的情人正是须村智子的老朋友。

那女人名叫胁田静代，是须村智子学生时代的同班同学，某天，她们偶然在路上重逢。胁田静代的丈夫早死，她说自己在涩谷一带经营小酒馆，并当场给了须村智子一张名片。学生时代貌美如花的胁田静代，如今像完全变了个人似的，憔悴干瘦，整张脸像只狐狸。看到她这副模样，须村智子可以想象她那家小酒馆的生意有多惨淡。

"哪天有空,我去你店里玩。"须村智子临别时对胁田静代说。

胁田静代听说须村智子的收入后艳羡不已。

须村智子回家后把这件事告诉了须村要吉。

"我改天去捧个场吧,既然是你的朋友,应该会对我算得便宜点儿吧。"说着,他瞥了须村智子一眼。

须村智子觉得反正到哪里都一样是花钱喝酒,当然是去越便宜的地方越好,况且这样还能帮帮胁田静代,于是回答说:"也好,那你就去吧。"

过了一阵子,须村要吉真的去光顾了胁田静代的店,回来后向须村智子报告说:"那地方很小,才五六个客人就挤得不行了。虽然看上去脏兮兮的,但店里的酒倒还不错。托你的福,她给我算得很便宜。"

"是吗?那太好了。"须村智子说。

须村智子每个月会花一周时间要去水坝工地。一旦在一个工地和工人们混熟了,自然会有人替她介绍其他工地的工人们,于是她不断地在A水坝、B水坝、C水坝间来回跑,保单应接不暇,收入也越来越多。

须村智子将赚来的钱悉数交给须村要吉管理。这时,这个家里的男人与女人的位置已经彻底颠倒。事后她自己曾经感慨,错就错在这一点。

须村要吉的懒惰与日俱增,有时还会耍些小聪明,连哄带骗地把钱拿去喝酒,而且一天比一天大胆。有时须村智子下班回到家,只见两个小孩饿着肚子哇哇大哭。须村要吉经常中午出门,直要到三更半夜才带着浑身的酒气回到家里。

要是须村智子忍不住质问,他多半会厚颜无耻地倒打一耙、朝须村智子大吼大叫:"老子是一家之主,不是用人!世上哪个男人不喝酒?别以为赚了一点儿小钱就可以给我脸色看。"

一开始,须村智子觉得那是须村要吉的自卑感在作祟,所以多少还有几分同情。但渐渐地,须村智子的怨气越积越多,于是夫妻之间的口角也逐渐变多。须村要吉像是赌气似的,一拿到钱就出去喝到半夜才醉醺醺地回家。而须村智子下班回到家还得忙着煮饭、照顾孩子,甚至每当要去水坝出差,她还得拜托邻居代为照看这个家。

后来须村智子开始意识到,越是表面看上去很弱的男人,内心就越潜藏着一股狂暴的戾气。须村要吉变得几乎每天都对须村智子拳打脚踢。最可恨的是,因为须村要吉的挥霍,全家人陷入了贫困的囚境。即使须村智子每月有高达三万日元的收入,家里却连买米钱都拿不出。孩子所在学校的家长会的会费和午餐费也一再拖欠，更别提给孩子买新衣服了。不仅如此，须村要吉还变得一喝醉就把熟睡中的孩子叫醒、动粗。

有个朋友实在看不下去，便把须村要吉出轨的事悄悄告诉了须村智子。当她得知对方竟是胁田静代时，当场惊呆了，气得七窍生烟。但须村智子当时对那位朋友说自己不相信。后来想想，当时那个朋友看自己一定是到一脸蠢相，但她只能尽量克制，保持理性，不想感情外露。出于同样的理由，她也没有冲去找那个女人兴师问罪，闹得人尽皆知。

她回家低声诘问须村要吉时，须村要吉却大言不惭地说："跟你比起来，胁田静代好太多了。我迟早要跟你离婚，娶那个女人过门。"从那以后，只要夫妻俩一吵架，这种话就会从须村要吉的嘴里冒出来。

之后，须村要吉开始把衣柜里的衣服拿去当掉换钱。每次趁须村智子出差，他就为所欲为。到最后，须村智子的衣服一件不剩，甚至没有衣服可以替换。而从当铺换来的钱全被他拿去贴给那个女人。须村要吉认识胁田静代才半年，一家人的生活就已变得困窘不已。

须村智子觉得这世上再没有人比她更不幸了。她经常忍不住掉眼泪。一想到孩子们的将来，她更是难过得夜不能寐。但每当天一亮，她还得用冰块冷敷红肿的眼皮，强颜欢笑地到处拉保险。

昭和二十×年二月的一个寒夜，须村智子在熟睡的孩子身旁默默流泪。她当天回家时没见到须村要吉的人影，孩子说："爸爸傍晚就出门了。"

半夜十二点多，将近一点的时候，须村要吉回到家，猛敲大门。他们住的屋子只有两个房间，都是只有四张半榻榻米大小，如今，地上的榻榻米全都破了，到处是须村智子用硬纸板修补过的痕迹。须村智子踩着破旧的榻榻米走到泥地的玄关处，打开大门。

关于之后发生的事，须村智子在自首笔录中这样写道——

三

我的丈夫醉得东倒西歪，面色铁青，两眼发直。他看到我在抹眼泪，就一屁股在孩子们的枕边盘起双腿，然后破口大骂："你哭什么？老子喝点儿酒回来，你就故意掉眼泪给我看是不是！"

我说我辛苦工作赚来的钱几乎全都被你拿去买酒，连小孩的学费都付不出来，米也没钱买，亏你还好意思每晚都喝得烂醉。

我们每次吵架说的都是这些话，但那晚，我丈夫的脾气似乎特别大。

他嚣张地说:"别以为你赚了点儿钱就可以感觉高高在上。你看我失业,瞧不起我了,是吧?我可不是吃软饭的!"他还说,"你是在吃醋吧?蠢货!你那张脸根本就不配吃醋,看了就让人来气。"话音刚落,就突然甩了我一个耳光。

我心想他肯定又要开始动粗了,于是赶忙缩紧身子。

他接着说:"我已经不想和你过了,我要和胁田静代在一起,我们走着瞧。"

说完他好像突然觉得我很可笑似的,大笑起来。面对他的百般羞辱,我还是选择忍耐。说来也奇怪,我对胁田静代并没感到任何嫉妒。

我不清楚胁田静代如今的性格如何,但我觉得她应该不至于真的想嫁给这种烂人。说到底,她肯定是为了钱,才花言巧语地骗我丈夫的。一想到我丈夫那么容易上当受骗,我就打从心底里觉得可气。

这时我丈夫却说:"你那是什么眼神?那是做老婆的该有的眼神吗?够了!别跟我来这一套!"他一边吼叫,一边不停地踹我的腰和腹部。见我上气不接下气,动弹不得,又把孩子们的被子一脚踢开。

他把熟睡中的孩子吵醒,不分青红皂白地拽起孩子的衣领就动手打。我丈夫每次发酒疯都会对我和孩子们使用暴力。两个孩子不断哭着大叫"妈妈！妈妈！"我恍惚间从地上跳起来，拔腿冲向门口。

一想到孩子们将来的不幸和自己的悲惨生活，越发强烈的恐惧涌上我的心头。我当时真的是害怕至极，所以手里握紧了闩大门用的橡木门闩。

我的丈夫还在继续打孩子。七岁的儿子尖叫着逃开了，五岁的女儿正在被他毒打，满脸通红，好似火烧，瞪着眼睛哇哇大哭。

就在这时，我突然猛地挥起门闩，用尽全力朝我丈夫的头上砸了下去。我丈夫被这一棒打得摇摇晃晃，想要转过身朝我扑来。我吓得惊慌失措，于是又一次抡起门栓给了他一击。

这一击将他打趴在地。看着趴倒在地上的他，我还是觉得他会再爬起来袭击我们，我非常害怕，所以第三次举起木门栓朝他的脑袋砸了下去。

最后我看到他在榻榻米上吐了血。整个过程只有短短五六秒，我却觉得好像干了长时间的粗活，筋疲力尽地瘫坐在地……

关于须村智子杀夫的犯罪经过，大致如上所述。

须村智子是主动投案自首的。警视厅搜查一课根据她的供述作了详细调查，之后确认一切如她所言。须村要吉的死因是遭到橡木门闩重击，后脑头盖骨骨折。

此案一经报道，世人一边倒地同情须村智子，寄到警视厅的慰问信和陌生人送来的慰问品不计其数。当然，其中大部分是女性。

等到公开审理此案的时候，大家对须村智子的同情更是有增无减。女性杂志还特地将此案大肆报道，刊登了诸多评论家的相关评论。

其中，知名女性评论家高森泷子对此案最感兴趣，发言最多。事件刚上报，她就公开发表意见，之后又在多家杂志，特别是以已婚妇女为目标读者的杂志上专门就此案撰写文章。其内容汇总整理后，可大致归纳重点如下——

这起案件比其他任何案件都更为深刻地揭露出日本家庭中丈夫的蛮横粗暴。自身毫无谋生能力的丈夫居然不顾家庭，把钱拿去喝酒，在外包养情妇。这个男人从头到尾都没考虑过妻子的不幸与小孩的前途，也从没想过他花的每一分钱都是妻子用她那孱弱的臂膀辛苦打拼挣来的。

不少中年男人都会厌倦结发的糟糠之妻，却对其他女人产生兴趣，这是不可饶恕的不道德行为，是丈夫在日本家庭制度中的特殊地位滋长了这种自私的自我意识。当今社会中，仍有一部分人对这种恶习姑息纵容，我们必须打破这种旧观念。

尤其是本案中的丈夫，实在令人发指！半夜从情妇那里喝得烂醉回到家，不仅对独立辛苦地支撑家计的妻子暴力相向，甚至连亲生的小孩都不放过，这种丈夫毫无人性。

而须村智子对丈夫逆来顺受的行为，同样是出于一种被错误地誉为美德的"贤妻良母"的传统观念。她虽然受过高等教育，具有相当的教养，却还是犯下了这种过错。但她终究克服了这个缺点。我能从她身上感受到面对无耻丈夫时的义愤与怒火。不仅自己受到虐待，还眼睁睁地看到心爱的小孩遭到毒打，她会因不安与恐惧失控，这完全情有可原。

我认为在精神层面上，这种行为毫无疑问属于正当防卫，任何人都应该能理解她当时的心理与立场。法院应对她作出最轻判处。就我个人意见而言，我甚至主张她完全无罪。

高森泷子因为对此事的评论得到了诸多女性的共鸣，她每天都会收到成堆的读者来信，表达对她的意见的同感与支持。甚至有不少读者希望高森泷子站上法庭，为须村智子担任特别辩护人。

高森泷子因此在社会上声名鹊起。她动员其他女性评论家联名写信给法官,为须村智子请愿减刑。事实上,她真的担当了须村智子的特别辩护人。她身穿和服的肥胖身形与低着头的被告人的大幅合影登上了报纸。受到此举的鼓舞,全国各地都纷纷给法院寄去请愿书。

最后法院的判决是:拘役三年,缓刑两年。

须村智子在一审时就表示服从判决。

四

某一天。

一名陌生男人前来拜访高森泷子。一开始,她以忙碌为理由拒绝见面,但对方表示是为了须村智子的事前来请教,于是她决定在会客室里见上一面。对方名片上印的名字是冈岛久男,但左侧的地址不知为何用黑笔涂掉了。

从外表来看,冈岛久男年约三十岁,体格强健,肤色黝黑,浓眉毛,高鼻梁,厚嘴唇,给人一种精力旺盛的感觉,但他的眼睛如少年般清透。高森泷子对那双漂亮的眼睛很有好感。

"您说您是为了须村女士的事而来?请问有何贵干?"高森泷子用她那婴儿般肉嘟嘟的手指捏着名片问。

冈岛久男一脸质朴地说:"百忙之中唐突打扰,实在非常抱歉。

关于须村智子的案子，我已在杂志上悉数拜读过老师您的意见，深感敬佩。"

"能判缓刑实在是太好了。"高森泷子说着，眯起圆脸上的小眼睛，微微点头。

"这全是老师您的功劳，是托老师您的福。"冈岛久男说。

"哪里哪里，与其说是靠了我的力量，"高森泷子皱皱塌鼻梁笑着说，"不如说这才是社会的正义，是舆论的力量。"

"但引导舆论的正是老师您，所以还是应该归功于您。"

高森泷子不予否认地笑了笑，肉肉的下巴显得可爱。她张开薄薄的嘴唇，露出一口白牙，一脸满足地听着对方的溢美之词。那种名人常有的适度自负的大家气质，此时在她的脸上化为微笑，荡漾开来。

不过高森泷子还是很好奇，此人究竟为何而来？从他的语气来看，他似乎也很同情须村智子。高森泷子不动声色地移开视线，眺望着落在会客室玻璃窗上的春日阳光。

"我认识须村女士。"冈岛久男似乎察觉到了高森泷子的心思，于是主动开口，"在须村女士的介绍下，我购买了她那家公司的保险。所以，我比一般人更为关注这起案件。"

"原来如此。"高森泷子有所明白，收起下巴，肥嘟嘟的脖子挤成两圈。

"她是个很会待人接物、亲切的好女人,我实在不敢相信这种女人会杀夫。"冈岛久男描述着他对须村智子的印象。

"她那种性格的人一旦受到刺激,是有可能会不顾一切地豁出去的,毕竟她已经一忍再忍。如果是我处在相同的情况,说不定也会做出同样的举动。"高森泷子说着又眯起小眼睛。

"老师您?"冈岛久男有点儿诧异地抬眼看着高森泷子。他的眼神中带着深深的怀疑,眼前这个冷静的女评论家倘若发现丈夫有了小三,是否也会像市井婆娘一样大乱方寸?

"是的,一旦被怒火冲昏了头,理性就无处可寻了。即便是须村女士那种女专毕业的人,也可能因为冲动而失去理智。"

"呃,说到冲动杀人,"冈岛久男瞪大了他那双少年般清透的眼睛凑近说,"须村女士此举是否有生理上的原因?"

从冈岛久男的厚嘴唇里突然冒出"生理"这个词,让高森泷子觉得有点儿狼狈。她马上回想起曾经看过当时的审判记录,须村智子犯罪当天并非生理期。

"我想应该和那个无关。"

"不,"冈岛久男露出略带腼腆的表情,"我指的不是生理期,我是指他们的夫妻生活。"

高森泷子脸上的笑容消失了。她觉得这个男人似乎知道一些内情,但还不清楚他到底想说什么。"您是说她的丈夫须村要吉有生理上的缺陷?"

"恰恰相反!我认为也许是须村女士有问题。"

高森泷子稍作沉默,像是为了故意缓和气氛,喝了一口开始变凉的茶,然后再次抬起脸看着冈岛久男问:"您说这话有什么根据吗?"这是她展开辩论时一贯的发问态度,为了找出对方的弱点,得自己先冷静下来,然后向对方追问论据。

"没,也算不上有什么根据……"冈岛久男被高森泷子眼神中的咄咄逼人看得突然有些露怯,"其实是这样的。我呢,和须村要吉的一个朋友略有交情,据那位朋友说,须村要吉在很早之前——对,大约是一年半之前,就曾发过牢骚,说他老婆一点儿都不配合。我认为他那句话也许就是指他与须村女士没有正常的夫妻生活。"

"这我可不知道。"高森泷子不太高兴地说,"我站在特别辩护人的立场,曾经看过审判时的记录,其中完全没提过这种事。当然,想必在送审之前,警方已对这方面作过调查,既然没有相关记录,可见须村智子应该没有什么生理问题。依我看来,是因为须村要吉在外面有了别的女人,须村智子才拒绝行房!"

"不,那事发生在须村要吉与胁田静代有染之前,所以我才起疑……要是如您所说,须村女士没有生理上的问题,那就有点儿奇怪了。"冈岛久男的眼神中露出若有所思的表情。

五

高森泷子微微皱眉。她的眉毛和眼睛一样细长,而且看上去很淡。

"奇怪?你这话什么意思?"

"我不懂她为何要拒绝丈夫。"冈岛久男小声说。

"女人嘛,"高森泷子像在蔑视男人似的,回答说,"对于夫妻生活,有时候确实会产生强烈的厌恶感。这种微妙的生理性心理,你们男人恐怕是很难理解的。"

"原来如此。"冈岛久男点点头,但仍是一脸茫然,"问题是,根据我的推测,须村女士出现这种状态,应该是在她丈夫与胁田静代相好的半年之前。换言之,须村女士的拒绝状态持续了半年之久,然后须村要吉才开始与胁田静代发生关系。我认为这两个事实之间应该存在因果关系。"

冈岛久男刻意用了比较强硬的"因果关系"这个词,高森泷子也听出了他的言外之意。

"也许吧。"高森泷子说完,那淡淡的眉头皱得更紧,"须村要吉的不满在胁田静代身上找到了出口,你是这个意思吗?"

"也可以这么说。"冈岛久男在继续说下去前先抽出一支烟,"那个名叫胁田静代的女人是须村女士的老朋友。而且,一开始让须村要吉去胁田静代店里的,正是须村女士。这或许不是她的本意,但就结果而言,制造机会、撮合丈夫与胁田静代在一起的,正是她本人。"

冈岛久男点烟之前,高森泷子的细眼中突然好像闪过一道光:"你是在暗示——是须村智子故意让胁田静代抢走她的丈夫?"

"不,这一点我还不敢断言。但就结果而言,至少是她扮演了牵线的角色。"

"如果都像你这样仅凭结果论断,哪里还讲得清是非!"高森泷子有点儿激动地反驳,"而且,结果往往与当事人的意志截然相反。"

"那倒也是。"冈岛久男听完,乖乖地表示赞成,从他的厚嘴唇中喷出的青烟在窗口的阳光下发亮,飘然,"不过有时候也会出现计划中的结果。"他冷不防地冒出一句。

啊?高森泷子心里暗暗称奇。听冈岛久男的说话方式,似乎他握有确凿的证据。

"你的意思是——须村智子从一开始就计划好了?"

"真实的想法只有当事人自己知道,而我只能进行推测。"

"你是根据哪一点这么推测的?"

"根据须村女士主动拿钱给须村要吉,让他去胁田静代店里喝酒这一点。但那只是一个开始。"

"关于那一点,"高森泷子眨着细眼提出反驳,"我认为是出于须村智子的温柔体贴。丈夫失业在家,整天无所事事。她身为妻子,从早到晚在外奔波工作,感觉到了丈夫心有苦闷,所以才好意劝他出门散心。而且让丈夫去胁田静代的店里喝酒,是因为她觉得胁田静代一定会在价钱上给予优惠。而且一样要花钱喝酒,不如给经济拮据的朋友捧个场。只是她没想到好心没好报,估计她做梦都没想到最后竟会落得那种结局。所以我不赞成你那种逆向判断的想法。"

"若把那种举动解释为她对丈夫的宽容,倒也不是不可以。"冈岛久男点点头继续说,"须村女士好心安排,没想到须村要吉却狠心背叛,迷上了胁田静代。妻子辛苦赚来的钱全被丈夫拿去养小三,丈夫甚至还把家里的东西拿去变卖。眼看着生活日渐窘迫,丈夫却无动于衷,依旧天天跑去找小三,每晚喝到三更半夜才回来。而且每次丈夫一回来就会借酒发疯,虐待妻小。须村女士的宽容体贴反而招来祸害，一家人的生活因为丈夫出轨胁田静代而变成一团糟。这么说来，须村女士对胁田静代这个情敌应该恨之入骨吧？可为什么须村女士从未去找胁田静代理论过？至少在她被逼到那种地步之前，应该可以先去找一下胁田静代兴师问罪吧？她们本来就是朋友，并非素不相识。"

"这是常有的事，"高森泷子平静地回答，"是有妻子会去找丈夫的情人兴师问罪，但那是一种愚蠢的行为，找情妇理论其实是在伤害自己，有教养的女人绝不会做那种丢人现眼的事，因为丈夫的耻辱就是妻子的耻辱，站在妻子的立场上，必须顾全颜面与责任。须村智子是女专毕业的知识分子，所以她不会做出那种没教养的举动。"

"原来如此，也许确实如您所说。"冈岛久男像刚才一样，先表示赞成，随后又提出反对意见，"不过话说回来，"他用同样的语调接着说，"须村女士毫无理由地拒绝丈夫长达半年之久，在这种情况下，还把丈夫介绍给胁田静代。对方是经营酒吧的寡妇，须村女士的丈夫嗜酒如命，生理上又处于饥渴状态。此时，危险的条件可谓全都凑齐了。丈夫与情人间顺理成章地有所发展，须村女士却像在冷眼旁观，也从未对丈夫的出轨对象表达过抗议。将这些事实罗列出来，我发现其中贯穿着某种意志。"

六

高森泷子那双惺忪细眼中流露出一股敌意的光芒。她将会客室精心布置成能让人感到舒适放松的风格,墙壁的色调、装裱起来的画、成套的沙发和四隅的摆设……——表现出她不凡的品位。

然而,身为女主人的她,此刻却觉得自己与这里的氛围格格不入了,她的表情因内心的焦躁而表现出了动摇。

"你所谓的意志,莫非是指须村女士在暗中策划了某个计划?"高森泷子加快语速,反问冈岛久男。

"这只是我的推测,仅凭已知材料推测所得……"

"你那些所谓的推测的理据未免太站不住脚。"高森泷子当下顶了回去,"我通常看人很准。自从我介入这起案件之后,看过大量的调查报告,还曾以特别辩护人的身份与须村女士见过很多次。在法院的所有记录中,至始至终都没有出现你所胡乱怀疑的那些问题。

"此外,我见到须村智子以后,被她那种充满知性的气质深深打动。她那双清澈的眼眸本身就是一种纯真。这么好的女人凭什么必须遭受丈夫的暴力和虐待?我越发对她的丈夫感到无比愤怒。那么出色、有教养的女性,真的很难得。我非常相信自己的直觉。"

"关于须村女士的教养,我也深有同感。"冈岛久男蠕动着厚嘴唇喃喃地说,"我确实也这么觉得。"

"你到底是在哪里认识须村智子的?"高森泷子质问道。

"刚才我说过了,我是须村女士的保险客户。忘了告诉您,我在东北深山的△△水坝建设工地工作,是××组的技工。"

冈岛久男第一次正式表明身份。

"我们在深山里的生活只有工作而已,相当枯燥乏味。"他接着说,"每次都得坐上大卡车摇摇晃晃一个半小时,才能抵达有火车经过的小镇。每天收工之后,晚上也没有任何消遣,生活只剩下吃饭和睡觉。

"起初也有人用功念书,但最终还是被周遭的无聊氛围影响。之后,晚上开始流行用象棋或麻将赌博。每个月,我们只有两次休假,但最多只能去一里之外的山麓小镇晃一圈,或是去专门为大坝工人临时开设的勾栏瓦肆里发泄一下。在那种地方,有时候一个人一次就能用掉一两万日元。

"'玩'过之后,我们再回到山上。没人会感到满足。毕业之后,我们是自愿加入这一行的。但在山里待久了,终究还是会想念都市。光看着那些雄伟的山岳过日子,终究还是不够。"

不知从何时起,冈岛久男的语气变得有些感慨。

"当然,也不是没人谈恋爱,只不过对象都是附近的农村姑娘,既无知性,也无教养。只要是个女人就行。说到底,只是一种没办法的办法,因为在那种环境下根本没得选。但终究还是会觉得心有不甘。所以那些人开始后悔,接着就选择听天由命。真的都很可怜。"

高森泷子默默地听着,肥胖的身体动了一下,椅子立刻吱呀作响。

"就在那时候,从东京大老远跑来拉保险的须村女士与藤井女士出现了。滕井女士已经年近四十,所以没那么抢手,但须村女士就不一样了,她就像我们那些臭男人的女神。

"她其实算不上什么大美女,但那她张脸蛋颇有男人缘,再加上她说起话来很有知性的气质,那是一种假装不出来的、从骨子里散发出来的光芒。说来也奇妙,她的知性气质让她那张原本普普通通的脸蛋也跟着漂亮起来。不对,应该说在深山里,她就是个大美女。此外,她说的每一句话、讲话时的抑扬顿挫,还有她的举手投足,无不散发出我们可望不可即的东京女子的风情万种,也难怪她会那么受大家的欢迎。

"而且,她似乎对谁都很亲切。当然,那应该是为了做生意。但大家明知如此,却还是心甘情愿为其买单,不仅纷纷向她购买保险,还主动介绍朋友一起投保。我想她的业绩肯定好得出奇。她平均每隔一两个月就会出现一次，每一次，大家都热烈欢迎她。她也都想着大家，常会带些糖果之类的礼物过来。虽然都是些不值钱的小东西，但大家都很高兴，哪怕只是看到东京百货商店的包装纸，都会有人怀念不已。"

说到这里，冈岛久男暂时停顿了一下，啜了一口杯中剩下的冷茶。

"对了，还有另一个原因让大家对她产生了好感。那就是——她自称是个寡妇。"

高森泷子原本半闭着的眼睛突然睁大，盯着冈岛久男。

"这也不能怪她。拉保险本来就有很大成分是靠业务员的个人魅力，说得极端一点儿，就像每个风尘女子都自称自己是单身一样。须村女士总是微笑着对大家说，正因为自己是单身，才能这样常常出来工作。对于她的这番说辞，大家都深信不疑。所以，还有人写情书给她。"

七

冈岛久男重新点燃熄灭的香烟，继续往下说。

"当然，须村女士从不透露自己的住址，所以那些情书全都寄去了保险公司。这种小小的谎言应该可以被原谅吧？毕竟这也是她为了工作的无奈之举。然而,正是因为她的这种做法,好几个男人开始明目张胆地追求她。

"他们之中,有人劝她不要再和同事结伴来访,而是一个人过来。每次她俩过来,晚上都住在开发商专门为视察人员准备的宿舍里。宿舍只有一间,有些追求者干脆不请自来,直接跑到那里,赖到很晚都不肯离去。

但是,须村女士总是面带微笑,巧妙地避开了那些诱惑。在工作中,她早已学会如何既不得罪对方又能灵巧地脱身。她绝非不贞的女人,这一点我可以断言。但是……"从这一句"但是"开始,冈岛久男的语气似乎有点儿改变,变得像是一边冥想,一边喃喃自语。

"但是在水坝工地上,有很多了不起的男人在为这份工作燃烧生命。换个风雅些的说法,他们是向层峦叠嶂的大自然发起挑战的男人,他们从事的是以人力改变天地的工作,真的都是很有男子气概的男人。

"每当看到这种男人,我猜须村女士心中都会浮现出那个令她厌恶的窝囊老公,而且厌恶的程度肯定一天比一天严重吧。相较之下,一边看起来越来越优秀,另一边却越来越厌恶——"

"容我插一句,"一直默默倾听的女评论家此时明确地表达出不悦,打断了他的话,"这些都是你的想象吗?"

"是的,都是我的想象。"

"既然是想象,就不用说这么多了。我待会儿还有工作。"

"对不起。"说着,冈岛久男站起来鞠了一躬,"剩下的我就长话短说吧。我猜想,须村女士理所当然地对深山里的某个男人产生了好感。再假设,那个男人也对她产生了超越好感的情愫。这其实也很合理,毕竟那个男人一直以为她是个寡妇。而且在那个男人的心中,没有哪个女人比她更有具知性美了……

"须村女士想必非常苦恼,因为她家里还有须村要吉这个丈夫,一个可恶至极的丈夫。随着对另一个男人越发倾心,她就越来越渴望摆脱这个丈夫。但须村要吉绝不可能放她走,所以她根本不可能离婚。唯有丈夫死亡,她才能得到解脱,也就正如她对外宣称的那样成为寡妇。不幸的是,须村要吉的身体很健康,所以她无法指望丈夫暴毙。除了将丈夫诱上死路,她没有其他选择。"

高森泷子脸色发白,一时说不出话来。

"可杀夫是一条重罪。"冈岛久男继续往下说,"就算杀死了丈夫,若自己被判死刑或无期徒刑,结果也还是毫无意义。于是,聪明的须村女士开始思考——有什么方法可以既杀死丈夫又不用坐牢?办法只有一个,就是获判缓刑。如果被判缓刑,只要今后不再犯罪,就可以保持自由之身。除此之外,别无他法。

"想获判缓刑就需要满足'酌量减刑'的条件。须村要吉虽然没有谋生能力,却并不符合这个条件,因此,须村女士只能自己创造条件,而她果真冷静地创造出了这个条件。她首先充分算计好须村要吉的个性,接着,就像把水流引入已挖好的沟渠中那样,把须村要吉诱入陷阱就行。这就是她为期一年半的计划。

"起初的半年里,她不断地拒绝与须村要吉行房,使他处于饥渴状态,这就打好了第一个基础。接着,她主动让须村要吉去找那个经营小酒馆的寡妇,她算准饥渴的丈夫一定会向那女人求欢。

"就算没有胁田静代,须村要吉大概也会去找其他女人。毕竟这种女人很多,胁田静代只是其中之一。须村要吉很快迷上了胁田静代,他那种毁灭型的个性,加上粗暴的酒品,逐渐破坏了正常的家庭生活,正如须村女士所供述的那样。只不过由于没有人从头到尾地目击全过程,须村女士在受到指控时所说的那些事实很可能有夸大的成分。这个过程约耗时半年。

"半年间,须村要吉变成了她预期中的人物,其所作所为正中她的下怀。换言之,此时已经具备了让法官'酌量减刑'的条件。她的计划进度与须村要吉的个性发展,全都如她所料。

"然后,她付诸行动,之后接受审判,判决结果也完全如她所料。这场审判历时半年,也就是说,从她开始创造条件之时算起,整件事总共历时一年半。对了,说到一切如她所料,当然也包括所谓的舆论……"

说到这里,冈岛久男瞥了一眼女评论家的脸。

高森泷子脸色惨白,一张圆脸上血色尽失,薄薄的嘴唇微微颤抖。

"我问你,"高森泷子吸了吸扁扁的鼻翼问,"这些都是你的凭空想象吗?还是你有什么确凿的证据?"

"不只是我的想象。"面色黝黑的冈岛久男回答,"在我向须村女士求婚的时候,她对我说:'等我一年半。'"

说完这句话,冈岛久男把烟盒塞进口袋里,从椅子上站起身来。

迈步离开前,他再次回过头对女评论家说:"不过,就算我四处声张,须村女士的缓刑判决也不可能有所改变。这一点请您放心。即便有确凿的证据出现,法律规定:一事不再理。一旦作出了判决,法律上绝不会认同对当事人不利的重审。须村女士似乎连这一点都考虑到了。只不过……"

他用那双孩子般的眼眸怔怔地看着高森泷子。

"只不过,她唯一失算的是,等了她一年半的对象,最后却逃之夭夭了。"说完,冈岛久男鞠了个躬,转身走出房间。

订阅地方报纸的女人

一

　　潮田芳子给甲信报社汇去一笔钱，说要订阅《甲信新闻》。这家报社位于K市，从东京搭乘快车约两个半小时。虽说这家报社在该县也算得上是一份有影响力的大报，但在东京，当然不会有这种地方报纸的销售点。如果想在东京阅读该报，只能直接向该报报社汇款订阅，然后由报社将报纸邮寄给读者。

　　二月二十一日，潮田芳子用挂号方式将现金寄出。在信封里，她还附上一封短信——

　　　　因为读到在贵报上连载的《野盗传奇》，觉得很有趣，所以想订阅贵报，随信附上订阅费。请从十九日的报纸开始寄送……

　　潮田芳子曾在K市车站前一家生意冷清的小饭馆里读到过《甲信新闻》。当时她点的面还没做好，女服务员拿来一份报纸放在简陋的餐桌上给她解闷。那是一份一看就觉得是乡下小报、印制粗糙的地方报纸。报纸的第三版都是些不值一提的报道——火灾烧毁五户民宅、村政府官员挪用六万日元公款、小学新建分校、县议员母亲辞世……

第二版的下半部分是一部描写武士故事的连载小说，一旁的插画中画着两名武士正在挥刀过招，作者是没什么名气的杉本隆治。潮田芳子刚看到小说的一半，服务员就端来了面，于是她就没再看下去。

然而，潮田芳子特地把报社的社名和地址都抄在记事本上，《野盗传奇》这部小说的名字也印在了她的脑海之中。小说标题下写着"第五十四回"，报纸日期是十八日。没错，那天正是二月十八日。

离下午三点还有七分钟，潮田芳子离开小饭馆走上街头。这天是这年冬天里难得的温暖晴天，高地的清澄空气中融入暖暖的阳光。这个小镇地处盆地，盆地的南端可见连绵的山峦，雪白的富士山高高在上。在阳光的照射下，富士山看起来有一种异样的朦胧感。

这条路一直朝前走就是白雪皑皑的甲斐驹山岳。阳光从侧面照亮山上积雪，受山坳与光照的影响，雪山从暗处到最亮处形成曲折的阶梯状光之阶梯。

甲斐驹山岳的右侧是以枯叶色为基调的低矮山丘，层层叠叠。

虽然看不清其间的溪谷，却能感到有什么东西正在其中蠢蠢欲动。那山脉的走向对潮田芳子充满特别的暗示。

潮田芳子回头朝车站走去。大批人群正聚集在车站前的广场上，"热烈欢迎××大臣荣归故里"——写着这几个黑字的白底长条旗在黑压压的人群头顶随风飘扬。潮田芳子知道，那旗子上写的那位大臣就出生于这一带。

不久，人潮开始骚动，人群中有人尖叫，有人高呼万岁，只听得掌声雷动。远处的不少人也加快脚步向人群靠近。

大臣站在高于周遭的讲台上，动着嘴开始演讲。他的秃头被冬日阳光照亮，胸前戴着一大朵白色玫瑰。人群变得肃静起来，只在不时地鼓掌时才会显得好似在爆发。

潮田芳子眺望着广场，但她并非独自一人，她身边有个男人也正看着同样的景象。那个男人并非对演讲有什么兴趣，只因被人群挡住了去路而无奈地暂时驻足。

潮田芳子瞥了一眼男人的侧脸。他有着宽阔的额头、犀利的眼神和高挺的鼻梁。曾几何时，潮田芳子觉得那是聪明的额头、可靠的眼神与优雅的鼻子的组合。但如今，那番记忆已变得虚无，只有那男人的咒语依然生效。

演讲结束，大臣走下讲台。人群渐渐散开，人与人之间的距离随之变大。潮田芳子开始迈步前行，刚才站在她身边的男人以及第三个人也一起走了过去……

潮田芳子拿着寄给甲信报社的挂号信，终于赶在邮局三点关门前完成了寄出手续。她将一张薄薄的收据塞到提包的最里层，在千岁乌山站坐上电车，五十分钟后到达位于涩谷的店铺。

酒吧门口闪烁着"界河酒吧"字样的霓虹灯招牌。潮田芳子从后门进入酒吧。

"各位好。"潮田芳子向经理和男女服务生打过招呼后走进更衣室，开始化妆。

这家酒吧此时正在"苏醒"。胖嘟嘟的老板娘顶着一头刚在美容院做好的新发型，在大家的赞美声中走进店内："今天是二十一日，周六，拜托各位加油好好干！"

然后，经理当着老板娘的面，开始对女服务员们进行训示，说A小姐该买件新衣服之类的，A小姐被说得满脸通红。

潮田芳子心不在焉地听着经理训话，心中暗想：也许应该离开这家店了。

她眼前似乎有一艘船正破浪而来。最近，这艘船总不分昼夜地出现在她的眼前。她用手按住自己穿着的礼服裙的胸口，急速的心跳让她觉得非常难受。

二

过了四五天,潮田芳子终于收到了《甲信新闻》。报社将三天来的报纸一起寄来,还贴心地附上一张卡片,表示对潮田芳子订阅该报的感谢。

报社按潮田芳子要求,从十九日的报纸开始寄送。潮田芳子打开报纸,翻到社会版——有人遭盗贼入室行窃、山崩致人死亡、农协被曝舞弊、开始选举镇议员……全都是些无聊的报道。潮田芳子还看到这天的报上刊登了一张那位大臣在K站广场上演讲的大幅照片。

潮田芳子继续翻开二十日的报纸,也没什么特别消息。二十一日也都是普通报道。她将报纸扔进壁橱一角,心想姑且留着,也许以后可以用来包包物品。

之后,潮田芳子每天都会收到《甲信新闻》。因为是按月订阅的用户,所以套在报纸外的牛皮纸封条上油印着"潮田芳子"的姓名与地址。

潮田芳子每天早上去公寓信箱取出报纸,回到房间躺在床上撕开茶色的牛皮纸封条。因为她晚上十二点左右才能回到家,所以一般早上起得很晚。她在被窝里摊开报纸，尽管没什么特别的新闻，她还是从头到尾地仔细浏览。每一次，潮田芳子都失望地将报纸扔在枕边。

日复一日，她每天翻阅，每天失望。每天拆封带的时候，她都心存期待。但十几天过后，潮田芳子依然没看到自己所期待的内容。

第十五天，情况终于有了变化。那是报社第十五次寄来报纸，说是变化，倒也并非来自报纸的报道，而是收到一张意外的明信片，署名：杉本隆治。潮田芳子似乎在哪里见过这个名字，虽然记忆模糊，但确有依稀的印象。

潮田芳子翻到明信片背面，上面的字歪歪扭扭。再看内容，她这才恍然大悟。

> 您好。承蒙您厚爱敝人在《甲信新闻》上连载的拙作《野盗传奇》。在此深表感谢。今后也请多多关照。此致敬礼……

杉本隆治是刊登在那份绑着牛皮封条、天天寄来的地方报纸上的连载小说的作者。潮田芳子这才想起自己当初是以想看这篇连载小说为由订阅该报的，想必是报社的人告诉了小说作者。估计杉本隆治非常感动，所以特地寄明信片向这位新读者表示感谢。

这个小变化，却并非潮田芳子所期待的。对她而言，这不过是没用的废纸。其实她根本没看那篇小说，她觉得那故事的内容一定和明信片上的字迹一样拙劣不堪。

报纸每天都会按时送到，毕竟她付了订阅费，这是理所当然的。潮田芳子依旧每天躺在床上看报。依旧一无所获。她自己也不知道这种失望将持续多久。

终于，潮田芳子熬到了订报后即将满一个月的这天早上。

这天的报纸上依然堆满了寒酸铅字拼缀出的乡下琐事——农协总干事潜逃、公交车坠崖导致乘客受伤、大火烧毁近万平方米山林、在临云峡发现一对殉情男女的尸体……

潮田芳子仔细阅读了有关殉情男女的报道。地点是在临云峡的山林中，第一发现人是林业局的巡查员。发现时，尸体已经腐烂，呈半白骨状，估计死亡时间约在一个月前。死者身份不详。其实这种殉情并不罕见，那座满是奇石碧水、仙境般的溪谷，本来就是著名的自杀或殉情地点。

潮田芳子将报纸叠好，躺回床上，枕着枕头，把被子拉至下巴处，直愣愣地看着天花板。这栋公寓年久失修，发黑的天花板已经开始腐朽。潮田芳子两眼放空，久久地凝视着天花板。

翌日的报纸上，就像是在履行媒体义务一样，详细地报道了殉情男女的身份。死者中的男方三十五岁，生前是东京某百货店的保安；女方二十二岁，是同一家百货店的店员。男方有妻小。这是一起司空见惯的普通案件。潮田芳子抬起眼，脸上毫无表情，是一种事不关己的、放心的表情。对现在的潮田芳子而言，这份报纸已经无用了。她的眼前再度清晰地出现那艘海上的船只。

又过了两三天，甲信报社的销售部寄来一张明信片，上面写着：您所支付的订阅费用现已使用完毕，期待您继续付费订阅。

这报社做生意还是挺积极的。

潮田芳子写了封回信称：因为小说变得无趣了，所以不想再继续订阅。

她在去酒吧上班的途中寄出了这封回信。就在把信件扔进邮筒转身离开的瞬间，她突然想到《野盗传奇》的作者也许会非常失望，于是有些后悔不该写上那种退订理由。

三

杉本隆治看完甲信报社转来的读者回信，非常恼火。

这位女读者正是一个月前主动提出因为对他的小说感兴趣而订阅报纸的人，当时报社也曾把那份写着订阅理由的信转给他看，他自己也曾特意寄出短信以表感谢。没想到，那个读者现在居然说什么因为"小说变得无趣了"，所以停订了报纸。

"女性读者居然这么乱来！"杉本隆治很生气。

《野盗传奇》是他为某文艺通讯社撰写的小说，该文艺通讯社也代理地方报纸的连载事宜，考虑到地方报纸的通俗性与娱乐性，他对小说作了相当大的调整。那是他的倾力之作，字里行间绝无敷衍，所以他对自己的作品非常有信心。因此，当得知有读者特地为了看他的小说而从东京订阅这份地方报纸时，他非常高兴，甚至亲笔写下了表达谢意的明信片。

然而，没想到那位读者现在却以"小说变得无趣了"为由，停止订报，杉本隆治觉得只能苦笑。但他越想越气，觉得自己好像被耍了，越想越觉得不对劲。因为比起之前让该读者觉得"很有趣"而想要订报的那一期，该读者说"变得无趣"的这一期的小说内容明明更加精彩，不仅情节跌宕起伏，耐人寻味，连出场人物也都各自出彩。他自己觉得，小说明明变得越发有趣，甚至可以说渐入高潮。

"这么有意思的内容，居然说无趣？"杉本隆治觉得很奇怪。他本来胸有成竹，觉得这部小说一定会大受欢迎，所以这个任性的东京读者让他心里添了堵。

杉本隆治完全算不上所谓的畅销作家，但他经常为杂志写稿，在圈内，大家都觉得他至少是个聪明的作家。他有些自负，对如何吊住读者的胃口很有心得。《甲信新闻》上正在连载的这篇小说肯定不该是差评。甚至可以说，在写作的过程中，他自己觉得文思如泉涌，妙笔生佳作。

"实在让人想不通。"整整两天，那种心里堵得慌的感觉始终没有散去。第三天，不痛快的感觉虽然减小，却依然似有残渣纠结于心。一天之内，那种感觉总会时不时地涌上心头，甚至比呕心之作遭遇外行恶意差评时还要难受，因为自己的小说害得报社少卖一份报纸，这个事实让他非常不悦。说得夸张一些，他觉得这事儿让他在报社面前丢了老脸。

杉本隆治甩甩脑袋离开书桌，出门散步。他选择了一条常走的道。这一带依旧保持着武藏野地区的昔日风貌，满是落叶的杂木林对面，J池在冬日的阳光下泛着粼粼波光。

他在枯草丛中坐下，凝望着一汪池水。只见一个老外正在池边训练一条大型犬。狗跑到远处叼起主人之前扔出的木棍，然后跑回主人身边。这样的举动反反复复。

他心不在焉地看着这番情景。很多时候，当看多了单调重复的场景，人往往会灵光一现。此时，杉本隆治的脑海中也突然萌生一个疑惑——那个女读者是从小说连载的中途才开始订阅报纸的,虽然她声称"小说很有趣"是她订报的理由,但在那之前,她究竟是从哪里知道那篇小说的?

《甲信新闻》的销售区域仅限Y县,东京并无销售点,所以她肯定不是在东京知道这篇小说的。由此可推测,这个自称潮田芳子的东京女人应该曾在Y县住过,或是从东京来Y县短暂停留过。她应该就是在那个时候看过这份报纸的。

杉本隆治的视线继续随着狗的运动来回移动,同时大脑陷入沉思。如果真是如此,那么觉得小说有趣、不远从东京订阅的读者不可能在短短一个月内突然变卦,以"小说变得无趣了"为由退订报纸。更何况,小说本身明明越来越精彩。

杉本隆治越想越觉得可疑。根据刚才的思路,那位读者显然不是为了看小说而订报的,那只是一个临时编出来的借口,其实她肯定有别的想看的内容。换言之,她很可能是想从报上寻找什么信息,而一旦找到她想要的信息,自然也就没必要继续订报。

杉本隆治从草丛里站起身,快步走回家。此时,他的脑中涌现出各种猜想,如海藻般纠缠,浮动。

一回到家,他赶紧找出报社最初转寄给他的潮田芳子写来的那张明信片。

因为读到在贵报上连载的《野盗传奇》，觉得很有趣，所以想订阅贵报，随信附上订阅费。请从十九日的报纸开始寄送……

明信片上的字迹确实看着是女人写的，非常工整。姑且不管那字写得如何，她特地要求报社从"十九日"的报纸开始寄送，这究竟意味着什么？报上的消息一般都是发生在出版日前一天的事情。而《甲信新闻》并无晚报，所以她想从十九日的报纸开始订阅，意味着她其实想知道十八日以后发生的事情。

报社每天都会把刊登连载小说的报纸寄送给杉本隆治。他将之前所有的报纸全部在桌上摊开，从二月十九日那一份开始仔细阅读。他主要看社会版，但为防有漏网之鱼，他连广告栏都没放过。

杉本隆治将查阅的重点锁定在那些同时与Y县和东京有关的报道上。按照这种标准，他开始筛选每天的报道。整个二月皆无所获；三月到五日为止也依然无果；十日亦然；十三、十四日……直到翻到十六日的报纸，杉本隆治终于发现一篇意味深长的报道——

三月十五日下午两点左右，林业局员工在临云峡的山林中发现一对殉情男女的尸体。尸体已经腐烂，呈半白骨状。死亡约有一个月之久。男人身穿鼠灰色大衣和藏青色西装，年约三十七八；女人身穿茶色粗格大衣与同色套裙，年约二十二三。死者遗物中只有一个装有化妆品的女士手提包。警方在提包内还发现了从新宿到K站的往返车票，故判断两人来自东京……

在十七日的报纸上刊登出了死者身份——

临云峡的殉情男女现已查明身份。男子为东京某百货店的保安庄田关次（35岁），女子为同一百货店的店员福田梅子（22岁）。因男方有妻小，故警方推测两人因畸恋无果而选择殉情了断……

"就是这个！"杉本隆治不由得脱口而出。除此以外，再也没别的同时与Y县和东京有关的报道了。潮田芳子一定就是因为看到了这则报道才停止了订阅。她本来就是为了看这个报道才特意订阅乡下报纸的，在东京发行的全国性报纸上估计看不到这种报道。

"且慢。"杉本隆治再次陷入沉思——

潮田芳子要求报社从二月十九日的报纸开始邮寄，但尸体是三月十五日被发现的，且死亡时间约为一个月前。照此逻辑，自然可将殉情事件推定为发生在二月十八日之前，这样才符合时间顺序。而潮田芳子早就知道这对男女会殉情，所以才会一直在等报上刊登出发现尸体的消息。这是为什么？

杉本隆治突然对潮田芳子这个女人产生了浓厚的兴趣。

他目不转睛地盯着报社转来的潮田芳子来信上的住址。

四

杉本隆治委托某侦探社进行调查，差不多三周后，他收到了调查报告。

  受您委托，我们对潮田芳子进行了详细调查，在此向您报告结果。

  潮田芳子原籍H县×郡×村，现住址为世田谷区乌山町××番地深红庄公寓。根据其原籍的户籍信息显示，她是潮田早雄的妻子。公寓管理员表示，三年前，她开始在这里独自租房，是个老实人。最近她曾提及被关押在苏联的丈夫即将回国，目前在涩谷"界河酒吧"做陪酒女。

"界河酒吧"的老板娘告诉我们，潮田芳子一年前开始在这家店上班，之前曾在西银座后巷的"天使酒吧"做事。她秉性温良，有几个熟客常去捧场，但应该都没什么特殊的男女关系。只有一名年约三十五岁的消瘦男子每个月会都上门两三次点名要她，但每次都是潮田芳子掏钱埋单，所以老板娘估计那名男子很可能是潮田芳子之前在"天使酒吧"工作时结识的熟客。据说两人每次都在包厢里窃窃私语。不过，与潮田芳子较为要好的女同事曾就此事问过她，问那个男人是否是她的相好，她听后却一脸嫌恶。而且每次那男人去店里，潮田芳子就会沉下脸来。没人知道那个男人的姓名。

之后我们前往"天使酒吧"进行调查，确认潮田芳子两年前曾在此处做过陪酒女，当时同样口碑不错。但以陪酒女的标准而言，她其实不够放得开，所以并没有拴住太多客人。那名每个月都会去"界河酒吧"找潮田芳子的男人也曾光顾过"天使酒吧"，但据说他第一次去店里是在潮田芳子离职前三个月。换言之，自从那个男人去了"天使酒吧"，过了三个月，潮田芳子就换工作去了"界河酒吧"。

关于某百货店的保安庄田关次，我们拜访了他的妻子，没想到提及刚过世的丈夫，她竟无半句好话。可见丈夫与别的女人殉情之事让她颇为憎恶。作为保安,庄田关次的工作是在百货店警戒小偷。庄田关次每次只拿一半薪水回家,剩下的钱都花在女人身上。庄田关次妻子也知道与庄田关次殉情的百货店店员福田梅子,并大骂两人不要脸,甚至说:"我可没把丈夫的骨灰供在佛龛上,而是用绳子随便扎了一下,扔进壁橱角落里了。"

当我们问她是否知道潮田芳子,她回答:"没听说过这个女人。但那个臭男人就喜欢到处拈花惹草,鬼晓得他在外面做过什么,有几个女人。"

我们借机安抚庄田关次的妻子,和她套近乎,因此借到庄田关次的一张照片。我们带着那张照片再度走访"界河酒吧"与"天使酒吧",老板娘和诸多陪酒女一致指认此人就是来找潮田芳子的那个男人。

于是我们重返深红庄公寓,将照片给管理员看,他挠着脑袋说:"我觉得那不是什么光彩的事,所以本来没想说。但就是这个男人每个月会来公寓找潮田太太三四次,甚至连住两晚也不稀奇。"

由此,我们确定,潮田芳子与庄田关次是情人关系,但尚未查明两人因何种机缘而相识。

此外，受您所托，我们还向管理员打听了潮田芳子二月十八日的行踪。管理员表示虽然具体日期已经记不清楚，但潮田芳子的确在某一天的早上十点左右离开公寓。因为她平时起得很晚，所以她那天反常的提早外出让管理员印象深刻。之后我们又去"界河酒吧"调查员工出勤表，发现了潮田芳子在二月十八日的缺勤记录。

以上即为截止到目前的所有调查内容。如您还有其他疑点，我们将继续为您再作详细调查……

杉本隆治将这份报告书反复看了两遍，心中暗暗佩服：不愧是专业的，果然有一手，调查得真够仔细。

至此，杉本隆治已经明确：庄田关次与福田梅子的殉情事件肯定与潮田芳子有关。她确实知道两人会在临云峡的山林中殉情。二月十八日，她一大早离开公寓却没去上班，而这一天正是那两人殉情之日。从东京前往临云峡，得乘中央线在 K 站下车。她是在何处送别两人的？是新宿还是 K 站？

杉本翻阅火车时刻表。在中央线开往 K 市方向的列车中，发现八点十分与十二点二十五分各有一班快车从新宿发车。夜车和慢车基本上可以不予考虑，因为通常情况下，既然决定要去，肯定是去得越快越好。

当天，潮田芳子在早上十点左右离开公寓，虽然还来得及乘坐十一点三十二分的普通车，但搭乘之后那班十二时二十五分的快车显然更为合情合理，而且这班车是在下午三点零五分就到达 K 站。从 K 站到临云峡的殉情地点需要乘大巴加步行，足足用掉一个小时。这意味着庄田关次与福田梅子这对殉情男女是在冬日即将夕下时到达命运的地点。杉本隆治在脑海中想象着这对男女在突兀岩石包围的山林中彷徨的身影。

直到一个月后，林业局的工作人员发现他俩的尸体，这对男女的殉情才公之于众。事件见报前，应该只有潮田芳子一个人知道。而她又用订阅地方报纸的方式去获悉这起殉情事件公之于众的日期。她在这起事件中究竟扮演了什么样的角色？

杉本隆治再次翻开二月十九日的《甲信新闻》。山崖崩塌、农协舞弊、镇议员选举……并无特别之处。只有一张出身乡下的大臣在 K 站演讲的照片占据了很大版面。

此时，杉本隆治的视线定睛于这张照片，就像之前凝视驯狗的反复运动一样，他的脑海中涌出各种念头。

杉本隆治把原定明天就得交稿的稿纸放在一边，抱头苦想。他从未想过自己竟会为一个声称对自己的小说失去兴趣的读者而如此纠结。

若他的妻子看到他这副模样,一定会误以为他是在苦苦构思小说情节。

五

潮田芳子与四五个陪酒女一起接客时,突然听到有人喊她:"芳子!有客人点名要你!"她站起身,走进包房,看见一个四十二三岁、长发、微胖的男子坐在里面。潮田芳子对这位客人毫无印象,猜他是第一次来。

"你就是芳子小姐?潮田芳子小姐?"男人微笑着说。

潮田芳子在店里上班没用假名,就用本名"潮田芳子",但被人连名带姓地叫到时,她不由得重新打量起这个客人的脸。包厢内只有昏暗的间接照明,桌上的桃红色灯罩下发出微弱的亮光,对这张红光下的男人的脸,潮田芳子完全没有印象。

"是的,您是哪位?"潮田芳子在客人身边坐下。

"我是……"客人从兜里掏出一张边角脏兮兮的名片递给潮田芳子。

潮田芳子将名片放到台灯下仔细一看,上面印着"杉本隆治"的名字。她不由得"啊"地叫了一声。

"没错,我就是承蒙您厚爱阅读的《野盗传奇》的作者。"杉本隆治看到潮田芳子的表情,满脸堆笑地说,"甲信报社告诉我您喜欢我的作品,非常谢谢您。我给您寄过明信片以表谢意。昨天我去您的住所附近办事,虽然自知冒昧,但还是想顺道拜访您一下,不过可惜您不在家。之后打听到您在这里工作,所以今晚不请自来了。我只是想亲口对您说声谢谢。"

潮田芳子心里嘀咕:至于吗?真有人会为了那么点儿小事特地跑来这里?其实自己根本没好好读过《野盗传奇》。这个小说家的自我感觉怎么这么好啊?

她嘴上却说:"啊!原来是作家老师啊,真是失礼了。我实在是受宠若惊。我拜读过您的小说,真的非常有趣。"一边说一边将身子凑近杉本隆治,非常亲切。

"谢谢您。"杉本隆治越发开心地笑起来,同时又有些害羞地看了一下四周,夸赞说,"这家店真不错。"然后又畏畏缩缩地看着潮田芳子,好像自言自语似的说:"您真是个美人啊。"

"哎哟,您快别这么说了。见到您我也非常高兴,今晚我们好好聊聊。"潮田芳子一边倒啤酒,一边笑着向杉本隆治抛媚眼。她心想:这人估计还以为自己有多喜欢他的小说呢。也只有这种不入流的作家才会对区区一个无名读者感激到亲自跑来当面致谢,当然也很可能是因为对女读者感兴趣才来的。

杉本隆治不胜酒力,一瓶啤酒下肚就已经满脸通红。潮田芳子却很能喝,再加上两三个陪酒女,没过多久,桌上已经摆了七八个酒瓶,还有很多盘下酒菜,气氛很是热闹。

杉本隆治被陪酒女们左一句"作家老师"右一句"杉本老师"叫得心花怒放,足足待了一个小时才离开。

他才走没多久,潮田芳子就"啊"的叫了一声,她在杉本隆治坐过的垫子下面发现一个茶色信封。"一定是刚才那位客人的。"说完,她急忙跑去门口,却已不见杉本隆治的身影。"没事,反正他肯定还会再来,我先替他收着。"潮田芳子对身边的陪酒女说完,将信封塞进和服的衣襟里,然后就把这事儿给忘了。

等她再次想起这件事时,已经下班回到公寓,正解开衣带准备换衣服,那个茶色信封落到地上。她这才想起,赶紧将其捡起,却发现信封的正反面都没写字,也没封口。她朝里面瞅了一眼,觉得像是报纸,于是她大胆地将报纸从信封里抽出来。

信封里是一张叠好的剪报,差不多有整张报纸的四分之一大小。潮田芳子将剪报打开,不由得吃惊得瞪大了眼。那是从《甲信新闻》上剪下的××大臣在K站前进行演讲的照片。

黑漆漆的人群上方飘着几面白底长条旗,大臣的身影立于人群之上。这正是那天潮田芳子亲眼所见的情景。照片如实地记录下了当时的情形。

潮田芳子双眼放空,捏着报纸的手指有些发抖。她身上只系着一根腰带,胸口松垮地敞开着。

她对自己说,这也许只是偶然,但也可能是杉本隆治为了让她看到而故意放在那里的。她开始有些迷惑,双脚感到无力,连垫子都没心思去铺,直接坐在了地板上。杉本隆治也许已经知道了什么,但将这信封留下的目的究竟为何?潮田芳子的直觉告诉自己,这并非偶然!绝非偶然!

潮田芳子本以为杉本隆治只是一个还不算亲切的通俗小说家,但现在,潮田芳子对他的印象突然彻底改观。

两天后,杉本隆治再次来到店里,又一次指名要潮田芳子作陪。

"杉本老师,您来了。"潮田芳子笑着在他身边坐下,刻意摆出一副"职业化"的笑容。

杉本隆治笑着回应说:"是啊。"依旧是一脸无邪的微笑。

"杉本老师,上次您把这个忘记了。"潮田芳子站起来,从自己的手提包中拿出茶色信封,递给杉本。她嘴边虽然依然挂着微笑,神情却严肃地关注着对方的表情。

"啊,原来是忘在这儿了,我还到处找呢,真是谢谢你啊。"杉本隆治将信封装进口袋,依然笑容可掬,却突然眯起眼盯着潮田芳子。一瞬间,潮田芳子觉得他的眼中好似闪过一道光。但杉本隆治又立刻将视线转开,盯着冒泡的玻璃杯看。

潮田芳子有些焦躁。她突然想试探一下,虽然明知有危险,但不弄清楚实在心有不甘。

"这里面是什么重要的东西吗?"

"没有啊,只是一张剪报,是大臣在 K 市进行演讲时的照片。"杉本隆治露出一口白牙解释说,"我在那些听众里发现一个人,是我认识的一个人,就是那个在临云峡殉情的男人。"

"啊!"另外两个陪酒女都不由得大叫起来。

"我在照片里认出了他,还发现他身旁有两个女人,像是和他一起的。他们三人站在离开人群的稍远处。有证据表明那天就是他殉情的日子。不过,如果是殉情的话,一个女人就够了,但事实上还多了一个女人。我觉得很好奇,想要看清楚那两个女人的长相,可惜照片上的人都太小,看不清脸。所以我打算把这张剪报寄到报社,请他们把底片放大再寄给我。也许是多管闲事,但我还是想调查一下。"

"哇哦,好像侦探啊。"一旁的两个陪酒女咯咯笑起来。

潮田芳子却感觉快要窒息了。

六

潮田芳子这时终于明白了杉本隆治将信封留在那里的真正用意。

杉本隆治在撒谎。那张照片里根本没有他所说的那几个人。潮田芳子曾非常仔细地看过那张照片,她非常肯定无论是庄田关次、福田梅子还是自己,全都不在照片上。

杉本隆治的无中生有让她确信了自己的判断:他在试探自己!他自称和庄田关次是朋友,这也一定是假话。

若真的只是试探,倒也不是大不了的威胁,但可怕的是,他似乎已经嗅到了那件事的真相的一丝气味,可怕的就是这种嗅觉接下去可能的发展。

之后,杉本隆治若无其事地又做了一个试探,将恐怖的阴影在潮田芳子心中留下了更深的烙印。

一周后,杉本隆治再次来到店里,还是指名潮田芳子。

"上次照片的事儿没成。"杉本隆治说,依旧是一脸天真的笑容,"据说报社已经把底片扔了。真可惜,本以为可以从那张照片中发现有意思的线索。"

"是啊，太可惜了。"潮田芳子说着把杯子里的啤酒一饮而尽，觉得假惺惺做戏的杉本隆治非常可恨。

杉本隆治突然改变话题："说到拍照，我最近也开始学人家玩摄影了呢。这是今天刚印出来的，要看吗？"

"给我瞧瞧吧。"和潮田芳子一起的陪酒女捧场地凑了过来。

"就是这些。"杉本隆治从口袋里掏出两三张照片，放在桌上的碟子旁。

"哎哟，讨厌，拍的全是情侣嘛。"陪酒女手拿着照片说。

"是啊，背景和人物都很不错吧。"杉本隆治自顾笑着说。

"专挑人家情侣拍？您的口味还真够独特。潮田芳子，你也看看吧。"陪酒女把照片递给潮田芳子。

其实，刚才杉本隆治从口袋里掏出照片那一刻，潮田芳子就已经有一种不祥的预感。她的神经高度紧张，全身微微颤抖。而当她手拿照片，视线落到照片上时，她明白，预感变成了现实。

照片里拍摄的是一对男女在乡间小路上的背影。地点看着像是武藏野附近，早春的杂木林远近浓淡重叠交错。这本是一张很普通的照片。但让潮田芳子突然瞠目的，是照片中人的穿戴。照片里的男人穿着淡色外衣、深色裤子；女的身穿粗格外衣，都照得特别清晰。虽然是黑白照片，但在潮田芳子眼中，那就是庄田关次的鼠灰色上衣、藏青色西服与梅田福子的茶色粗格大衣、同色套裙。

终究还是来了。当潮田芳子意识到这一点的时候，心跳反而没那么厉害了。她低头凝视着照片，从某种意义上来说，是在凝视杉本隆治，同时也感受到杉本隆治那对炯炯发光的细眼以及空间里火花四射的紧张气氛。

"拍得真好！"潮田芳子好不容易抬起头，就像是顶着重压，假装若无其事地将照片还给主人。

"还不错吧。"杉本隆治说完盯着潮田芳子的脸，虽然只有短短的一两秒钟，这闪光的眼神却与潮田芳子看照片时所感受到的目光一模一样。

杉本隆治终究还是察觉到了那件事。不久之后，他也许就会知道全部真相。潮田芳子内心掀起一阵狂澜，以至于这天夜里直到凌晨四点都无法入眠。

自那以后，潮田芳子与杉本隆治迅速变得亲密起来。潮田芳子常打电话请杉本隆治去店里。潮田芳子还给杉本隆治写信，信的内容与一般陪酒女为了做生意写给客人的诱惑信不同，潮田芳子的信里，一字一句都饱含感情。

大家都以为他们是特别投契的客人与熟识的陪酒女的关系。与杉本隆治去酒吧的次数相比,他们的关系进展得实在太快,甚至到了潮田芳子邀约杉本隆治外出约会的程度。

"杉本老师,哪天您能带我出去转转吗?我打算休息一天。"

杉本隆治开心地笑着,鼻子上皱起褶子:"好啊,能和小芳一起出去,我当然愿意。想去哪里?"

"要不我们找个幽静的地方好不好。奥伊豆怎么样?我们一早就出门。"

"奥伊豆?好啊,越想越美。"

"哎哟,杉本老师,我们只是出去随便走走哦。"

"啊?"

"您别那么着急嘛,我还没准备好。这次我们就随便走走,为了避免别人误会,您能否约一位关系较好的异性朋友一同出游?您有没有这样的异性朋友呢……"

杉本隆治听到这里,眯起眼睛望向远方:"倒也不是没有。"

"那就好,我也想结识一下老师您的朋友。那就这么说定了吧。"

"哦。"

"您怎么好像不太开心?"

"一想到不是和小芳的二人世界,就觉得没什么劲呀。"

"瞧您说的。杉本老师,下次我俩再一起去。"

"你当真?"

"毕竟我们不能进展得太快,您明白的,对吧?"潮田芳子将杉本隆治的手拉向自己,手指挠着他的掌心。

"好吧,真拿你没办法。那么下次我们两个人再一起去吧。"杉本隆治最终让步,"要不现在就约一下日期和时间吧?"

"好啊,您稍等。"潮田芳子起身去办公室借火车时刻表。

七

杉本隆治诚恳地拜托杂志社的女编辑一同前往,但没有特别说明理由。女编辑田坂藤子也许觉得与杉本出行不会有什么事,所以没多问就爽快地答应了。

于是,杉本隆治、潮田芳子和田坂藤子三人,上午一起到达伊豆的伊东镇,他们计划从伊东镇坐车,翻过山去修善寺,在三岛附近转一圈就回去。

一路上,杉本隆治如坐针毡,神经高度紧张。他知道肯定会有事发生。他几乎把所有力气都用来控制表情,竭力让自己看上去很平静。

潮田芳子却一脸的若无其事,一只手捧着一个包袱,里面装着盒饭,一副出来郊游的愉快模样。两个女人时不时地有说有笑。

汽车驶出伊东镇,沿着山路不断攀升。越往上开,伊东镇就显得越往下沉,且越来越小,不一会儿,眼前出现了晚春时节的相模湾特有的紫色大海。遥远的天边,海与云融为一体。

"哇,太美了!"女编辑脱口赞叹。

汽车继续行驶,不一会儿,已看不见大海。汽车像在喘气似的越过天城连绵的山峰。车里的乘客并不多,大多似乎看腻了寂寞的山景,在射进车窗的温暖阳光下闭目养神。

"我们就在这儿下车吧。"潮田芳子说。

汽车停在山峦之中。三人下车后,汽车又摇摆着白色车身继续前行。车站附近有四五户农家,两侧的连绵群山让人产生一种压迫感。

潮田芳子提议先在这附近的山上转转,然后乘下一班大巴前往修善寺。

"就走这条路吧。"潮田芳子指着一条深入林中的蜿蜒小道,看上去欢欣雀跃的,额头上却满是汗水。

小路上因为有泉水的滋润,所以到处都很湿。各种树木的各种层次的绿色浓淡缤纷,非常美丽。让人窒息的寂静压迫着人的耳膜。远处,不知从哪里传来猎枪的枪声。

三人穿过一处茂密的灌木丛，就像是从森林的洞中钻出，眼前豁然开朗，阳光洒满草地，光彩熠熠。

"在这里歇会儿吧。"潮田芳子说。田坂藤子也表示赞同。

杉本隆治看看四周，发现已身处山林深处。

"老师您也坐下吧。"潮田芳子说着解开包袱，热情地把布铺在草地上，示意杉本隆治坐下。

两个女人都掏出手帕，垫在地上坐下后，在草地上伸直了脚。

"肚子好饿啊。"女编辑说。

"开饭吧。"潮田芳子说。

两人拿出自己带的便当。田坂藤子做的是三明治，潮田芳子做的是寿司。潮田芳子还把三瓶果汁放在草地上。

田坂藤子将一块三明治放入口中，对潮田芳子与杉本隆治说："两位也尝尝吧。"

"谢谢。"潮田芳子毫不客气地拿起一块三明治，"我带的是寿司，平常总吃这个，好像有点儿吃腻了呢。不嫌弃的话，两位也尝尝我做的吧。"说完，她把饭盒递给田坂藤子与杉本隆治。

"要不我们交换吧。"田坂藤子毫不犹豫地接过饭盒，用两根手指捏住寿司，正要往嘴里送。就在那一瞬间，寿司从她手里掉落到草地上。

"危险!"是杉本隆治打了一下田坂的手,他站起身,脸色突变,"这里面有毒!"

田坂藤子当场呆住,愣愣地看着他。

杉本隆治盯着潮田芳子渐渐变得惨白的脸。潮田芳子并没有回避他的视线,正用一种可怕的眼神直视杉本的视线。

"在临云峡杀死那两个人,然后将现场伪装成殉情自杀的,就是你吧?"

潮田芳子没有回答,只是紧咬发抖的嘴唇。她站起身,眉毛扭成狰狞的面目。

杉本隆治因为激动,变得有些口吃:"你在二月十八日将庄田关次和福田梅子骗到临云峡,就用刚才的方法将两人毒死,然后自己逃走。在别人看来,那只是一对殉情而死的尸体,不会有人想到其实另有真凶,而且那个地方恰恰是著名的殉情场所。你料到人们会习以为常地说,'哎哟,又是殉情啊,一点儿都不稀奇。'这都在你的计划之中。"

杉本隆治蠕动着喉头,吞了一口唾沫。

八

潮田芳子始终没有开口。女编辑瞪大眼睛,盯着她看。空气好似被冻结，稍微一动，就会裂开。远处再一次传来枪响。

"你的目的达到了，但还有一件事让你念念不忘。"杉本隆治继续说，"那就是担心死去的两人后来怎么样了。因为你是看到两人倒下后逃跑的，所以你很想知道结果如何，否则就无法彻底安心。我说的没错吧？凶手大多都有这种想在事后再去犯罪现场看看的心理，而你则用看报纸代替看现场。你很想知道警方将会判断为他杀还是殉情。但东京的大报纸上不会刊登那种地方上的小事，所以你就开始订阅临云峡所在Y县的地方报纸。这一招看似很高明，但其实你犯了两个错。提出订报时，你觉得必须找一个看似合理的订阅理由，于是你就想到了我的《野盗传奇》，这样就不必担心被人怀疑。但正是因为你的这个订报理由，我开始对你产生了怀疑。另一个错是你要求报社从十九日的报纸开始寄送。根据这一线索，我推测事件发生在前一天的十八日。经过调查，那天你果然缺勤。我还想再多说几句的，但对你而言，已经没必要了吧？通过各种推理，我认为你们一定是乘坐十二时二十五分的快车从新宿出发，这趟车会在三点十分到达K站。之后，就在你们即将前往临云峡的时候，正巧遇到××大臣在K站广场前演讲，当时的情景被拍成照片登在报上。我猜想你一定见过那个场景，就用那张照片试探你。"

杉本隆治又咽了一口唾沫，继续说："我委托一家机构对你和庄田关次进行了调查，发现你与庄田关次之间确有关联，也知道了庄田关次与福田是情人关系，所以，说他俩殉情，没人会怀疑。于是我对自己的推理越发有信心。我故意丢下××大臣演讲的新闻照片，就是为了让你看到。我还撒了个小谎，因为我知道你一定会对我产生好奇。换言之，我是故意让你知道我在试探你。但这些还不够。我从报道中得知死者当时的穿戴，于是请朋友穿上类似的衣服拍了照拿给你看。那时候你已经确定我在试探你了吧？你一定觉得我很可怕，很恶心。之后，我就等着你来约我外出。果不其然，你很快就故意接近我，今天还把我骗到这里来。你让我再带一个异性朋友来，因为我一个人的尸体无法制造殉情的假象。如果我和坂田吃下这寿司，就会因为里面的氰化钾或其他剧毒当场毙命，然后你就逃之夭夭。来的时候三个人，回去的时候一个人，把两具尸体留在奥伊豆山中。事后人们也许会感到震惊：真没想到那两人居然是那种关系，而我老婆说不定会一脚把我的骨灰踢进壁橱。"

突然，潮田芳子仰天大笑，嘴巴张得连喉咙都能看清。

"杉本老师！"她的笑声戛然而止，厉声说道，"真不愧是小说家，故事编得不错嘛。您说寿司里有毒？"

"是的。"小说家回答。

"是吗?那我把这饭盒里的寿司全吃掉,您倒是看看我有没有被毒死。如果是氰化钾,用不了三四分钟就会死吧?就算是其他毒药,至少也会非常痛苦。过一会儿,您要是看到我中毒难受,记得别管我哦。"

潮田芳子从惊呆了的田坂藤子手中抢过饭盒,快速地拿起寿司塞进嘴里。

杉本隆治屏住呼吸,看着眼前这番情景。他没有作声,只是瞪大了眼睛默默注视。

饭盒内共有七八块圆形寿司卷。潮田芳子将它们一块接一块地塞进嘴里咀嚼吞下。她以惊人的速度把寿司全都吃完,当然这是在故意赌气。

"怎么样?都吃完了。托您的福,我才能吃那么饱。您继续站在那儿等着吧,看我是死还是痛苦。"说完,她直挺挺地躺在草地上。

温暖的阳光照到她脸上,她闭着眼,听到黄莺在鸣叫。过了好久,杉本隆治和田坂藤子一直在旁边一声不吭。又过了更久,潮田芳子像是睡着了一样一动不动,但从她的紧闭的眼角分明流出一行泪来。

杉本隆治刚想开口说话。潮田芳子却噌的一下从地上蹿起来："已经过去十分钟了吧?"她瞪着杉本隆治说，"如果是氰化钾，早就断气了吧？就算是其他毒药，也应该已经发作了吧？但我现在明明这么活蹦乱跳，看见没有？这下应该可以证明刚才您所说的全是幻想的胡编乱造了吧？您可别再讲那些伤感情的话了哦。"说完，她迅速把空饭盒和橙汁瓶用布包起来，拍了拍身上的草说，"我回去了。再见。"

潮田芳子说完这一句，就沿着原路大步往回走。那是一种看不出有什么异样的坚定步伐，她的背影很快消失在枝叶交错的树林里。

九

潮田芳子给杉本隆治寄去了一封遗书——

杉本老师：

我犯下的罪行正如您之前所说，完全没有需要更正的地方。确实是我在临云峡杀死了那两个人，但关于我杀人的理由，在您的推理中并没提及，所以请允许我作最后的说明。

我丈夫在战争结束前一年被派去中国东北当兵。那时，我们结婚还不到半年。我非常爱我的丈夫,所以当我听说战争结束后大部分中国东北士兵被带去了西伯利亚时,我感到悲痛万分。但我相信,只要他还活着,就总有一天会回来。长久以来,我一直在等他。

但我丈夫一直都没回来。我甚至不止一次前往舞鹤①,奢望能看到他的身影,但结果总是一而再地失望。丈夫以前身体很好,所以我相信他终有一天一定会回来。我在漫长的等待中度过了一年又一年。我换过各种工作,但一个女人根本没法过上舒坦的好日子。最后,我只能选择在西银座后巷的"天使酒吧"做陪酒女。

做陪酒女的都是靠衣装。但我没人资助,为了那些衣服总是煞费苦心。一天,我拿出仅有的一点儿积蓄去百货店买衣服。我都是挑最便宜的买,买完衣服我本该直接回家的,却突发奇想地想去买一副带蕾丝的手套,于是我去了特卖区。我看了很多副手套,最后买了一副放进自己的袋里。然后下到一楼,正要出门,一个男人礼貌地将我叫住。他是百货店的保安,说要看一下我的袋子。他把我带到不惹眼的地方,从我的

---

① 位于京都,军需产业发达,设有日本海上自卫队舞鹤基地等众多军事设施。

袋子里找出两副手套，一副是付过钱包装好的，另一副则不是，而且没有购物小票。我非常诧异，心想这副手套很轻，一定是我在挑选的时候无意间从货柜上掉进我的袋子里的。

我极力辩解，但保安就是不信，还把我的名字和地址都记在本子上。我百口莫辩，脸色煞白，没想到自己居然被当成小偷。那个保安却一脸不怀好意地窃笑不止。

当天，他姑且放我回家。但事情远远没结束，可怕的事情接踵而至。这天，我刚想出门上班，那个保安跑到我住的公寓，说他不会将此事声张出去。我当时还觉得很高兴，以为他终于相信我没有恶意，以为自己能从被误会的屈辱中解脱出来，终于可以舒一口气了，因为之前我每天都很担心万一公寓或酒吧的人知道了这事儿会怎么看我。

您应该可以想象，那种男人一旦抓住我这种女人的弱点，他的行动会朝什么方向发展。也怪我太懦弱，没有勇气，对他的无理要求失去了抵抗力。

那个男人，也就是庄田关次，从此彻底黏上了我。他不但要我的身体，还时不时地伸手问我索要零花钱。他每次去我的店里也都是我付钱，我就像是养了个吃软饭的。

我有时也会抱怨自己的丈夫为什么不早点儿回来。如果他回来了，我就不会过这种地狱般的苦日子。但也许正好相反，应该是他恨我，我觉得是对不起我丈夫。我真的是这么想的。

庄田关次是个卑劣的男人，完全不能将其与我的丈夫相提并论。而且他有很多情人，福田梅子就是其中之一。他还恬不知耻地介绍福田与我认识，估计想激发我的嫉妒心，从而萌生爱意。也不知道我中了什么邪，才会真的上了他的当。

就在那阵子，久无音信的丈夫突然给我来信，说近期就会回国。我非常高兴，感觉马上就能守得云开见日出。但一想到庄田关次，马上又烦恼不已。我打算等丈夫回来后将一切都如实地告诉他，任由其处置。但在那之前，我必须和庄田关次彻底了断。我对庄田关次说明情况，提出分手，他非但不答应，反而对我越发燃起欲火。也就是从那时起，我萌生了杀他的念头。

至于杀人的方法，正如您之前所说，我建议庄田关次约福田一起去临云峡，而庄田关次对三人能一同出游感到非常高兴，因为同时带着两个情妇出去玩，正好满足了他变态的虚荣心。

我们相约乘十二点二十五分由新宿发车的快车，我却故意乘坐之前那班十一点三十二分发车的普通列车，因为我不想在火车上被人看到我们三人在一起。我坐的车在下午两点三十三分到达K站,而庄田关次他们乘坐的快车还要再过三十分钟到站。就在那段时间,我在车站前的小饭馆里吃了碗面,碰巧读到了连载您小说的《甲信新闻》。当我与刚下车的庄田关次他们会合时,××大臣正在车站前的广场上进行演讲。

在临云峡的山林中,我将放有氰化钾的自制团子拿给他俩吃。一眨眼的工夫,他俩就倒下了。之后,我收拾完剩下的团子回家了。就这样,那里留下了两具殉情的尸体。这一切都进行得非常顺利。

之后我松了一口气。以为这下可以安心等待丈夫归来。唯一有些放心不下的,就是不知警方会将两人的尸体认定为他杀还是殉情,所以我以想看您的小说为由,订阅了曾在那家小饭馆里看过的《甲信新闻》,没想到却因此引起了您的疑心。

无论如何我都想与丈夫团聚,所以我决定用杀死庄田关次的方法也杀死您。

然而,您再一次将我识破。不过,您当时怀疑的是饭盒里的寿司有毒,但其实我把毒投在果汁里了。我本想等你们吃完寿司觉得口渴时,让你们将果汁一饮而尽。

那几瓶果汁已经被我带回家,我不会浪费,现在就喝……

卡涅阿德斯船板

一

昭和二十三年，早春。

××大学教授玖村武二前往中国地方①某市进行演讲。玖村是历史学教授，邀请他演讲的是当地的教职工会。作为演讲会场的大学讲堂被听众们挤得水泄不通，大部分是当地学校的青年教师，还有不少是大老远坐火车赶来的，场面相当盛大。

按照惯例，演讲结束后又进行了一场座谈会。听众们踊跃发问，玖村有问必答，一言一语好不热闹。直到深夜，玖村才重获自由，回到旅馆就寝。他拜托旅馆服务人员第二天七点钟叫早，这对于习惯晚起的他来说实属罕见，因为他第二天另有安排。

从收到来这里进行演讲的邀请之日起，玖村就想顺道去拜访大鹤惠之辅。大鹤是玖村的恩师，也曾是××大学教授。战争期间从属大政翼赞会，因发表诸多论著、大力推崇国家历史论而遭政府

---

① 日本的中国地方由鸟取县、岛根县、冈山县、广岛县、山口县构成。

肃清处分。事实上，大鹤并非因为加入大政翼赞会才主张国家历史论的，相反，他是从很久以前就坚持国家历史论，所以才加入了大政翼赞会。也可以说，他是被划为翼赞会成员的。

之后大鹤弃教归田，在故乡当起农民。大鹤的故乡离玖村此次受邀进行演讲的地方并不远。玖村查过时刻表，乘坐开往山里的铁路支线只需两小时就能到达。玖村这次之所以应邀，大老远从东京坐十几个小时的火车来这里演讲，原因之一就是为了看望久疏问候的大鹤，甚至可以说，这才是他此行的真正目的。

第二天，旅馆服务员七点准时叫早。玖村计划乘坐的火车早上八点多发车。他匆忙洗漱，吃完早饭，坐着三轮车赶往车站。毕竟是在乡下，汽车还很少见。清晨冷冽的空气扑面而来，坐在三轮车上必须放下车帘才能稍稍挡一下寒气。

这列火车没有二等车厢，只有脏兮兮的三等车厢，而且全都坐满了出来扫货的批发商贩。这条支线横穿中国地方的山脉，直通日本海，在抵达山脉前，先经过一处著名的盆地。批发商贩的目的地大多是当地的米乡，而玖村的目的地也是那里。

批发商贩的男男女女们一个个霸占着坐席呼呼大睡，玖村整整两个小时一直眺望车窗外的山景。火车穿过山区向下行驶，驶离山区后进入河流纵横的平地，最后抵达一个小有规模的车站。刚到站，批发商贩们就像突然听到起床号似的齐齐醒来，整理行李，准备下车。

因为事先接到了电报，大鹤已在月台上等候玖村的到来。虽然身上还是那身熟悉的旧西装，但两年不见，大鹤看上去苍老了许多，除了头顶一小撮稀薄的黑发，其他全是白发。

"嘿，终于把你给盼来了！"大鹤笑得很开心，缺了牙的嘴咧得很开，说话的时候甚至能看到他的舌头。

玖村刚想向恩师好好问候，可还没来得及寒暄完，就有另外三四个人围住了大鹤。

"老师，今天有货吗？我们可是专程为老师而来的呢。"说话的是刚从火车上下来、提着大背包或袋子的批发商贩。

"以后再说，我今天是来接东京的客人。"大鹤一脸不悦，用家乡方言说完后转脸看着玖村，显得有些不好意思。玖村假装没看见。

从车站到大鹤的家步行大约需二十分钟。一路上大鹤不停地向玖村夸耀自己的家乡，说这里是水乡，在东京估计很难想象会有这么干净的河水；还说这块盆地的朝雾美景堪称日本第一……显然，大鹤的这种自豪并非因为作为著名历史学家的自己已经融入当地的农民生活，而是在玖村面前觉得很自卑，只能故意夸大家乡的优点来掩饰自己的形秽。他还是和以前一样,微微驼着背,仿佛踩着强弱节奏缓缓前行的身形依然在竭力维持前××大学教授的风采。

大鹤的老宅虽然陈旧,但因四面皆为宽阔的土墙,所以看上去仍留有大户农家的余威。走进大鹤昏暗的家中,老教授的夫人出来相迎,容颜也比之前见到的更显苍老。大鹤的弟弟和弟媳也一起出来问好。明明是大鹤一家来到乡下投靠弟媳,本应是大鹤寄人篱下,低人一等,但玖村见到的事实恰恰相反,玖村觉得大鹤对待弟弟和弟媳的态度非常盛气凌人。这种高高在上的神情与大鹤刚才在车站上对待批发商贩时的态度如出一辙。弟弟虽然长相与大鹤很接近,但在了不起的大学者哥哥面前一直畏畏缩缩,就像一个没骨气的小男人。

大鹤把玖村引到家中最上等的和室房间,自己落座于上位,盘起双腿。这一点与他之前在大学教书时的态度毫无改变。弟弟和弟媳将招待玖村的酒菜端至和室门口,大鹤动动下巴,妻子就领命似的将酒菜端至大鹤与玖村面前。大鹤的一举一动都在宣示:他才是这个家里的大当家。

"演讲怎么样?很成功吧?"大鹤一边问,一边劝玖村尝尝自家酿的酒。

"还行,大概来了七百人。"玖村一如往昔,恭敬地回答。

"七百人？哦……能有七百名教师去听，算是大场面了。"大鹤说着，微微闭起眼，刹那间，他自己过去演讲的盛况也涌上心头。

二

"那种叫什么教职工会的势力大吗？"大鹤问的时候，杯子里的酒不慎洒在衣襟上。听完玖村的说明后，他若有所思地说："难怪你在那些人里吃得开。"

玖村来这里之前就料到大鹤会这么说。他是大鹤的徒弟，战前曾把恩师的观点奉为真理，忠实地尊崇，出版过许多著作，所有人都觉得他是大鹤门下的新锐青年学者，甚至觉得他不到四十岁就能荣升为同一所大学的教授，是多亏了恩师的力荐。事实上，他也确实在老师的推荐下，加入了一个名叫"言论报国会"的团体。

然而，玖村在战后就放弃了过去的观点，不是明显地"背弃"，而是以一种暧昧的方式提出迎合左派的历史观，就像在群体的骚动前，若无其事地悄悄移动一下自己的位置。从结果来看，好像他早就固定在现在这个位置上，将唯物史观的理论娓娓道来。

玖村一直都是个聪明人，逻辑明晰，文笔精湛。而恩师大鹤专攻古代史，主要通过综合研究民俗学与神社考古学来考察日本的神代①时期。玖村自然也继承了这种研究方法。然而到了战后，他开始将这种方法用在"人民的"史观上。比如说，大鹤认为遗留在农村、渔村的古老风俗是一种自古以来人们对令人思慕的淳朴生活的传承。但基于同样的事实，玖村则提出：这种风俗之所以一成不变地被保留下来，恰恰证明了农村、渔村一直是被压榨的阶级，因为极度贫困而无法改变生活。玖村的理论中不仅有文献的佐证，还有大量民俗学的实证，因此成为一种独树一帜的学说。某前卫派评论家甚至赞扬玖村的著作足以媲美恩格斯的《家庭、私有制和国家的起源》。当然，这是评论家受书店委托而写的推荐文。

总之，自那时起，玖村就被视为进步的历史学家，一下子声名鹊起。因为年轻，他敢于吸收进步的空气，又擅长巧用他山之石，所以成效特别显著。他不断出版新书，并开始在综合杂志上发表诸多与日本历史相关的论文。他的名字经常上报，名气也跟着越来越大。

之后，有出版社开始请他编写教科书。正如许多进步派历史学家一样，玖村所编写的中小学《日本历史》教科书中，只字不提历史上的重要人物，仅客观地叙述统治阶级与被统治阶级之间的斗争

---

① 指日本的神治时代，从"开天辟地"到神武天皇即位为止。

过程。当时正值日本各地学校的教职工们开始萌生阶级意识,并集结成庞大的组织,所以玖村编写的教科书几乎被全国所有的学校采用。教科书的出版社因此非常看重他,还请他编写相应的参考书,结果热销到不得不多次再版,成为所谓的"隐蔽型畅销书"。所以才会有人大老远地请他去演讲。每次演讲,人们都纷纷慕名而至,场场爆满。

玖村心里早有准备,猜到大鹤会揶揄他"难怪你在那些人里吃得开"。现在的玖村相当于一个背叛师门的弟子,虽然他有正当的主张,但如果老师怪罪起来,他还是打算诚恳地道歉。玖村深知这是师徒间的礼数,不容争辩。他这次前来拜访恩师,只希望这位弃教归田的落魄恩师能稍稍感受到他远道而来的一点儿诚意。但事实上,这次造访未必真如玖村自称的那样纯粹只是问候,毕竟问候他人者,通常在内心都潜藏着某种优越感。

然而,大鹤刚才说的那句话里并无非难之意,也无讽刺之心。面对这个背叛自己学说的爱徒,他非但没有丝毫追究之意,反倒流露出渴望汲取新知的热情,这让玖村不禁有些意外。有一瞬间,他甚至怀疑恩师是看在自己远道而来的分上故意客套,不好意思直抒真实的感受。

"老师,我最近提出的一些想法与您的学说有点儿背道而驰,这让我非常不安。"无奈之下，玖村选择绕着圈子先开口道歉。之前本可以通过书信表达歉意，但玖村错过了这个机会，于是道歉这件事一直让他不能释怀。这次他上门拜访大鹤，就是想亲口说出自己的不安，放下心中的大石。

"别呀，你可别这么说。做学问本来就没有固定的模式，年轻人应该按照自己的想法勇往直前。"大鹤转动舌头，从缺牙的齿间吐出言语。他的语气就像射进廊檐的早春阳光般温暖，这可一点儿都不像玖村所熟悉的大学执教时代的大鹤教授。以前的大鹤教授对与自己立场相反的人总是抱有敌意，如果弟子中有人敢反对他的学说，他肯定会心生嫉妒与憎恶。

其实玖村背叛师门的程度最厉害，但眼前的大鹤丝毫没有生气的模样，反而流露出软弱的表情。一开始，玖村还以为是卖米给批发商的农村生活将老师的棱角磨平了，但马上就发现事实并非如此。

"玖村啊，我得到消息，政府对我的处分再过半年就可以解除了。"大鹤眨着一双含泪的老眼，"我还是很想回大学的，你能否帮我一把？你现在说句话应该很管用吧？"

大鹤那乞求的眼神与讨好的语气着实打动了玖村，因为玖村以前从未见过大鹤教授如此低声下气，如此神情无助，所以大鹤的这一招对玖村格外有效。另外，玖村也有些自负，觉得现在的自己确实有些人脉可以动用。

"是吗？那真是太恭喜您了。老师您还年轻，若真是如此，我巴不得您马上重回母校。虽然我力量微薄，但一定会尽全力说服校长。"玖村说。

玖村嘴上这么说，心里却已经陶醉在一种古风式的感动中，自认为自己是这场师徒感人大戏中的主角。他无法断言内心纯粹是报答师恩的念头，因为他自己已经意识到自己内心深处有一种慰问他人的优越感，甚至多少有些瞧不起大鹤。

大鹤听到玖村的答复，似乎勇气大增，反复拜托："那就全靠你了！"之后，大鹤又故意讨好玖村说，"不瞒你说，我也没打算永远被自己以前的学说所束缚，人总得跟上时代的步伐。今后我也会朝着新方向好好研究的。"

三

半年后，大鹤的处分正式得以解除。他为了重返大学，每隔一个月就从中国地区的盆地赶往东京，总共去了三次，每次都住在玖村家。

玖村以前的房子在战争中被烧毁，之后他曾一直住在租来的公寓里。随着编写教科书和参考书的版税陆续进账,他存下了一笔钱,然后在田园调布①附近盖了栋一百多平方米的新房,是一栋日式与西式风格相结合的雅致小楼。大鹤第一次到玖村府上,毫不掩饰地一脸惊讶。

"你这可是豪宅啊!"大鹤在玖村家里四处参观,感慨万千。以前的大鹤可不会做这种羡慕别人的事。玖村看着恩师黝黑的皮肤和破旧的西装,心想:果然是在乡下待久了。而且,大鹤还会用行李箱装满白米,送给玖村当礼物。玖村不由得感慨,看来乡下人的俗气已经渗入大鹤的骨髓。

"这房子是靠卖书的版税盖的?"和上次在位于盆地的那间老宅里一样,大鹤转动着舌头,从缺牙的齿缝间漏出一句。

"是的。光靠学校的薪水怎么够生活?就算有一般的单行本或杂志的稿费,最多也只能当零花钱,或是稍稍贴补些家用。"玖村笑着回答。

"你的意思是说,靠那些教科书和参考书可以赚大钱?"大鹤凑近玖村问。

"是的。"

---

① 东京大田区的町名,位于大田区最西端,与世田谷区最南端相邻,是日本著名的高级住宅区。

"哇……真厉害。"大鹤两眼发光，四处打量着天花板、墙壁和家具装潢。玖村不知是不是自己多心，总觉得老师的异样眼神中有一种乡巴佬特有的赤裸裸的艳羡。而当大鹤看到书房里陈列的书本后，那种眼神又顿时升级为贪婪。"你居然收集了那么多珍贵藏书！我记得你很多的藏书都在战争中被烧毁了吧？"

"是的。"

"但你后来又重新买了这么多？"

"是的。"

"哇……"大鹤歪着脑袋若有所思。玖村这才想起，大鹤也在战火中损失了大量藏书。玖村望着大鹤的背影，抽了一口烟，毫不掩饰地流露出骄傲的神情。

大鹤驼背的身影一会儿弓起，一会儿伸展，好似在一字不漏地查阅书架上的书脊。以前那个对别人的藏书不屑一顾、傲慢的大鹤教授已经全无踪影，如今的大鹤甚至屈尊地向玖村求教好几本马克思主义理论方面的书。

大鹤三次来到东京都是这种卑微的姿态，而且每次都拜托玖村替他游说，希望能重回大学执教。大鹤对这件事非常执着。

然而校长迟迟不肯点头。

"他那套学说实在是……"校长每次说起大鹤都是一副爱理不

理的表情。之后有一次,身为考古学家的校长对玖村讲起一段与大鹤之间的往事,那是发生在战争期间的事。当时九州有两个县争夺天孙降临①地的名号,校长(当时还没当上校长)与大鹤教授正巧一同受邀造访其中一个县。当时,大鹤教授慷慨激昂地进行了一场演讲,用学术观点证明当地的地名源自《古事记》。大鹤语气决然,不容置疑,丝毫没有顾忌身为考古学家的校长的观点和立场。

"当然,那时毕竟正值战时,当地有一处神治时代的皇陵,却被浜田耕作老师降格认定成奈良时代的皇陵,当地人本来就为此群情激愤,大鹤的论点也算顺应民意。但就算没有这个因素,在我这个考古学者面前,大鹤能大言不惭地'越界'下定论,这种勇气还是得佩服的。"校长单手托腮说。

"不过现在他已经变了。这阵子我和他聊过很多,我觉得他的想法已经改变很多。"玖村为老师辩解。

玖村表面上似乎在力荐大鹤复出,但其实心里根本不在乎。谈得成谈不成他都无所谓。他并没有打算自找麻烦,为大鹤的事纠缠校长。如果自己推荐的是后辈,那么至少能顺便扩张自己的势力范围,但推荐的是自己曾经的老师,根本无利可图。虽说老师以前确

---

① 在日本神话中,天孙迩迩艺命受天照大神之命,为治理苇原中国(日本神话中高天原与黄泉国之间的世界,即日本国土)而从高天原降临至日向国的高千穗峰。

实位高权重，也曾提拔过自己，但现在就算重出江湖，也已如夕阳西下。而且现在的大鹤身边没有一个追随者，即使回到学校，连玖村都自信比大鹤更有发言权。大鹤一旦重返校园，反而可能给自己惹上麻烦。

没想到正当玖村打算放弃时，出现了热心的同盟。现任教授中有两三个因为感动于玖村与大鹤的师徒情深而同意出手相助，之后又在教授会议上一致通过，最后，校长终于点头。

于是，大鹤在解除处分八个月后，终于又风光地重返大学讲坛。其实，玖村自己也很意外，因为他根本没想过自己的推荐最终会有结果。

"玖村，这次全都靠你啊。谢谢！谢谢啊！"大鹤感激涕零，再三致谢。

然而，大鹤一回到大学，又立刻恢复了原先的模样。他不再是那个躲在乡下卖大米给批发商贩、对弟弟和弟媳颐指气使、蜗居乡野寄人篱下的大鹤了，俨然是一个只是休了个长假后回来上班的、原来的那个大鹤教授，无论是面容还是身姿，看起来都比实际年龄年轻了不少。

玖村在一旁默默地关注，觉得教授这个职业就像皮脂污垢一样黏附在大鹤全身的皮肤之中。

四

当然,现在的大鹤少了许多往日神采,再也不见昔日受到军部肯定、在翼赞会左右逢源、趾高气扬地走在校园里的那种架势了。他总是形单影只,孤零零的一个人。

大鹤看起来有些焦躁,似乎正在思考如何弥补这段空白的岁月。他本来就凡事喜欢争强好胜,以前曾经那么风光,现在更加不肯服输。

他开始大量涉猎左派理论。说是大量涉猎,其实多半是从玖村的书房里拿书看。他看书很快,又有克服困境的热情。不过此举似乎有双重意义:其一,他想窥探一下玖村现有学说的奥秘;其二,也是激励自己,希望自己也能早日和玖村一样,拥有豪宅与满是珍贵藏书的书房。

玖村对于恩师的这种做法依旧采取了郑重却冷淡的方式予以应付。他时而夸赞,时而谦卑。玖村有一种被恩师"赖"上了的麻烦的感觉,多少有些后悔当初把他从中国地区的乡下弄回大学。但他表面上还是不动声色,甚至在妻子面前也掩藏得很好。

玖村的妻子一开始非常欢迎大鹤教授来家里做客,每次都热情款待。但次数一多,她渐渐发现大鹤有些厚颜无耻,便开始拉下脸来。

"我觉得大鹤老师好像变了。"玖村妻子说。

"怎么了?"

"不知道该怎么说好,就是觉得没以前的那种从容大气了,有一种说不出来的妄自菲薄和厚颜无耻。"

玖村心里暗想:大鹤的厚颜已经明显到连女人都看出来了。但他表面上却装作不认同:"你不该说这种话。老师在乡下遭了不少罪,也许是和以前不太一样了,但他毕竟是我的老师。我们应该善待他。在我心里,他永远是学术界的翘楚。"

不仅对妻子,不,应该说,甚至对妻子,玖村都这么说,更不用说对外人。他更是在这番充满感恩的煽情中添枝加叶,以至于每个人都听得非常感动,大家都以为玖村作为大鹤的弟子,是一个时时尊师重道、虚怀若谷的真正学者。

"你呀,盖了那么漂亮的房子,生活也那么富裕,真是交了好运啊。"大鹤不管说什么都会提上这么一句。之前他在做学问方面就是一个嫉妒心很强的人,没想到现在连嫉妒的对象都变得如此世俗。这种话听多了,玖村就渐渐地心生厌恶,甚至产生一种想要施虐的心理:行啊,既然如此,我就让你见识一下我多有能耐!

玖村有一处隐蔽的"温柔乡",是在靠近上野池之端、一家名叫"柳月"的高级料亭，那附近还有很多可以买春作乐的茶室。玖村觉得把钱花在银座或新桥一代的酒吧或俱乐部是最愚蠢的行为，那些地方不仅开销庞大，服务态度也只能算是一般。另外，他也担心自己花天酒地的行为被人张扬出去，会引来流言蜚语。倒并非碍于教授的面子或自尊心，而是不想让人臆测他哪来的那么多钱寻欢。说白了，就是不想被别人说他靠编教材和参考书发财。相较之下，在"柳月"寻欢就几乎不会被外人发现。他来这里已经一年多了，至今未被人发现。

而玖村之所以把大鹤带到这个秘密的乐园，是为了让他见识一下自己的另一种奢华生活。他的初衷是为了进一步激发大鹤的自卑感与嫉妒心，并以此取乐。

在"柳月"，客人可以另外叫"艺妓"前来助兴。但因为这里的女侍本身大多以前也曾做过艺妓，可以提供与艺妓一样的服务，所以来这里的客人一般都直接让女侍当艺妓助兴。

玖村是"柳月"的上宾，因为他算是名人，花钱又很大方，每次只要一有包厢空出来，店里都给他最高级的那一间。

玖村平时很少带别人来，但这天晚上，却极尽奢华地款待大鹤。他事先吩咐老板娘，让店里派来最漂亮、最会取悦客人的姑娘，让她们围着作为主客的大鹤大献殷勤。很快，老教授就醉了，跟着姑娘们的歌舞声敲桌子打节奏。

"玖村,我好久没来这种地方了。要不是你,我怎么能这么享受,真的太感谢了!"老师对出手阔绰的学生说。

做学生的当然看透了恩师谦卑辞藻背后暗藏的嫉妒之意,玖村心满意足地低头笑笑。

回去的车上,大鹤忍不住问:"你常去那种地方吗?"

玖村心想:早就知道你会忍不住问。

"是的,有时忙完了,会去那里让脑子放松一下。"玖村知道自己这话会多么地刺激大鹤。这话其实有两层含义:不仅表明他有能力常去那种店家宴饮游冶,同时那一个"忙"字也会让人联想到他的编书副业。玖村觉得大鹤听了一定会有强烈的反应。

"噢!真厉害,一般人可没本钱三天两头去那种地方。"大鹤靠着座椅,呼着酒气说。语气中带着明显的羡慕之情,这是玖村预料之中的反应。

大鹤叼着烟,喷出一口后沉默了许久。玖村很清楚大鹤在这段沉默中正在盘算着什么。

"这么看来,编写教科书和参考书的版税真的很多吧?"

果然,就像一按键就能发出预期响声的机器一样,大鹤看似喃喃自语的感慨,明显带着言外之意的焦虑与嫉妒。但玖村觉得自己没有义务回答这个问题,只是默默一笑。

大鹤再次陷入了沉默,自顾地眺望车窗外流光溢彩的夜景。玖村以为大鹤正在思考下一句羡慕之词,没想到过了一会儿,却听到大鹤意外的言语。

"对了,那个,坐在我右边的女人……"

玖村意识到话题有所转变,不得不连忙思考新的对策。"噢?那个啊?"他想了一下,总算想明白了一些状况,瞥了一眼老师。

"嗯,那个女人虽然年纪偏大,但服务得很周到,还有一种高雅的性感。我觉得蛮好的。"

"是啊。"玖村附和着说,不由得窃笑起来,因为大鹤说的那个女人,正是自己的情妇。

五

自那天起,大鹤发生了一百八十度的大转变,变成了一名唯物史观学者,开始以唯物史观构建日本史。在他以前的学说中处于核心地位的《古事记》与《日本书纪》被他轻易抛弃,只选择其中对新理论有利的部分,谨慎地予以引用。

时下进步派的历史学者们大多使用这种史观,以演绎法来解释历史现象,所以多半擅长概要性论述,但他们在搜集零星史料后进行细致归纳方面就显得有些薄弱，而这方面正是大鹤的强项。凭借其天生的细心，以古代史——尤其是他最拿手的神社传承关系——为中心展开研究，对大鹤而言，史料大多是他以前就积累下来的，没费太多力气，只要苦心钻研唯物论方法就行。

总之，大鹤犹如脱胎换骨，现在他在课堂上的讲课内容与战时的内容已经完全背离，既可以夸他勇敢，也可以骂他无耻。

有一次，一名学生举手起立发问："请问是什么原因让老师您的观点与战败前大不相同？"

对此，大鹤并没有像战后转向的进步派文人一样用"受到军部压迫"这种拙劣的理由来搪塞，而是说："史观本身是活的，并非既定之物，会随着时代不断发展。要记住，史观不是死物，要时刻与时俱进。"

发问的学生似懂非懂地坐下了。

玖村一直冷眼旁观大鹤的一举一动。他知道一个秘密——大鹤的所有新理论其实都来自他的书房。任何人只要知道别人的秘密，通常都会瞧不起当事人。但大鹤的历史论以史料研究为主，所以比起其他粗略的研究更为缜密严谨，这一点也是大鹤的特别之处。

然而对玖村而言，那套学说根本不算什么。他只觉得大鹤很机巧，同时也羡慕大鹤那种为所欲为的处世态度。

学术界总有无休无止的势力争斗。学者之间的嫉妒比女人还强烈，所使用的阴谋连政治家都要自叹不如。一旦身处同一所大学，嫉妒的程度更会加倍，阴谋也总在看不见的地方不断发生。

玖村是谨慎的男人，向来行事小心，不让自己卷入阴谋，也不受到牵连。他自认是一个有利用价值的男人，拥有新锐学者的名号，又颇具新闻价值，万一卷入阴谋，他这样一个前途无量的人随时可能身败名裂。所以对于自己的只字片语、举手投足，他都时刻小心翼翼，谨防出错。

大鹤却不一样，他以前有过的名声早已荡然无存。日本战败前，他的学说确实曾经颇受军国主义者的推崇，一度独领风骚。但现在，他已经退居第二线甚至第三线。他已不再是别人嫉妒的对象，整个人彻底失去了被卷入阴谋的利用价值。换言之，就是不再会有人把他放在眼里。但也正因为如此，他可以畅所欲言或出尔反尔地改变立场。虽然现在的他遭人鄙视，但那种言所欲言的自由还是让一直小心翼翼的玖村略感羡慕。

大鹤花了一年时间，终于写完一本书。他拿去找玖村商量："玖村，能不能把我这本拿给你认识的出版社看看？以前替我出书的出版社已经换了总编。"

玖村心里暗自嗤笑：就算总编没换，恐怕也没人愿意搭理你。

嘴上却说："好的，我去问问。"

表面上，玖村热心地答应了，并接过了装有超过四百张稿纸的书稿袋子。他用手掂量了一下，感觉这重量仿佛直接压在了自己的心头，但还是厚道地帮大鹤送去了出版社。

"大鹤老师也变了啊。"出版社看完稿子后联系玖村说。

"你也这么觉得吧，这才算是与时俱进嘛。"玖村嘴上这么说，却有点儿心虚，于是补充说，"现在的他才是真正的大鹤教授！以前的他走了一段弯路。"

"可是这书名恐怕有点儿……"出版社有些为难，歪着脑袋说。

"不用那么计较吧。"玖村装出极力说服的模样，接着说，"现在很多进步派文人在战前也都属于另一派。不过如果你没兴趣，我也不勉强。"事实上，玖村虽然出面牵线，但本质上依旧是袖手旁观的姿态，因为这事儿对他来说根本无关紧要。

过了几天，出版社回复说愿意出版，不过有个条件，就是玖村的下一部书也必须交由他们出版。对玖村而言，这种买卖并不是很划算。

于是，大鹤撰写的《新日本古代史研究》终于出版了。他在书中演绎唯物史观，叙述古代也有阶级斗争，表现出一种极具战斗风格的历史观。结果，学术界无一人发表书评，正如玖村先前所料，连进步派阵营也对此书不闻不问。

但之后大鹤异常努力，又陆续出版了好几本类似的书籍。他拿着第一本书主动去找二三流出版社推销自己，所幸他在这方面很擅长，就像公司销售员一样会做生意。

如同作画时上色一样，即使刚开始色彩淡得不起眼，但日积月累后，总会形成一定的浓度。经过长期不懈的努力，学术界乃至整个社会都对大鹤刮目相看，这也是自古以来就有的法则。只不过，他那个有前科的名字依旧是一项包袱，总会让人依稀记起他的不良记录。

玖村非常理解大鹤这种让人同情的努力。大鹤渴望恢复以前的名声，想成为被学生挤爆教室的人气教授，不，也许名声只是他的一种手段，他真正想要的是奢华的生活。对年近五十的大鹤而言，有这种欲望也不算过分，被政府处分期间遭逢的逆境也是他发奋的动机之一。他一定很想靠出书赚到比大学薪水多出好几倍的收入，然后盖一栋漂亮的房子，收藏数不清的珍品藏书。玖村是大鹤的榜样。大鹤每次去玖村家做客，都会仰视这个榜样，心生嫉妒，然后再将嫉妒化为斗志，鞭策自己不断努力。玖村甚至觉得，说不定大鹤来自己家就是主动被虐。

在家里，一想到大鹤嫉妒成气急败坏的模样，玖村就忍不住笑出声来。

六

到昭和二十×年为止，情况基本上没有改变。但到了昭和三十×年的最近，大鹤已经略微赶上玖村。

大鹤之后又出了几本书，某家学习类出版社也开始聘请他编写社会科目的参考书。换言之，他的努力终于奏效，已经攀升到可以编写教材参考书的地位。大鹤的脸上终于露出了些许安心的神情。

玖村觉得，所谓得寸进尺，就是形容大鹤这种人的。大鹤对玖村提出自己希望也能编写教科书，这种所谓希望，其实只是厚颜的要求，摆明了就是要玖村替他牵线。

"这个嘛……"玖村用手指戳戳额头说，"教科书的出版社都各自有专属的编辑团队，恐怕不可能听我的一家之言。他们都是按照自己的要求选择执笔人的。"他故意把教科书出版社的编辑说得极具权威，想一次性地作为婉拒的理由。这其实是一个非常讨巧的借口。

"我猜也是。"大鹤深表同意地点头，"不过你是畅销作家，只要你开口，对方肯定多少会给你点儿面子吧？所以还是务必请你帮我这个忙。"

玖村心里苦笑，大鹤这种人其实最适合卖保险，肯定很成功。同时他也暗下决心，这个忙绝对帮不得。大鹤那种对方让一步他就会进两三步的作风已经让玖村起了戒心。

另外，大鹤那种以为"只要自己开口，别人就得赴汤蹈火"的自负也让玖村心生厌恶。被拖累到这种地步，除了他，还有谁能受得了？玖村真想当面对他说："就算脸皮再厚，也该有个限度吧？"比起玖村当初为他复出铺路时的那些麻烦，现在的大鹤已经成了一个更麻烦的定时炸弹。

但表面上，玖村依旧不能与大鹤撕破脸。他很担心这种事被别人拿去大做文章。私生活上只要有一点儿不妥，那些阴谋派们就会将其故意放大，胡诌故事。玖村就怕被贴上"忘恩负义"的标签，不知何时，这种把柄就会变成敌人的武器，所以他必须非常小心。幸好，到目前为止，他是公认的重情重义的优秀学者，把落魄恩师从乡下接回大学，又毫不吝啬地将珍贵藏书分享给老师，还时不时地邀请老师到家里享受温暖与慰藉。这些都是众所周知的事实，他不能破坏这种苦心经营起来的完美形象。他深信，没有比学术界看起来自由但实际人际关系却更复杂的地方了。为此，玖村学会了如何微笑里藏敷衍地对待大鹤，这样才能在不知不觉间好好地虐他一下，同时也不用担心遭人指责。具体的办法就是表面态度恭敬，实际上却不给大鹤任何甜头,这一招让玖村很是暗爽。

比如——

玖村曾带大鹤去过三四次那间位于池之端的料亭"柳月",大鹤似乎很中意那里的女侍须美子,也就是他曾在车上向玖村提过"虽然年纪偏大,却散发着高雅的性感气质"的女人。但大鹤不知,那其实是玖村的情妇。

"你的那位大鹤老师最近常来我们店里。"一天晚上,须美子对玖村说。

玖村大概能猜到大鹤最近的收入有多少,虽然比起玖村的收入仍差了十多倍,但负担独自去"柳月"的开销应该不成问题。不过以大鹤平日里节俭的个性而言,这已经算太阳打从西边出来的慷慨了。经过仔细追问,玖村确信大鹤迷上了须美子,是专程为她而去的。

玖村放声大笑。

"真讨厌。"

"大鹤老师是我的恩师,你别对他太冷淡。"

"这个我当然知道,不过……"

"既然知道,还不过什么?"玖村问。

须美子告诉玖村,大鹤经常问她有没有丈夫或情人,或者问她能不能约在外面见面。

"他没问起我?"

"问过,他问'玖村该不会是你的男人吧'。我说没那回事儿,玖村老师只是店里的常客,我们可是做正经生意的料亭。"

玖村听完,又笑了笑。他与这个女人已经暗地里相好了六七年,然而连"柳月"里的人都对他们的事知之甚少,这段关系全靠玖村的谨慎小心,才维持至今。须美子虽是玖村的情妇,玖村却从不去她家。凡是有可能被发现的事,就算可能性极小,他都选择尽量避免。

玖村每个月会给须美子三四万日元当作零花钱,以他的收入,这点儿小钱就像九牛一毛。须美子对两人目前的关系虽然不能说不满意,但还是期待着玖村曾向她保证过的"迟早娶你进门"的许诺能早日实现。

他俩租了一栋民宅的二楼,定期在那里幽会。因为怕遇到熟人,他们从不去旅馆。此刻,在这间天花板低矮的二楼房间里,玖村一边与情妇亲热,一边听她讲述大鹤的事。

"他每次喝醉,都会叫我到外面去和他约会。那个人到底多大年纪?"

"不清楚,大概五十六七吧。"

"也不算太老嘛。但他真的很烦,一直握着我的手不放,有时候甚至想把手伸到我的两腿之间。"

这种"小报告"既可以刺激情欲,又可以取乐。玖村和情妇一起嘲笑大鹤,就像坐在观众席上看老师的滑稽表演一样有乐趣。

大鹤依旧执意想要编写教科书。他不断地纠缠玖村要他和出版社牵线的举动让玖村异常烦恼。也不知大鹤从哪里打听来的消息,他竟然对一本教科书可以发行多少万本、作者可以拿到几成版税等细节都一清二楚。

"这年头,教职工会组织很稳固,阶级意识也已经觉醒,所以你写的社会科教科书应该很容易被采用吧。"大鹤的老毛病之一就是喜欢拐弯抹角地打听。

他那一副了然于胸的模样让玖村越看越烦。"那倒未必。很多人都在写,还得看交情深浅。"

"我写的书,教员们应该也会喜欢看吧?"

玖村心想,果然又是在兜圈子,大鹤的语气分明是想说——"我如果写了教科书,一定也会大卖。"同时,那句话里还包含着"你为什么还不快点儿替我牵线"的催促之意。"老师的心愿,我一直放在心上,但毕竟还是得等好的机会再开口。而且这事终究不是一个编辑能定夺的,上级主管的意见才是关键。"玖村害怕如果自己随口说已经和出版社提过了，大鹤八成会直接去找出版社，所以不能信口开河，还是自己现在说的这个借口最管用。玖村表面上对一脸不耐烦的大鹤道歉，心里则在笑话他。

七

昭和三十×年，高、中、小学教科书面临修订之际，教材界突然刮起一阵改革旋风。

之前出版社上交给文部省教育科的教科书原稿，都由文部省聘用的A，B，C，D，E匿名审查员负责审定。这五个英文字母其实是高中、初中、小学教师或大学教授，总计约一千四百名审查员的联合代号。此外还有一个F，是把经过A，B，C，D，E审查员审核过的原稿再做进一步的审核，并召开决定教科书是否合格的审议会，而这个F则是由文部大臣钦点的有识之士、大学教授及第一线教师等共计十六人组成。

新年度发生的巨变全都起因于由这个十六人组成的F。这一年，F一改往年无所作为的姿态，突然变得强势起来。具体而言，就是教科书即使通过了A，到达E的第一阶段审核，到了F这里也有可能被判为不合格。再具体到社会科目的教科书，即凡是内容中有左派倾向的，多以此为由，被判出局。

F并非一朝一夕间就变得如此强势。早在一年前，自民党出版了一份名为《令人堪忧的教科书问题》的手册，自那时起就显露出了苗头。文部省积极纠正教科书"偏向"的强硬做法遭到了来自各界的批评，认为这是由国家"钦定"教科书的做派。

不只是F变得强势，文部省还新设"常任审查官"一职，作为最终审定部门。换言之，现在的教科书原稿必须经过三重审核。另外，原本只有十六人组成的F审议会，自这一年起，人数也暴增五倍，达到八十人之多。

文部省的改革结果很快就在进行教科书修订的昭和三十×年初得以显现：某出版社上交的中学一年级社会科目教科书被认定为不合格，执笔者是某大学的两名社会学系副教授，是公认的进步派学者。

文部省一般不会给出判定为不合格的理由，但通过出版社的人脉还是可以打听到一些具体的原因——关于历史进程的解说方法、问题的提出方法等方面过于强调实力抗争与基本人权，就整体而言，没有积极性，只是一味地以理论批判战争。

对出版社而言，这是一个巨大的打击。社内赶紧重新安排编写工作，并请两位执笔的进步派学者停笔。那两位学者却认为这是一种政治迫害，愤然抗议。但最后也只能放弃编写工作。

这一事件引起了广泛关注。包括进步派教科书执笔者在内的数百人发起联名抗议，认为文部省的这种审定方式是一种"思想统治"，特别是新设的"常任审查官"遭到的非议最多，被认为是一种将"教科书国家化"的前期准备。

玖村也开始发犯起愁来。在他看来，社会科目的历史记述理所当然地会出现"偏向"。战后，旧日本史遭到破坏，受到以唯物史观为中心的左派理论支持的民主化偏向得以发展至今，其中最坚定的支持者就是身处教育一线的教师们。往往越年轻的教师就越能理解进步理论，所以该理论在全国拥有庞大的组织基础，这也是内容有"偏向"的教科书之所以畅销的原因。不对，也许相反，应该说正是为了畅销，教科书出版社才会编辑出版那种有"偏向"的教材。出版社本身没有所谓的意识形态，把意识形态加入教科书只是一种促销手段。出版社找进步派学者执笔，这本身就是一种为了打开销路的"卖书"方法而已。从这个意义上来说，玖村认为自己也是有助于卖书的一员。

如今，文部省出台新政，出版社必定大为恐慌，只能乖乖地按照新政编辑出版教科书。因为出版社很清楚，就算打出"反对思想统治"的旗号与文部省作对也没用，还是要把做生意卖书放在首位。教科书的发行量在全国高达一千数百万册，同行们本来就削尖了脑袋求出头，谁都不想被淘汰。一想到出版社基于利益至上的原则，必然会把进步派学者从教科书执笔团队中全部剔除，玖村就深感自己"钱"途堪忧。

没过多久，玖村的预感就变成了现实。这天，一直请玖村执笔的出版社编辑匆匆跑来告诉他："玖村老师，您编写的教科书没通过审查。"

虽是意料之中的结果，但玖村还是觉得很受打击："果然……哪些地方需要修改？"虽然问得轻描淡写，但玖村的内心其实已经跌宕起伏。

"据说是整体表述偏向左派有欠妥当，还说内容中有太多的阴暗面。"

"是吗？那我稍微修改一下吧。"玖村说。

"问题是……玖村老师……"编辑的表情变得有些冷漠，"我们通过私下关系向负责的官员打听了一下，他说有一份类似执笔者黑名单的文件，名单上的人都属于左派阵营。不管这些人是作为校订者还是作者，署他们名字的书，一律不可能通过审查。"

"哦。"玖村回以冷笑，"莫非我的名字也在那份黑名单上？"

"不，没有您，但问题是，黑名单里有 R 老师的名字。"

"原来如此。我也猜 R 老师过不了关。"玖村事不关己地说。

R 老师是某大学的副教授,在玖村执笔的那本社会科目教材中负责撰写中世与近世的部分。除了写书,R 老师还组织研究团体,大张旗鼓地开展进步派的文化运动。

玖村听到自己的名字不在黑名单上,稍稍有些放心。

"也不知道是什么理由,总之老师您的名字没在名单上……"编辑像在庇护玖村的进步派名声似地说,"但根据我们的观察,您也处在危险的边缘。那份黑名单上暂时都是些最激进的人,但您应该也已经被盯上了。"编辑更加强调玖村名声似地说,"所以基于这个原因,关于这次新的教科书,我们想拜托您暂时停笔"。

这一晚,玖村夜不能寐。

八

玖村之后又接连被另外两家出版社以几乎同样的理由要求暂停编写教科书。

当玖村正担心编写参考书的工作也会受到波及时,马上也收到了关于参考书的停笔通知。

玖村绝望得两眼发黑。如果不能继续编写教科书和参考书,他将失去大笔收入。对他而言,那是一个极其庞大的数目。他之所以能住在设施齐备的豪宅里,被烧毁的藏书之所以能再现于他宽敞的书房,银行存款之所以能不断增多,全是靠编书的收入。

他就像一个吹足了气的塑料球,只要收入有所增加,越是想克制,反而会越发膨胀。他已习惯了花天酒地,有了情妇之后更是变本加厉。事到如今,他已无法再适应昔日只靠大学薪水和些许稿费的清贫生活。

一旦被踢出编写教参的队伍,他就得彻底失去现有的生活。他承认自己变得有些爱慕虚荣,而实际的生活比他自以为的还要放纵很多。但他已经无法回头了。一想到这些痛苦之事,玖村就更觉得自己太悲催了。

他收到过一份来自"反对新教科书审定制度联盟"的印刷品,在上面署名的都是遭遇停笔通知的执笔者以及其他进步派学者和文人。里面高谈阔论地陈述了发起此项运动的主旨。玖村把这份东西撕碎随手一扔。"这玩意儿能有什么用?到头来只是无谓的抵抗,难道这些人真以为文部省会因此而动摇?太天真!还是出版社识时务,会变通。"玖村食不甘味地苦恼了好几天。一天晚上,他躺在床上,脑海中突然闪过一道灵光——

自己的名字尚未被列入文部省的黑名单。身为进步派史学家,他自认为名声已经够响,但或许正因为他并未从属于任何研究组织或团体,所以政府官员才对他暂时网开一面。不过,正如之前那位编辑所言，即使没上黑名单，他也肯定已经处在危险的边缘。

玖村暗自盘算，既然如此，应该还有希望。如果现在已经身处危险的边缘，那么只要离开这个位置，就会安全。换言之，只要回到右派，就有可能继续赚钱。

玖村以前是追随大鹤的国家派历史学者，甚至在战时加入过"言论报国会"。日本战败后，他之所以会引用马克思主义理论，投入唯物史观的怀抱，只是为了博取人气，多出著作，在社会上打响知名度。那时的他认为只要标榜进步派，就能受到学生的爱戴，著作就能大卖。他一直坚信：博取学生的欢迎是大学教授安身立命的法宝。

此举确实让他在学校里获得了一定的成功，但真正带给他意料之外的成功的则是编写教科书的大笔收入。然而参考书比教科书更有赚头，编写教科书之后，出版社多半会继续委托同一作者编写相应的参考书。教科书是由多人共同执笔，参考书则只由一人编写，可独享版税。书卖得越好，他就赚得越多。只要写上两三本，就能赚得盆满钵满。再加上编写教科书的所得，堪称得巨额收入，房子、藏书、存款、情妇……全都源于此。

对玖村而言，失去编写教科书和参考书的收入足以致命。现在的他哪里还受得了当什么清贫教授？如果要他放弃现在的奢华生活,他宁愿去死。

这次被迫停笔,实属无奈,但他下定决心,下次修订时一定要夺回执笔权。为此,他必须离开那个已经被审议会盯上了的"位置"。他有扎实的学术功底,只要摆正立场,出版社一定再次蜂拥而至。他暗自发誓一定要保住这笔收入。

他已经想好要摘掉所谓"光荣的进步派学者"之衔。

唯一困难的是行动方式。他不想惹人注意,只想掩人耳目地悄悄转向。玖村最怕被卷入阴谋,虽然免不了受到一些人的指责和非议,但一定要提防那些反对声音变强。他非常有把握可以顺利进行,就像他在战后"自然"地变身为进步派学者一样,现在的他只要再一次"自然"地——俨然他本来就是似的——转型为"公正"的历史学者。

对玖村而言,那样的生活比"精神是否堕落"更为重要。

这天,大鹤来找玖村。"玖村,最近文部省在对教科书进行大刀阔斧的改革吧?"

"是啊。"玖村回答。

"你怎么样?"

"果然还是中招了。"

"审查不合格?"

"是的。"

大鹤听到这里,一下子来了劲。他的眼珠乱转,很想刨根问底,却没有说出口,只是假惺惺地吐出一句,"是嘛,那真惨啊。"

大鹤的脸上故作镇定,玖村却看透了其幸灾乐祸的得意感以及思考新问题的专注力。

玖村已经大概猜到大鹤在想什么,他不安地目送老师静静离去的背影。

数日后,那个不安的预感变成了现实。

"玖村,这阵子我有一个新想法。"大鹤托着腮,假装闲聊似地说,"我觉得还是应该重视自己的本质。我觉得前阵子自己有点儿混乱。"他直截了当地说,"所以现在我打算恢复原本的研究方向。经过我的研究,我发现唯物史观里存在着许多矛盾与不合理,我打算将其一一指出,并予以批判。"

玖村一时语塞。老师太厉害,让他无话可说。

"过阵子我也许也会对你提出一些批评。总之,你暂时就默默地看我表现吧。"大鹤的脸上毫无羞涩或抱歉,相反,玖村感觉他浑身上下充满了信心。

玖村心想,大鹤这次必定会华丽转身。以他一贯的作风来看,这一次他也一定会表现得非常露骨。大鹤完全不用顾忌自己的言行举止,因为根本没人把他放在眼里,所以没人会对他正面进攻。他现在所处的位置非常有利,没人把他当回事儿,反而让他很自在。当然,肯定有人会提出非议,但这种攻击不会致命,就算遭到嘲笑,也不会遭遇激烈的批判。

玖村很清楚大鹤转向的真正目的。大鹤有想要的东西:房子、藏书和存款。玖村就是他的榜样。大鹤正是以自己为榜样,不断鞭策自己勇往直前。对于编写教科书和参考书的外快,大鹤已经觊觎很久,现在,他的机会来了。当进步派执笔者被迫停笔时,大鹤可以乘虚而入,抢占地盘。这才是大鹤突然调转方向批判唯物史论的真正动机。大鹤的心思已昭然若揭。

九

玖村被大鹤突如其来的转向乱了阵脚。

大鹤宣称想走的方向正是原本玖村打算今后要走的方向。一旦被大鹤抢得先机,玖村就只能原地不动。他之前就有过这种担心,没想到直觉变成了现实。

自己想转变的方向若被大鹤抢先一步,那么自己就只能沦为大鹤的追随者。他想要小心翼翼地低调行事,但有那么露骨的老师冲在前面,自己也只能束手无策。

一个人的话，还能勉强低调地转向，但如果他和大鹤两人同时转向，那么想低调都难，而且如果要他扮演大鹤教授二次转向的追随者，想想都觉得恶心。

玖村觉得大众对自己和大鹤的评价可能也会有天壤之别。大鹤的转向行动最多受到些嘲笑，但如果自己被视作大鹤的追随者，就会被人抨击为卑怯的机会主义者。玖村自认一直活在世人的眼中，大鹤没有敌人，但他有……

可恨的乡巴佬！玖村在心里大骂大鹤。之前把大鹤从乡下带回大学时，他就曾想过大鹤也许会是个麻烦，却没想到现在大鹤变成了让他恨之入骨的存在。大鹤居然还好意思厚颜无耻地宣告自己的雄心大志，真是让人拿他一点儿办法都没有。

这一晚，玖村烦躁不已，再度失眠。

然而，玖村还是无法放弃保住奢华生活的执念。他觉得如果因为大鹤这种人而放弃自己的生活未免太可惜了，也太没道理了。于是他绞尽脑汁地思考着阻止大鹤行动的方法。因为他深知，他自己一个人转向尚能成功，但如果跟在大鹤身后，就只能眼巴巴地喝西北风。

玖村很清楚，对付大鹤这种人，使用学术上的阴谋完全没用。就学者标准而言，大鹤根本不配成为阴谋论的对象，他只配被人无视。但他却仿佛拥有不死之身。

究竟怎样才能让大鹤永远不得翻身？玖村想尽了各种办法，甚至回忆起过去几位优秀学者落马的先例——某学者败在儿子的犯罪行为；某学者因家庭丑闻遭到曝光而被众人唾弃；某学者因为收受商人贿赂而身败名裂……为数不多的落马先例都让玖村把矛头指向了私生活这一突破口。

突然，玖村一拍手，计上心头——而且只有此计可行。

玖村心想：虽然看似卑劣，但这也算是求生手段，如今大鹤的存在本身已然成为自己的灾难。比起属于过去式的大鹤，明明现在的自己更有才华。大鹤已无前途可言，只是个坐等退休、告老还乡、做回百姓看天等死的男人。被这种人耽误自己的大好前程，就是一场大灾难。

既知是灾难，除了避开，别无他法。这是形势所迫，自己只是不想跟着陪葬。他只想避开灾难。虽然看起来可能不是那么光彩，但他反复告诉自己这是避难，是没办法。

一想到这里，玖村突然想起以前听过的类似论调，那是一种为"避难"辩护的论点。

他是在回家的公交车上想到这事儿的。可能是熟识的单调景色让他的思绪变得统一而有序。那是很久以前的事。高中时代，老师曾讲过外国律法的一个趣谈。故事说两个男人在海上遇难,抓着同一块船板漂浮。如果两人都爬上船板,必定双双沉入海底。于是其中一人将另一人推入海中,结果自己获了救。玖村记得当时老师说过,这不算犯罪。他还记得那好像是希腊或其他某个国家的故事,名字叫什么德斯船板。

他迫不及待想要确认这个故事是否收录在现在的刑法书中,于是一下车他就打电话给一位律师老友。

"哦,那个啊,叫卡涅阿德斯船板。"律师朋友说,"你是进步派历史学者,所以想在论文里引用这个例子吧?"

"有什么书里提到过这个故事吗?"

"有啊,《刑法》的解说书里就有,通常收录在紧急避难这一项里。"

玖村立刻前往书店找到那本书,买回家仔细阅读——

紧急避难的问题,自古以来就备受争议。

那是一个名叫"卡涅阿德斯船板"的命题。卡涅阿德斯是公元前二世纪的希腊哲学家,他提出的问题是:海上发生船难时,若为了自救,推开同一块船板上的另一人使其溺亡,这么做究竟是对是错?也许有人认为舍己救人才是对的,但卡涅阿德斯却认为不顾自身性命去拯救他人是一种愚蠢的行为……

玖村在这一页夹入一支小小的红色铅笔,然后把这本书往书桌上的其他书上一放,眯起眼睛仔细思考,抽了一支又一支的烟。

十

料亭"柳月"的女侍须美子控告××大学教授大鹤惠之辅对其施暴。

须美子供述如下——

大鹤老师那晚来店里的时间比平时要晚。他总是一个人来,一般喝到十一点就会醉得很厉害。他每次一喝多,就会对我说很多醉话,还喜欢摸我的肩膀和膝盖,所以我其实不太喜欢这位客人。但他毕竟是常客,只能好生伺候。那天夜里十一点半,大鹤老师说要送我回家,但我说不用了。听完,他就离开了。我以为他已经回去,没想到等我二十分钟后从店里离开,走到电车道旁,看到他蹲在暗处,好像很难受。那时候我并不知道他其实是在等我。我上前问他是不是不舒服,他说是的,还让我叫辆出租车送他回家。我虽然不情愿,但一想到他毕竟是店里的客人,又好像醉得很厉害,不送他回去说不过去,于是就拦了辆出租车跟他一起上了车。他说他家在××

区,所以我就让司机朝那个方向开。在车上的时候,他一直昏睡不起,没什么异样。等车子开到〇〇区附近时,他突然说不舒服,想下车走走。那时候已经过了十二点,我觉得在那种没什么人影的地方下车实在有些可怕,所以拒绝了。但他却说只要稍微走一小会儿就行,还不停地吵着要下车,还说过一会儿肯定叫车送我回去。当时虽已夜深,但毕竟还能在路上看到空车,所以我没想太多,就顺他的意思下了车。谁知刚下车,他就抓住我的手朝小路走去。我反抗说别再走了,他却不听,安抚我叫我放心。还说那条路可以通向大路,等到了大路就帮我拦车送我回去。我信以为真,虽然不情愿但还是跟着他朝前走。我之所以会那么听话,完全是看在他是一名堂堂大学教授的分上。但之后,看着沿路的住家越来越少,甚至开始出现田地和杂木林,这时候我是真的害怕了。于是我提出要自己回去,但他却说马上就到,还用力拽着我的手不放,力气大得完全不像个老人。他不停地说这条是近路,马上就到,绕过这片小树林就能看到大马路。见我半信半疑,他突然推着我的肩膀把我带进树林。树林里漆黑一片,连脚下都看不清,住家都已经离得很远,那时候家家户户也都关门休息了。我刚想大叫,大鹤老师却突然凑近了说喜欢我,还说从很久以前就喜欢我，还让我从了他。说完他大力将我压倒在草地上。我吓得快疯了，拼命挣扎。他突然用力揍我的脸，让我瞬间几乎失去意识，整个人瘫软无力。他趁机抱紧我，让我感觉快要窒息，完全无力反抗。我觉得，他以为我是个在风月场所上班的女人，一定很好欺负，所以才侮辱我的。他实在太过分，所以我要控告他。

对此，被告大鹤惠之辅作出如下回应——

我从没做过犯法的事，那完全是两厢情愿。那个女人不会是脑子坏了吧？明明是她勾引我的。我从两年前开始光顾那家料亭，也可能是更早的时候，但我记不清了。总之，起先是玖村教授带我去的，后来我会时不时地单独前往，因为我喜欢上了那个女人，这一点我并不否认。我喝完酒后拉拉她的手或摸摸她的肩膀，这也是事实。因为我喜欢那个女人，确实也常常约她外出，但她总是敷衍我，从没回应过我的追求。我还因此以为她是个出淤泥而不染、洁身自好的女人，所以更加喜欢她，每个月必定去一两次捧她的场。这些都是事实。但我没想到，就在那天晚上的前两天，她突然对我非常热络，还破天荒地主动抱我。我高兴得好像上了天，甚至忘了自己的年龄。所以两天后，我又去了那家料亭，就在那天晚上，她在我面前尽显妩媚。十点过后，本来我想离开的，但她却将双手勾在我的肩上，让我再多留一会儿，还说马上就要下班，让我等她一起走。我当然高兴地一口答应。她让我在附近等她，我就照她说的，在昏暗的电车道旁等了三十分钟左右。她出现后，说不好意思让我久等。我说要履行约定送她回家，问她家住哪里，她说就在△△附近，于是我拦下出租车和她一起上车。那时应该已经过了十二点。车子开到△△附近大约花了三十分钟。在车上的时候，她就开始牵我的手，还将身子整个贴着我。下车后，她拉着我的手走进一条昏暗的小路，那是一处人烟稀少、周围看不到什么人家的地方。走着走着，眼前出现一大片田地，周围零星地能看到几户住家。我问她是否真的住在那么偏僻的地方，她一边贴着我一边否认。我当时吓了一跳，她却小声对我说今晚就把身子交给我任我处置。她之前的那些亲昵言行让这句话在我听来完全不显唐突，而且我确实早已满心期待。我问她附近是否有旅馆。她却说去旅馆路太远，还说她再晚都不能彻夜不归，因为公寓里的人会说闲话，让我抓紧时间。就在我环顾四周时，她用力拽着我的手走进一片杂木林。林子里暗得完全看不见脚下。就在那里，她突然搂住我的脖子，主动献吻，身体还紧紧地贴着我。等我的眼睛适应黑暗后，才发现四周都是草地。我问她是否真的愿意跟我，她点头说愿意。一想到自己这把年纪居然要像年轻人一样在那种地方野合，我不禁有些害羞，她却抓起我的手往她的胸口塞。是她主动勾引我的，这才是全部的事实。那女人说的全是胡诌。姑且不说别的，首先，我都五十六岁了，怎么可能有那种蛮力对她施暴？是她勾引我的！她为什么要编那种谎话？我怀疑她是不是疯了。招惹到这种疯女人算我倒霉，害我无可挽回地失去一切。天底下还有人比我更冤吗？尽管那是诬告，但我还是被迫辞去了大学教授的职务。虽说我自己也有责任，是我不知检点，自作自受，但这事儿居然闹上报纸，结果逼得我不得不主动离职。因为就算我不主动辞职，学校也会将我扫地出门。我错就错在那时候与她发生了关系，这给了我致命一击。没想到曾经拥有教授地位的我，活到这把年纪竟然成了众人的笑柄，而且还因为丑闻被赶出大学，这让我情何以堪？我现在连回老家的脸都没了，真恨不得自杀算了。

大鹤在调查人员面前泣不成声。

十一

一个月后,大鹤惠之辅性侵案件仍在审理中,玖村却在此时掐死了"柳月"的女侍须美子,并主动去警局自首。案发是在白天,地点是他们租来幽会的某民宅二楼。玖村脸色苍白地如此自白——

> 我与须美子交往多年,是情人关系。因为我的职业关系,我不想被任何人发现我们的关系,所以将这份关系维持得极为隐秘,没让任何人发现。当然,大鹤老师也不知情。我并不否认我俩情投意合。关于这一点,我并不觉得自己有什么过错,也没必要考虑我的职业,这是任何男人都可能做的事,我也是个普通男人,所以没觉得在这种事上我有什么错。只是我运气不好,才导致事情失去了控制,最终发展到不可收拾的地步。我完全没想到大鹤老师会对须美子做出那种事情,我非常吃惊。一开始我从须美子口中听说时,简直不敢相信,当确定那是事实的时候,我也很生大鹤老师的气,甚至气得浑身发抖。现在回想起来,错就错在这里。当时我应该冷静的。须美子看到我那么生气,似乎很害怕,以为我不爱她了。须美子对我说,她自认没有背叛我,所以才会坦白地告诉我,还说大鹤老师是我

的恩师，只要她不说，这事儿就会不了了之。但她会觉得良心不安，会很痛苦。所以她觉得与其背叛我，不如把一切告诉我，所以才鼓起勇气向我坦白。只是没料到我却露出了那种眼神。她提出要摸着良心控告大鹤老师。我很吃惊，连忙阻止。我不能让她那么做。我劝她说就当是一场横祸，向她保证不会变心。大鹤老师是我的恩师，我不能让他因此留下不良记录。但须美子是倔脾气，事情一旦说出口，就没有改变的余地。她说她无法忍受我怀疑她对大鹤老师有意思。我说我根本没怀疑，但她就是不信。她有时候确实有点儿歇斯底里地认死理。之后，她真的去控告大鹤老师了。那以后我又和她见过几次面，每次都希望她撤回控告，但她就是不答应。她说大鹤惠老师如果肯承认自己的罪行倒也算了，但他的反驳全是谎言，还说得反而他成了好人，自己是荡妇。大鹤口口声声说自己是被勾引的，这种无耻的辩词让她实在忍无可忍。她还生气地说，谁会看上那种老色鬼！我让她撤诉，她却说怎么也咽不下那口气。于是我安抚她说，道理上她没错，但大鹤老师毕竟是我的恩师，她那样做，我会很为难。我还告诉她我已经都放下了，让她也别再追究。但她就是不肯，还开始无理取闹地质问我到底是老师重要还是她重要。每次见面我们都不欢而散。后来，据说法庭要开庭审理了,我心想不能放任不管,就变得对她语气强硬起来。因为无论如何,大鹤老师终究是我的恩师,我绝不能让这么丢脸的官司闹下去。我是真的努力想要她撤诉和解。那天我是抱着非要阻止她的决心去找她的,但须美子说什么就是不同意。那天的我与平时不同,因为去之前就铁了心,所以特别强硬,甚至抓住她肩膀猛烈摇晃,逼她一定要听我的话,还不停地怪她为什么就不听我的话,结果她也气急败坏地朝我撞来。我忍不住怒火中烧,手上也不知不觉加大了力气。我已经不记得自己当时把手放在哪里,总之我们争执了很久。最后,当我回过神来的时候,发现她已经无力地倒在地上。一开始我还以为她是放弃反抗,趴在地上哭呢,但见她一声不吭地动也不动后,我这才意识到出大事了。我用力摇她的身体,但完全没有反应。我这才明白,须美子死了……

玖村被移交至地方检察院。两个月后,案子开庭,他站上法庭。据前去旁听的人说,法庭上的玖村并没大家以为的那么消瘦憔悴,只是满脸茫然。

检察官以伤害致死罪起诉玖村。检察官是一个中年人,陈述如下——

本案虽以伤害致死罪起诉被告，但仍有诸多疑点。首先，我判断被告陈述属实。被告身为大学教授，无论智商还是社会地位，都无法与一般的被告一视同仁。我相信被告的人格，而且从被告的供词中确实没有发现不自然之处。根据他的供词进行调查后，我们发现一切皆与他的供述相吻合。换言之，检方认为被告供词的可信度非常高。不过，因为没有第三方可以证实他与被害人须美子之间的对话是否真如他所言，而且逝者无法开口，所以只能听信被告的一家之言。关于这一点，我原来也觉得可以相信，毕竟听起来很符合逻辑。而且在调查被告与大鹤惠之辅之间的关系后，我们发现被告一直将大鹤视为恩师，是个尊师重道之人。被告曾通过各种渠道帮助被解除公职受到政府处分的大鹤重返大学讲台，还经常邀大鹤到家里热情款待，将珍品藏书借给大鹤，对待恩师可谓情深义重。对此，我们曾求证过大鹤本人，他也深表感谢，周遭的亲朋好友也可以作证。因此我之前也曾相信是被告频频施压要求被害人撤销对恩师的指控。但为何我要用"曾相信"这个过去式呢？因为被告的自白虽然合情合理，也有充分的旁证，但检方还是发现了疑点。在须美子控告大鹤的案件中，由于原告须美子已死，不能再继续审理，所以无从得知究竟是谁说了假话。在此，虽不便臆测真伪，但检方认为那起案件本身是不可忽略的旁证。我指的不只是本起案件中被告与死者之间"为了要不要撤诉而发生争执、最终导致被告失手杀死被害者"这一点，我认为本案的发生与须美子指控大鹤的案件之间存在某种因果关系。于是，根据这条思路，检方调查了须美子指控大鹤施暴的×月×日当晚本案中的被告的行为。根据我们的调查，被告当晚于十点左右离开家，前往银座某酒吧寻欢。据被告妻子所说，被告出门前一直坐立不安，表现得极为焦躁。他在银座连逛三家酒吧后，于午夜一点左右到达新宿，又继续去了两家酒吧，最后在凌晨三点左右回家。我们前往上述五家酒吧进行调查，店方均表示被告是第一次去他们店里，而且喝得很多，甚至还在一家酒吧与其他客人发生口角。借用一家酒吧陪酒女的说法，被告当时"看起来是在借酒消愁"。之后，被告乘坐出租车回到家时已是凌晨三点。当时他烂醉如泥，甚至不能独立行走，被告是在妻子的搀扶下才跌跌撞撞地回到屋内就寝。检方也曾向被告求证过此事，被告回答说不记得了，但我们认为这些都是事实。

十二

被告当晚的一系列举动非常可疑。以被告平日里的习性而言,他凡事小心谨慎,冷静沉着。虽然经常喝酒,但家人和朋友都作证说,以前从未见过他喝到烂醉。被告妻子也作证说,那天是被告第一次喝到凌晨三点,烂醉而归。所以这一点引起了我的注意。根据法院的记载,当日凌晨一点左右,须美子在△△遭到大鹤惠之辅施暴,而本案的被告则在那个时间前后的几个小时内喝到烂醉。这究竟意味着什么?种种迹象表明,当时被告的心理极为混乱,但造成他混乱的原因又是什么?于是我大胆推定,被告之所以焦躁不安,原因应该就是被告知道须美子与大鹤之间当晚会"有事"发生。被告声称他案发后第二天才听须美子说出那件事,所以当时他理应还不知情。但被告前往银座买醉时,大鹤尚未对须美子采取行动。从时间上来看,当时两人刚离开"柳月"或是在出租车上。而须美子遭大鹤施暴是在凌晨一点,那时被告在新宿已经喝到烂醉,甚至差点儿与其他客人大打出手。综上所述,我认为被告事先就知道须美子与大鹤之间有事发生!虽然被告矢口否认,但综合诸多事实,我认为这才是真相。被告为何会心神不宁到要借酒消愁？因为须美子是被告的情妇，只可能是因为当时的被告知道自己的情妇正在或即将与自己的恩师发生关系，所以才会那样坐立不安。陪酒女说被告喝酒的方式很像在借酒消愁。现在想来，这种说法非常贴切。但如果这是事实，就有一个问题不得而解：为什么被告会提前知道自己的情妇正在或即将与恩师发生关系？被告认识大鹤，也认识须美子，难道是他事先从其中一方那里听说了施暴或勾引的计划？不然他不可能未卜先知。而我认为"他是从须美子那里听说"更为合理。说得极端一些，被告或许还是须美子的同谋，甚至是被告指使须美子实施勾引的。但这样一来就更奇怪了，因为这意味着是被告设局陷害大鹤。但除此以外，我想不到更合理的解释。于是，我又调查了一下被告与大鹤之间是否结怨，但完全找不到证据。刚才我也提过，所有证据都表明被告视大鹤为恩师，处处礼遇，大鹤本人也对此感激不尽，周围人也全都可以证明。这一结果与我的推测可谓南辕北辙，但我还是不愿轻易放弃自己的推测。之后，我又去调查过被告的书房，找到一本关于《刑法》解释的书籍。那本书看起来是新买的，书中还夹着一支红铅笔，像是特地做了标记。由此可见那一页并非随意翻阅，而是被告仔细研读过的部分。那一页上探讨的是紧急避险问题。虽然被告宣称只是随便看看，但事实上，被告的书架上只有一本《刑法》相关的书籍，而且还有红笔夹在其中，可见绝非随意翻看，一定是有目的地研读。我无从考证为何被告要看紧急避险的部分，但我总觉得这与本案有关。具体来说，夹着红笔的那页是关于"卡涅阿德斯船板"的论述。也就是海上有两名遇险者抓着同一块船板，一人为了自救而将另一人推入海中的故事。被告为何会对此感兴趣？就本案而言，留在船板上的幸存者应该就是被告玖村，但被其推入海中溺亡的究竟是须美子还是大鹤？综上所述，我强烈怀疑被告自称失手杀死须美子的说辞。换言之，我认为被告的杀人行为中存在主观故意。但很可惜，我无法得知被告真正的目的，也找不到任何有力的证据。仅凭推测，无法起诉，所以决定以伤害致死罪起诉被告。

听完这番阐述，玖村心想——

这检察官也真够傻的，既然已经查到这个份上，为何不进一步探究下去？

杀死须美子，是因为我对她感到厌恶。虽然须美子按照我的指使指控了大鹤，但自那以后，我就觉得须美子好像变了个人。说起来有些不可思议，但一想到有别的男人进入过她的身体——而且是那个自己瞧不起的大鹤——眼前的须美子就像完全变成一个陌生人。自那以后，每当须美子靠近我，我都会觉得她的身体里充满污秽，甚至可以闻到臭味。

女人一旦察觉到自己即将被抛弃，就会开始死缠烂打。虽然一开始我只是尽量躲着她，但她变得越发穷追不舍。那天，我是为了谈分手，才约她在那栋民宅二楼见面的。当时须美子说："你太自私了。我是听了你的话才那样做的，本来打死我都不愿意的，要不是你百般央求，我才不会答应。我自己也痛苦得不得了。事到如今，如果你敢狠心抛弃我，我就去法院撤诉，还会向大鹤老师赔罪，并把事情的真相全盘托出。我会告诉所有人你才是这场阴谋的幕后主使。"说完，她气急败坏地往外冲去。她是个歇斯底里的女人，一旦失去理智，难保不会不顾后果。我抓住她拼命想要安抚，但已无济于事。她奋力挣脱，眼看就要跑到外面。我只能用力将她制住，却在不知不觉间下了狠劲，结果让她断了气。

检察官说留在船板上的人是我，这话没错。如果我与大鹤一起留在船板上，只会两个人一起沉入海底，我会因此前途尽失。所以我只能把他推下船板。怪我太卑鄙？但"卡涅阿德斯船板"还不是一样不讲道理？被推下船板的人是弱者，留在船板上的才是强者，我只不过是将不合理变成合理，变成正当。那种不合理从古希腊时代一直流传至今。自古以来，任何时代都是强者为王，我不认为这有什么不对，只有被淘汰的才应该受到非议。

但须美子的死实属无妄之灾。就像一场不可避免的暴风雨，我对此始料不及。也不能说完全无计可施，但毕竟就算事先计划得再缜密，情感的暴风雨还是会兴风作浪。如果我有足够的耐心忍受须美子，也许就不会是这种结局，但我当时就是忍不住。虽然心里早有会因此玉石俱焚的预感，但对那个女人的厌恶感实在让我忍无可忍。就像被一叶障目似的，我听从内心绝对情感的驱使，采取了极端的行动。那是一种我无法抗拒的命运。人们也许会嘲笑我机关算尽，这一点我也认了。反正现代社会本来就充斥着各种不合理。